风和微风

罗伟章 著

天津出版传媒集团

百花文艺出版社

图书在版编目（CIP）数据

风和微风 / 罗伟章著. -- 天津：百花文艺出版社，
2024.1
ISBN 978-7-5306-8747-5

Ⅰ.①风… Ⅱ.①罗… Ⅲ.①散文集-中国-当代
Ⅳ.①I267

中国国家版本馆 CIP 数据核字(2024)第 005356 号

风和微风

FENG HE WEIFENG

罗伟章　著

出 版 人：薛印胜
策划统筹：王　燕
责任编辑：王　燕
装帧设计：彭　泽
出版发行：百花文艺出版社
地址：天津市和平区西康路 35 号　邮编：300051
电话传真：+86-22-23332651（发行部）
　　　　　+86-22-23332656（总编室）
　　　　　+86-22-23332478（邮购部）
网址：http://www.baihuawenyi.com
印刷：山东临沂新华印刷物流集团有限责任公司
开本：880 毫米×1230 毫米　1/32
字数：180 千字
印张：10
版次：2024 年 1 月第 1 版
印次：2024 年 1 月第 1 次印刷
定价：58.00元

如有印装质量问题，请与山东临沂新华印刷物流集团有限责任
公司联系调换
地址：山东省临沂市高新技术产业开发区新华路 1 号
电话：(0539)2925886　邮编：276017

目 录

第一辑

第四辑

第一辑

新都清流

　　流沙河先生在他的文字里，云淡风轻又深情蕴藉地写到新都，说在萧索的冬日里，邀三五好友，从成都出发，下新都去，逛园子，喝茶，喝过茶吃顿饭，无聊和阴郁之气便干净了。新都是成都近邻，而今已成为成都的一部分，名新都区，是成都市北部主城区。成都乃声名远播的休闲胜地，沙河先生闷了，却要往新都跑，可见新都别具格调：不仅能休闲，还可以养心。难怪有了这些河流与地域的命名：青白江、清流镇……给人涤荡尘世之感。

　　清流镇位于新都西北部，地势平坦，水系发达，除青白江穿境而过，还有清流河、关胜河等若干河流，波心荡漾，倾情滋养。三月里，春色铺展得正好，油菜花开得正盛，阳光被菜花濡染，金灿灿地照耀。在这样的时节，出离闹市，漫步清流田间，感觉是被融进去了，融入原野，融入万物，和春天一起生长。古书上说成都"沃野千里，民殷粮富"，到如今，对老成都再不能这样形容了，用于新都，用于新都的清流，倒正合适。

　　只是，清流的沃野，赋予的不单是关于庄稼的联想。庄稼和果木，除提供果腹之物，还成为最本真、最质朴也最入心的景观。数千亩梨园，叫"泉映梨花"，浅草平铺的休闲区，叫"清白流香"，甘泉润润的一方地界，叫"乌木泉湿地公园"。事实上，田原本身，就是一座开放的公园，以内敛到安宁的热情，迎接东西南北的游客。

四野静谧,欢声笑语都被大地吸收。微醺的气息里,传来轻颤的细响,那是植物拔节和百鸟启翅的声音,也是荡舟湖上的女子送来的小提琴独奏。乡村公路四通八达,但坐车是一种浪费,既浪费空气,又浪费美景;即使步行,也舍不得快走,且想快也快不起来:刚在菜花前留影,抬眼又见红叶李、垂丝海棠和复瓣樱花。天冷,梨花还未盛开,但蜜蜂已经造访,站在花骨朵上,问它们准备哪天开。流水淙淙,是渠堰就在身旁。渠堰到处都是,让人念及岷江上那个名扬四海的水利工程。青白江便源自岷江内河蒲阳河。

同行的孔令燕女士说:成都的厉害,是总有本事让你慢下来。说得好。慢,不是速度,是温度,是对传统的敬意,对自我的抚触,也是对完整性的追求。同时,慢代表了顺应、柔软、和谐与不争。

然而新都清流,有个艾芜。

知道艾芜这名字,是刚上大学的时候,读他的《南行记》。当时只明白他是四川人,别的都茫然。他笔下的世界,烟瘴横逸,野性偾张。狠,是大自然的法则,也是人类生存的法则,因为"不狠,就活不到今天"。这个艾芜,定是五大三粗,满脸络腮胡,眼神如两颗铁弹子。但喜欢他的文字,喜欢那种被挤压却从不丧失自主性的精神质地。

后来听说,艾芜生于川西平原,长达数年去中国云南、缅甸、马来西亚等地流浪,是为逃婚。中国现代文学史上,逃婚成了一种文化现象,单是四川,郭沫若逃婚,艾芜也逃婚。郭沫若不逃婚,会不会成为郭沫若,很难讲,但可以肯定的是,艾芜不这样,就成不了艾芜,他将是新都清流乡下的汤道耕,或许也会写作,却断不会写出《南行记》。

而正是《南行记》,让他享誉中外,青史留名。

不过,逃婚本身说明不了什么。在"父母之命"的年代,有自我意识的青年,没逃婚,大概也想着逃婚。艾芜的真正意义在于,他过着野人般的流浪生活,字里行间却无怨尤气。他要的不是自怜,也不是柔软,而是灵魂的张扬,生命的勃发。这让他的写作与当时流行的同情和倾诉格调,豁然拉开了距离。他的笔名受胡适启发。胡适曾说,人要爱大我(社会),也要爱小我(自己)。他或许是觉得自己过得太苦,正如沙汀老人听到他去世的消息,第一句话便是:"道耕过得太苦了。"因为过得苦,他决定爱自己,于是取名爱吾。可他终于发现,爱自己是有前提的,这前提就是爱别人、爱世界,他选择的爱的方式,跟当时众多左翼作家一样,揭示社会的创痛。他那时身处的世界,是荒芜的:眼底荒芜,人心荒芜。他立志展示这种荒芜,从发表《南行记》首篇《人生哲学的一课》起,"爱吾"就成了"艾芜"。

生于富庶清流却又过得太苦的艾芜,重印《南行记》时,应人民文学出版社之邀,写过一篇题记。其中说:"流着的河水,从来不会拿跟秽物弄脏的。倘若停涩不流,变成一湾死水,那就会自行发出难闻的气味。"又说:"我觉得,一个人啥子都不怕,就怕自己不前进,反而使自己的朽腐,弄脏了时代的空气。"

这是 1980 年,艾芜七十六岁。

七十六岁的艾芜,道出了他理解的"清流":在前行中不失洁净,用前行去葆有洁净。

清流是有骨力的。

由此又想到流沙河先生。沙河先生藏身避世,清风淡雅,可我记得,大约是 2011 年,他为新都出过一个上联求对。上联是:"青白水长,卫公遗泽今犹在。"卫公,李卫公——李德裕,唐代政治家、文学家和战略家,著有《会昌一品集》。李德裕曾入朝为相,功绩显赫,因党争倾轧,多次遭贬,却节操宛然。太和年间,再逐出京,入主西川,实地调研,整顿防务,修筑道路,境内安宁,民生得被。李商隐为《会昌一品集》作序,称李卫公为"万古良相",梁启超将其与管仲、商鞅、诸葛亮、王安石、张居正并举。由是观之,沙河老出这样的对子,其实暗含着他的社会理想。他去新都,不只是休闲。

何况还有一个杨升庵。因那首《三国演义》开篇词,很多人知道有个杨慎,即杨升庵,但与他为文为官的实绩相比,与他不阿权贵、不避斧钺的气节相比,知道他的人毕竟还是太少了。别说普通民众,就是一般读书人,也非但不知杨升庵是新都人,连他作为明代三大才子之首,写过什么著作也说不出一篇,更不要说阅读。

上述诸位,我都无缘结识,他们要么是古人,要么是隐者。艾芜先生在世的时候,我连个文学青年也算不上。后来听作家田雁宁说,艾芜并非五大三粗,也没长络腮胡子,而是个清瘦谦和的人。二十世纪七十年代末,田雁宁等还是学生,利用暑假到《四川文学》杂志做见习编辑,有了与艾老近距离接触的机会。艾老对年轻作家非常关心,读他们的作品,指出作品的优劣,有记者采访他,他把年轻作家请去,为记者推介。去厕所蹲坑,也和在旁边蹲坑的晚辈作家交流文学。于名于利,艾老都是个不争的人。这是他故乡的水土赋予他的品性。他争的,是世道的正义,人心的良善,精神的奋发,文学的品质。

——他们,是真正的"新都清流"。

把这次算上,新都我去过三次。第一次去,是大学一年级,给我留下的唯一印象,是参观宝光寺,在一禅堂内,师父正教诵经,有个七八岁的小和尚,见窗外游客,不停地转头张望。第二次去,是几年前,《艾芜文集》出版,在他故居举办新书发布会,时间紧,活动结束,就匆匆离开了。这次走得相对深入些。作为"蓉欧快铁"和"南丝绸之路"的起点城市,新都正以越加开放的姿态,塑造自身的面貌。而且我发现,有一个杨升庵,有一个艾芜,新都人非常珍惜,在整合农业文明与工业文明的生态文明建设中,充分利用本土文化资源,让文化既成为表情,也成为筋骨,如此,一泓清流便贯注其间,必将传之久远。

拖得很长的"走之"

我上大学后发表了第一篇作品。

那是一篇五千来字的小说。

其实是一篇征文。进校大约两个月,我们写作老师在班上说,四川省要举办首届大学生征文,小说散文诗歌都行,望大家积极参与。我在重庆读书,当年重庆隶属四川。写作老师姓张,名叫张家恕,是个作家,当过知青,写过一个表现知青生活的小说,至今我还记得叫《梦断六桶山》。小说并不长,但在阅览室的刊物上读到后,心里很崇敬。他叫参与,当然没有话说。

更为重要的是,我上大学期间,正是中国文学的春天,读中文系本就是我的梦想,我报考的所有学校,填的志愿都是中文系,最多再附带一个历史系、外语系。是否就梦想当作家,很难讲,想必是的,否则不会在专业选择上那样执着。因此凡提到读,提到写,心里就有难以遏制的冲动。

张老师在班上宣布后,下来又特别指定了几个重点人,这几个人进校的第一篇作文,都得了八十分以上。其中包括我。于是我就写了一篇,标题叫《妹妹》。什么文体根本就没去想,只知道是篇"文章"。写在一个很厚开本也很大的笔记本上,我就把笔记本交给了张老师。过了半个月左右,有天我正准备睡午觉,张老师找到我们寝室来了,问谁是罗伟章,叫我跟他去一趟。

是去他寝室。他的寝室就在学生宿舍楼。我们住四楼，他住三楼。那时候他还很年轻，只是个普通教师。他家就一室一厅，客厅很小。我跟他坐在客厅里，他取出我那个蓝皮硬封的笔记本，说："你这篇写得很不错，但要略微修改一下。"他拿着笔，在本子上戳来戳去，一会儿前，一会儿后——本来戳到后面去了，又突然戳到前面去。我听得有些蒙。不是他讲的问题，而是我性格极端内向，怕见人，更怕见老师，坐在他对面，完全手足无措。

然后我就把笔记本拿回来，修改了，并誊写在稿子上，又交给他了。

学校组织这件事的，是另一个老师，名叫董味甘，教过张老师，也教我们，教新闻写作。董老师记忆力惊人，《为了六十一个阶级弟兄》这样的通讯，每一个标点他都记得，因此他讲课从来只带一根粉笔。当时有两个老师的记忆力让我们津津乐道，另一个名叫尹从华，讲现代文学，茅盾的《子夜》也是背诵。两位老师上课，都激情飞扬。听张老师说，他把参赛的文章给了董老师。

事情就这样过去了，直到那学期结束，也没有任何消息。

我也从没去等消息。

别的学校和班级我不知道，单是我们班，就有才华横溢的同学，念中学时就得过全国奖，多种学生选集里收录过他们的文章，阅读之广泛，更是超出我的想象，他们能很顺溜地说出叔本华、弗洛伊德这样的名字，很顺溜地说出力比多、潘多拉的盒子这样的术语。而我所知晓的，只是家乡的春雨冬雪，以及竹笋怎样拱出黑土，蛇为什么倒挂在树上……他们是我的榜样，我每天做的事，上课之余，就是钻阅览室、图书馆，让自己在听他们高谈阔论时不至于满脸傻相。这当中学习的意愿肯定有，但同样有的，是虚荣心。

回家过了春节，就进入大一下学期了。好像到了4月，我夜里做了个梦，说我那篇文章得了奖。醒来时笑了一下，笑得很宁静。就是说，毫无激动之感。本来也是，为梦里的事激动，也说不出道理。

最多过了一个星期，那天上午上了四堂课，下课后我不知什么事，耽搁了一会儿，总之比其他同学回寝室晚，他们都去了食堂，寝室里空空的，阳光从窗口照进来，照在四人公用的书桌上。书桌正中，躺着一封信，信封修长，是省会成都寄来的，寄给我的。拆开看，见盖着公章，内容简短，说我的《妹妹》得了第一名，7月9日去成都领奖。

依然没有任何激动，只觉得那个梦真是奇妙。

放了暑假，直接就到成都了。那时候重庆到成都，要坐十二个钟头的火车。路途中，除了挤和热，印象深刻的就是铁轨两旁的夹竹桃。我就读的重庆师范学院，中心花园附近就有很多夹竹桃。花正开着，红得艳丽，红得亲切。我是个极度缺乏方向感的人，下车后也不知是怎样撞到了指定报到的锦江宾馆。

当年的锦江宾馆，是成都最高级的宾馆，现在也不差，一些重要会议常在那里举行。步入铺着红地毯的大厅，我生怕把地毯踩脏了。颁奖典礼上，有四五个人讲话，其中包括领导、知名教授，也包括省作协主席马识途。

而今108岁的马老，那时候就该是个老人了，可他至今说话还声色朗朗，去年还在人民文学出版社出了新书。前年春节期间，我和两个同事去他家里看他，他抓住我的手，说正读我的小说，说他自己更多的是个革命家，"我写的作品是流传不下去的"。这种自我审视，给予我很深刻的教育。其时马老正红，姜文根据他的小说拍摄的电影《让子弹飞》，虽然过去了十年，还在被人谈论；根据他的作品改编的电视剧《没有硝烟的战线》,正投拍;中国作协也为他召开了作品研讨会,铁凝主席在发言中说:"从《清江壮歌》到《夜谭十记》,马老的奉献、马老的创造和劳作在中国当代文学史留下了鲜明、独特的印记。"

那天我忘记了告诉马老,我念大学时得的那个奖,就是他亲手为我颁发的。他还在我的本子上签下他的名字,"途"字的最后一笔,拖得很长。

领了奖,主办方带着获奖者去了武侯祠,去了杨升庵和艾芜的家乡新都县(而今成都市新都区)。然后我又跟在成都念书的两个同乡去了峨眉山,一天之内,爬上山顶,又从山顶返回,脚踝肿得摸不出脚踝,下地针扎般疼。走到洗象池,疼得再不能动步了。苍茫暮色中,前面一对老夫妻回过头,问我们是哪里来的,说他们是从辽宁来的,是退休教师。见了老者,不好意思说走不动,就挣扎着跟上去,一路说着话,疼痛感竟然消失得无影无踪。

开学返校,我好像就成了个名人。那篇《妹妹》,先是成都的刊物登了,然后重庆的报纸登了,包括我们的校报也登了。我所知道的,至少有两种刊物、四种报纸刊载过。中文系奖励我,领了奖品(其中一本《唐诗鉴赏词典》,至今还放在我的书架上),让我发表感言。我的脸轰的一下就烧着了,一句也说不出来。可不说就不准下台。于是我说:"张老师让写,我就写了一篇。"

就这么一句话。

可这篇处女作,这篇被称为小说的"文章",尽管稚嫩得无以复加,对我却意义重大。它改变了我的性格。更确切的说法是,它引导出了我的另一种性格。慢慢地,我敢于和人说话、敢于与人交流了。在余下的大学时光里,我有了谈文论诗的朋友,接着又做学校广播站编辑、文学社社长,不仅与校内,还与校外的大学生文朋诗友,建立了联系。

　　大学期间多以写稿为生,毕业后,十来年除了做记者为报纸写稿,很少发表文学作品,但也并不是完全没有写作。我以前说那十年没写作,是因为没发表,不好说自己在写作。那些日子,我写过一部《饥饿百年》,这部37万字的长篇,二十多岁写,三十多岁才发表,上四十岁才出单行本。自从三十三岁那年从报社辞职,就很少停下写作的脚步了。虽然后来又上班,又当编辑,很忙乱,但写作这件事,始终是放在心里的。

　　如果没有那篇本是征文的处女作,我不知道现在会怎样。我感谢那篇还不能称为作品的作品,也时常记得马识途老人那笔拖得很长的"走之"。

书院与乡愁

　　这是我见到的藏书最丰的个人书院，位于川西德阳市旌阳区，名叫高槐书院。高槐是这个村子的名字，想必是有着高大的槐树吧？槐树是有的，却不高大，在村子之外和房前屋后，谦卑地站立于深秋的微雨里。因此显眼的不是槐树，而是民谣小院、高槐书院、高槐木刻、染云山房，木刻与染房，都是非遗项目，做民谣的是几个从丽江过来的年轻人，自创自唱。据说还有个西部作家村。书院在村庄入口处，下一段小小的斜坡，有个院坝，站在院坝里，就见屋内书架林立。一进门，抬眼就看到伦茨的《德语课》，那是我喜欢的小说，也是我一直没读完的小说；不急着读完，正因为喜欢。在陌生的环境里，遇见自己喜爱之物，喜爱就化为喜悦了。然后是我们熟知的世界名著，中国古典和现当代名著，层间很高的两层木楼，包括楼梯两侧，满满当当排列着，足有二十多万册。

　　一个壮实的年轻人守在那里，说自己刚大学毕业，回来是帮助父亲。这个书院，这些书，都是他父亲的。德阳我不可谓不熟悉，跟这里的作家和学者，我多有来往，但从没听说谁有这么多藏书，于是问他父亲的名字。"他叫舒銮兵。"年轻人说。想了想，竟不认识。"他是个厨师。"年轻人又说。

　　这让我暗暗吃了一惊，同时平添了一分敬意。厨师爱书，当然并不稀奇，难得的是拥有如此巨大的数量，且品质高雅，种类繁多，除文学、历史、哲学,还有音乐、医学、农科……二楼的一间屋子里,放了八千多册创刊号。据悉,全国私人收藏的创刊号,唯上海一藏书家比舒銮兵丰富,那人有上万册。名著可不断翻印,创刊号却是唯一的,因此是一个时代文化风尚的见证。我小心翼翼翻开一本,打头是茅盾先生的文章,发黄的纸页,留下时间走过的足迹,也留下那个时代特有的气息。茅盾在那篇文章里,无非简述办刊的缘起,文字平顺,却字字句句给我仓廪殷实的感觉。是旧书赋予的感觉。很长时间以来,我都读电子书了,手不那么累,也便于携带,而电子书不会给予我那样的感觉。于是我想,物质和精神,就像身体和灵魂,是不能轻易分开的,许多时候,物质本身就构成精神,如同身体承载着灵魂,否则就不会说"面孔是灵魂的镜子"了。

正跟年轻人说着话,年轻人轻喊一声:"我爸来了。"

门口站着个比年轻人矮了不少的阴影——因门口太亮,使那人反而成了阴影。走过去招呼,才把他看清。平头,圆脸,五十岁左右年纪,夹克衫小了一号,又扣得太严实,使他的上半身圆滚滚的。

本以为,舒銮兵只是爱藏书,结果他爱藏书是因为爱读书。"从十多岁起,我就喜欢上读书,养成了读书的习惯。书是很奇怪的,不看的时候好像啥都懂,看得越多,越觉得不懂,就只能看得更多,也买得更多。"但他的学校教育,高中只读过一年,为什么没能读下去,未作深谈;似乎是没时间谈自己,他想谈的,是古今中外的大师和他们的作品。他显然熟知那些作品,包括首发在什么刊物,若是外国作品,又是在哪个年份、通过什么渠道译介到了中国来。

我问他买书花了多少钱,他说不知道,没算过。只知道,为买到它们,他跑遍了大江南北。有段时间,不少图书馆倒闭,贩子称斤论两买来,倒手卖给他,平均十块钱一本,这样的书他买了五万多本。

还有些藏书家,去世了,儿孙辈不爱书了,就卖,他从中也收了不少。好在他自己的儿子爱惜书,也爱读书,儿子大学读的是心理学专业,对犯罪心理学特别感兴趣,恰好在他的藏书当中,从最早《译林》介绍过来的阿加莎·克里斯蒂的《尼罗河上的惨案》,到而今东野圭吾等人的小说很齐全,加起来有两千余册,够他读。

"现在爱看手机了,"舒銮兵转脸批评儿子,"那种碎片化阅读,不行,你好像看了很多,结果互相掩盖,到头来啥都没记住,记住了多数也不值得。"儿子红着脸,不好意思地笑。"手机上是你需要啥就给你推送啥,"舒銮兵接着说,"可是人不能将就自己的需要,读书就是不将就,读一本让你长一本的见识。"

他似乎也不赞同学以致用的说法,他读过的书,对他做厨师大多帮不上忙,但让他活在一个很大的世界里,精神的世界里。过去某些受人敬重的乡绅,到夜间就吩咐仆人去给穷人家孩子的灯盏里添油,鼓励他们用功,"加油"这个词,就是这样来的。而今灯有了,书也有了,再不好好用功就不像话了。

说到这里,我们才知道,他书的总量,不是二十多万册,很多分散在朋友那里,归在一起,达五十多万册。"别人挣了钱是买房子,我挣了钱是买书,就这点儿区别。"语气淡然,却也难掩超越自足的骄傲。

现在,他这里成了书院,外墙右上角还钉了块牌子:"旌阳区图书馆高槐书院分馆"。即是说,有了个正式的身份了。有正式身份之前,他的书院就是开放的,不管谁来,都可以随便看,既可坐在屋里看,也可坐到院坝里去看,看书一律免费,当然你愿意要上一杯十来块钱的清茶也成。若是孩子过来看书,不仅不收钱,还发苹果给他们。不远处他开了个鱼庄,亲自下厨,用鱼庄来养书院。"书是让人分享的,"他说,"分享才有意思,也才有价值。"经常有人过来读书,特别是周末,德阳市区的也过来。有的书,他不止一册,有多册,因为他想搞个读书会,志趣相投的一起读,读了共同讨论,"如果你读《红楼梦》,我读《白鹿原》,就对不上号,不好讨论,收获也不会很大。"

书院是启蒙地,也是一种乡愁,最馨香的乡愁。舒銮兵是这样看的。他希望,家乡的孩子们考上大学了,去外地读书和工作了,甚至漂洋过海了,能忆起自己的老家有个书院,那是读书的种子,有种子就会发芽,就会开花结果。

书　房

可以说，时至今日，我也没有书房。我有个用于工作的房间，但那称不上书房。这房间本是饭厅，家里人多，腾不出多余的屋子给我，就把饭厅辟出来。饭厅紧挨客厅，装了玻璃门，挂上门帘，也就独立了。任何独立都只是相对，何况我。客厅人来人往，单层玻璃又不隔音，家人商量买什么菜，做什么饭，谈论正看的电视节目，都叽叽喳喳地挤进来。久而久之，我习惯了这种状态。我的读书和写作，是可以随时被中断的，不仅有那些声音，妻儿和岳父母，觉得有什么事情要对我说，都是门一推，进来说就是；说完刚出去，又想起一件事，转身再次进来。本就挤得慌，却又不断地添丁进口，是些无家可归的流浪猫，有从小区收来的，也有自己跑来的，来了住哪里呢？想想，只有住饭厅，或者说，我的书房。有段时间，同时来了五只，吃饱喝足，追逐打闹，步如疾雨，且动不动就攀到我腿上，稍不顺心，还跳上书桌，在键盘上一阵乱踩，等回过神，伸了手捉住，见我小说的某个段落，已增减了许多。我盯住多出来的部分，看是否帮我写出了某个意想不到的句子。意想不到是自然的，只是不管用，但我承认它也是这篇小说的作者，领了稿费，首先做的事，是买一袋好猫粮。

猫来之前的几年，多数时候我是睡在书房里。房间小，两壁站着书架，再加上书桌和茶几，空间捉襟见肘，不能搭床铺，只能睡地铺。那时我不像现在这样上班，写作多在白天进行，夜里看书。晚饭后一会儿，便躺到地铺上去，捧了书读。我完全是根据心情，从书架上取我要读的作品。称书为精神食粮，是有生理依据的，读书和吃饭一样，多是差哪样补哪样；这个无须特别经心，胃口本身会告诉你。我在不同场合说过，那些年，我的写作也可称勤奋，但与读书比，就算不上。从晚上七八点，往往要读到凌晨一点左右，才两手酸痛地关了灯睡。可眼睛一闭，却在黑暗里看见更大的光明。是书给予的光明。这种光明有通透感，能照见骨头。人禁不起照，一照就照见了自己的浅陋和渺小，就希望涌进更多的源头活水。如此，根本睡不着，于是两臂一撑，啪一声开了灯，又接着读。

我书架上的许多书，告诉我怎样聪明，它们教了我修辞和技巧。我书架上极少的书，告诉我怎样慢，怎样钝，怎样把聪明避开。两种书都重要，我也都喜欢。但后者还让我尊敬。《瓦尔登湖》《月亮与六便士》《悲惨世界》《罪与罚》《凡·高自传》《呼兰河传》鲁迅的小说和散文、托尔斯泰的全部著作，等等，属我尊敬的范畴。我也由此发现，自己对十九世纪的著作家，更能感知也更钟爱。尤其是托尔斯泰。但最初震撼我的，是毛姆，他的《月亮与六便士》。这书是从地摊买来的，淡红封面，满目尘埃。读这书的感觉，正如伍尔芙描述的那样，让自己灵魂中的孱弱和陈腐，土崩瓦解。这感觉并不愉快，甚至很难受。优秀的书会给人快乐，伟大的书一般不会，伟大的书往内里走，走到幽暗的深处，让你触摸到自己，并把自己扒出来，修剪或洗涤。这过程即便不是脱胎换骨，也要经历一番疼痛。生长的疼痛。疼痛过后，你明白自己变得不一样了——变得更好了。

读完《月亮与六便士》，我又去那地摊，不为别的，就看还有没有这部书。果然有一本。我赶紧掏钱买下，捂在怀里，带回家，细心擦拭后放进书架。哪怕还有十本、二十本，我也会全部买下的。是不忍于它的处境:灰头土脑,与不入流者为伍。大约半年后,我把这第二本,送给了妻子的一个朋友,她爱读书也能鉴别书,接手时她非让我签上字,表明是我送的。我也没客气,在扉页郑重写下:"×××跪读。罗伟章赠。"

由这件事看出,与一本好书的相遇,许多时候是要靠运气的。碰上了,它就成为你命运的一部分。这种经验还来源于《瓦尔登湖》。梭罗的这部经典,现在是比较红火了,但我读它时,它还很凉,是武汉一个编辑来成都组稿,某天到我家,站在我的书架前,这边看了又看那边,然后问我:"你没有苇岸的书?"苇岸是谁,我不知道。他没言声。十余天后,我收到从武汉寄来的《上帝之子》,小开本,淡黄装帧,版心很窄,也就十多万字,却几乎是苇岸的全部文字。这部书让我知晓了一颗朴实的灵魂可能抵达的美好和丰盈。书里数次提到《瓦尔登湖》,徐迟译本。苇岸已被我充分信任,他举荐的自然要读,于是买来。我读《瓦尔登湖》,是边读边往笔记本上抄。趴在地铺上抄,很别扭,很费劲,可我能清晰地听见润泽的声音。春夜喜雨的声音。书和我的抄本,都并排放在书架上,重读时,要么读书要么读抄本,意味各不相同,读抄本的时候,我读到的还有我自己。

我书架上还有一些别样的书。

有次去湖南,一作家朋友请去他家,饭前,参观他的书房,简朴、整饬、大方。他说,书架上的许多书,他都没读过,他随时翻阅的是奥康纳的小说。我没有这部书。当时奥康纳的书印数少,很难买到。回成都半月左右,我收到一件包裹,是那朋友寄来的:奥康纳短篇小说集复印本。还有一位老教授送的书,九十年前的油印本,是当时左翼作家自费出的刊物,墨迹已淡,字迹模糊,老教授收藏了大半个世纪,割爱转赠与我。这些书我不一定爱读,包括奥康纳小说,我也不是十分爱读,但它们被我分外珍惜。当我躺在地铺上,书读得累了,歇息时抬眼一望,就能在书架的醒目位置看见它们。

后来岳父母和姨妹都搬走了,儿子也外面读书去了,家里空旷起来,我完全可以辟出一间屋来作我的书房,但我没有。我的书房还是在那饭厅里。包括妻子,她的书架和书桌,开始蜷在卧室的阳台上,现在依然蜷在那里。许许多多个日日夜夜,我们是那样度过的,我们和我们各自喜爱的书,包括那特定处所的气场,已彼此渗透。就我而言,只有在老地方才能心无旁骛。更深人静时分,我常常从地铺上爬起来,打开书柜门,闻书的气息。后来读《过于喧嚣的孤独》,很能理解里面写到的书报的气息。书的气息是木质的气息。在这样的氛围中,看书的名字、作者的名字,契诃夫、福克纳、叔本华、麦尔维尔、马尔克斯、曹雪芹、司马迁……他们就在这里,与我为邻。非但如此,还和我同居一室。

每当这时候,我就免不了夸奖自己,不是夸此生是夸前世。我前世是修了怎样的德行,才有了今日的福分,能遇见这些伟大的灵魂。我因此变得宁静,并在宁静中充实,我望着窗外的夜色,想着近旁和远方,许多鲜活的生命,便带着忧愁和欢笑,奔涌而来。

当猫们占据了我的空间,我睡觉便只能让位。如此,好些书也随我去了卧室,卧室里也便立起来一个书架,然后是两个,再然后,能放书的一切东西,凳子、箱子、茶桌、立柜,都往里面塞。书是越来越多了,横放竖放都排摆不开,只能堆床上。床上堆了半边甚至大半边,还是不行,就往客厅里堆,往过道上堆。书房由此突破了通常理解的意义:凡可放书和读书之处,都成了书房。

可究竟说来,书还是不要过多为好。我是说私人藏书。像博尔赫斯那样,以图书馆为书房,是很多读书人的梦想,但那又不是人人能够享有的奢侈,多数人只能把书房设在家里。若是藏书家,另当别论,否则就最好精简些。我曾见过很大的私人书房,有取书的专用楼梯,还编了检索目录;那是在北京,一位德高望重的老学者的宅子里。后来去美国,一华裔作家请他去府上做客,千余平方米的住房内,大半是他的书房,那阵仗确实吓人,特别是在明黄的灯光底下。我还听说,有一作家朋友的经纪人,热爱书,为了他的书,他不得不拼命挣钱,在某一线城市的繁华地段,连买了三套房子,最小的一套自己住,另两套住他的书。但我怀疑那与阅读无关。如果书是用于阅读,就用不着那样。我的书不多,也常觉书满为患,有时还会生出压抑感。书过多,是要挤占人的。挤占人的空间,也挤占人的脑子。当我们的脑子里众声喧哗,能驰骋的余地就有限了。

不过我这样讲,大概是基于网络时代的背景。以前的书,很大一部分功能是提供知识,做学问,写文章,要查阅某个知识点,需从书上去找,因此多一本书也就多了一种方便。现在不一样了,大抵说来,只要人类有过的知识,都能在网上查到,再要那么多知识性书籍,似乎没那个必要了。顺便一说的是,这对当今著作家提出了更大的挑战,当今的著作家只有两条路可走,不能贡献新的知识就得贡献新的思想,否则,写作的意义就消解了许多。

书也好书房也罢,终归是为我所用。张爱玲不喜存书,书稍多就送人,甚至扔掉。钱钟书杨绛夫妇也是。当然他们有特殊性,钱钟书那种照相似记忆,世所罕见,非常人能比;但他夫妇俩不仅书少,书桌也极简朴,是两张学生桌。海明威当年在巴黎,照片上都是赤膊袒胸,坐在卧室里打字。塞林格更是常常一丝不挂,安然地在没有邻居的屋外写作。抗战时期,巴金和沈从文避难桂林,是共用一张石桌,《边城》就是那样写出来的。尤其不能想象的是萧红,她被囚禁在那霉气冲天的小旅馆,眼看就要被卖进妓院,是如何写出了深致婉转的《春曲》……不知不觉间,我转移了话题,从书的多少,说到了阅读和写作的环境。我的有些熟人和朋友,不仅拥有多得不耐烦的书,还把书房弄得过于讲究,过于具有仪式感,比如不许外人进入,连家人也不许;比如熏香;比如要给书放轻音乐;比如写作前要面对书架,闭目吐纳。这自然是各人的习性,不好多说什么的,我只是觉得,书是生活的一部分,阅读和写作同样是生活的一部分,不该与日常如此隔绝。

很长时间以来,我的书架上没怎么添置新书了,是因为我已多用 kindle 阅读的缘故。我订购了近千部电子书,装在那薄薄的机子里,随身带着,上下班的途中,要坐 12 站地铁,地铁拥挤,捧纸质书读几无可能,读电子书是可以的,再挤也能拼出一点儿空间,一手举着,拇指翻页。以前上下班,总觉路途漫长,现在毫无那种感觉了,地铁变成了我的移动书房,即便待上一两个钟头,也不会浪费时间。几个月下来,我发现已读过了十余部大书。不过,电子书读得久了我还是怀念纸质书。纸质书更有阅读的质感,也可以随意勾画批注,而且如上所述,纸质书是有气息的,这气息有种贯穿感,能与古人相通。

当然,再往大处说,世间万象,皆可阅读,书和书房也就在天地之间了。

身边的河流

　　前些天跟作家、出版家李黎对谈。他提到我生活的成都，说成都不像某些新兴城市建立在商业和资本的助推之上，而是扎根大地，离不开周围的乡土，甚至严重依赖周边地区的供养，并由此形成特有的"民间性"。

　　他说得对。所谓"天府之国"，最初也是因为"沃野千里，民殷粮富"，是归结到农业上的。可到了今天，连乡村的乡村性也在流失，更别说将近两千万人口的城市。不过成都的民间性依然活跃，这里的八千多家茶馆，很多是小街小巷和社区公园里的"坝坝茶"，坐在同一张茶桌上的，可能拥资巨万，也可能吃着低保；喝"坝坝茶"的客人走了，老板在半小时内不会收茶碗，是为口渴而付不出茶钱的人留着，这种传统已延续许多年。

　　有"坝坝茶"的地方，多傍着一条河。自从李冰父子辟玉垒山，引岷江水，便为成都缔造出庞大水系。在众多河渠中，有条从西北流来的小河，典籍里称它磨底河，但民间多叫摸底河。摸底河从郫县（今成都市郫都区）发源，经土桥镇进入成都市内，在百花潭附近与清河水汇流，注入南河。它途经的区域，有规模壮观的古庙宇建筑群落，有以三国名将黄忠命名的街区，有"西南第一丛林"青羊宫，有与三星堆一脉相承、飞声海内外的金沙遗址博物馆……这些，是人的杰作，但如果没有摸底河的润泽，其中的诸多名胜，就不可能存在。

二十年前，我从川东北来到成都，在金沙遗址百余米外落脚。那时候，遗址刚刚发现，周围还是农田。清早起来，出了小区，过条马路，就踏进了农人的菜地，油亮的沃土捧出丰腴而翠绿的光，那是大白菜。若有农人在地里，就找他们买两颗，没有人就自行拔出一窝，将钱放进坑儿，用块小石子压住。菜地的远处，是东一片西一片站立的阴影，那是竹林。川西多竹，川西人把竹林叫"林盘"，苏东坡说"宁可食无肉，不可居无竹"，多半有着少年记忆，按现在的说法，是附着了苏东坡的乡愁。菜地和林盘的近旁或下方，就是河。

　　将磨底河改写成摸底河，同样体现出民间性。河周边的街道和车站都遵从典籍，写着磨底河，比如"磨底河横街"，但你要问周边百姓，他们会固执地说是摸底河，成都文人的笔下，也大多写作摸底河。他们改写的不是一个字，而是指证一条河的前世今生，同时也表达自己的怀想和期许。

　　旧时的摸底河，清亮得能一眼看透，摸底不是用手，是用眼睛。清亮未必干净，但摸底河就是干净，能舀起来就烧茶水。摸底河的上源是走马河，再上源是岷江，本来走着自己的路，将近两千三百年前，它听从将令，改道南下，进入成都平原，滋养万千生灵。明末清初，连年的战乱使四川"尸骸遍野，荆棘塞途"，成都成为空城——"城中绝人迹十三年"，市廛闾巷，深隐于蔓草荒烟。清康熙年间，大规模移民入川，多数移民并非传说中那样绳捆索绑地押来，而是怀揣着梦想，自愿投奔，给予他们梦想的就是河渠水网造就的天府之国。

　　可惜我入住成都时，摸底河的一碧到底已成为历史，只印在书上。即使夏秋时节，有时也只见河道，不见河流，河流成了静止的水洼。这里一块，那里一块，色泽暧昧，如同炼乳，河岸的树木，树木高处的天空，都照不出影子。一条没有倒影的河流，还能不能称为河流？当农田迅捷地消失，楼房鳞次栉比，摸底河就由乳白色变成深黑色，绵绵不绝地发出臭味，臭味里带着锋芒。当时我写过一篇文章，叫《八只鸟》，我多次见那八只水鸟一同出没，亲如一家，它们站在黑臭的河洲上，不鸣叫，不动步，只把头转来转去，彷徨四顾。

摸底河臭了十多年。这十多年里，河里没有鱼，偶尔看见一条，也是从上游漂来的死鱼；死鱼的白肚皮，在黑水里格外刺目。当我眼里的那八只鸟在一个冬日的午后不知所踪，河道上就没有了鸟。沿河的"坝坝茶"，自然早已遁形。

2016年，摸底河整治。经三年努力，河水才慢慢有了河水的样子，臭味散淡了，鱼鸟回来了。摸底河爱生水草，长数丈，稍不留心就满河是，河水奔流，水草逐波，柔曼飘逸，如同舞蹈。鱼在草底下游，有时蹦跳一下，落在草的脊背上，感觉过于张狂，怕被人发现，被鸟啄食，又慌忙钻到草底下去。与之相应，"坝坝茶"又热闹起来，人们又在茶桌上叙友情，谈生意，讨论学问和人生。成都人喜欢什么事都去茶桌上办理，说他们喝茶是因为闲得慌，那是误解。作为移民城市，曾经五方杂处，各操本音，各依本俗，是遍布的茶坊让他们彼此熟悉，彼此理解，彼此交融，共同创造出一个新成都和新成都文化。

由此我想，所谓民间性，其实就是生长性，是质朴而强劲的生命活力。生命是互为依托、互相成就的，当一种生命辜负了另一种生命，必将殃及自身。

到而今，若坐地铁7号线到金沙遗址博物馆站，广播里会提醒，说如果去金沙遗址看文物，或去湿地公园看美景，就在这里下车。摸底河成了湿地公园，十数公里河岸，修了廊道，从廊道上过，听脚下水响，看清流逐浪，令人身心愉悦。我上下班都要走其中一段，其实不走河边更近些，但我宁愿走远路。特别是下班，当我踏上廊道，一身疲乏便"如水之流"。河里河外，涌动着丰赡的生命，最耀眼的是大白鹭，那些追逐湿地的生灵，几年前我看见孤独的一只，然后是两只、三只，几天前下班，在河洲上竟看见二十余只。它们在那里寻找食物，吃饱喝足，就沿河竞飞，飞得累了，便歇于河岸林梢。廊道里侧，遍植成都市花木芙蓉。芙蓉树长得不高，但还有的是榕树、黄桷树、银杏树等高大树木。

　　清晨，人们在廊道上跑步，傍晚，人们在廊道上散步，时不时站下来，望望河水，看看白鹭。白鹭很懂得与人同乐，近水顾影，或者"嘎——"的一声，欢乐地扑腾着翅膀；若是雄性，还把头上的小辫子摇几摇。

　　我身边的这条河流，摸底河，成了一种见证，见证了我们这些年走过的路。

　　这是一条行稳致远的路，一条生生不息的路。

　　但还不够。某些市民，散步时喝完饮料，顺手就把瓶子扔进河里。有天河水太急，傍晚时分，一只乌龟翻上石坎，想歇口气，立即就有人想去把它抓住。河道的清理也不及时，往往是有上级来检查，才忙手忙脚地出动，对此老百姓都知道，见又是冲刷街道又是清理河道，就知道上面要来人。我们还没有真正建立起生命共同体的自觉意识，要成就自身精神内部的完整性，我们还任重道远。

三种联系

一

我小时候就知道巴中,这并不是因为当年的巴中也在我故乡达州地区的行政区划内,而是因为我们村有个人到了那边上门。那人跟我同姓,单名一个云字,巧匠百作都会,砖瓦活儿尤其做得好,而且会英语。每到赶场天,他上街抓紧办完事务,就坐渡船过河,上到半岛,即如今闻名遐迩的罗家坝古巴人遗址所在地,穿过三华里渠堰和田坎,去半岛中心的普光中学,见哪间教室在上英语课,他就蹭到门外去听,就这样记住了不少单词,能说不少句子。

这种超强的学习能力,也应在他弟弟占银身上。现今归属重庆的开县,出好竹子,有好竹子必出好篾匠,那时候,开县篾匠四方游走,每到一地,都会收些学徒,目的不在于传承手艺,而是给自己制造一种在远方也有个家的虚幻感觉。但没有人收占银为徒。手艺人有毒眼,能看穿谁会掏走自己的十八般武艺,抢了自己的衣食。不仅拒占银于师门之外,做活儿时还不许他看。他就站在远处,偷偷看,竟看成一代名手,自从他出世,开县篾匠过来,再无立足之地。

两兄弟都没上过学。是家里太穷的缘故。

乡里重家声,谁家祖上当过土匪,做过强盗,就是万劫不复的土匪和强盗。罗云家穷声远播,世人唯恐避之不及。后来兄弟俩成了手艺人，非但不似先前的赤贫，还比普通人家好过些，可依然不被正眼相看，就连想猪头肉想出病来的媒婆，也不敢去有姑娘的人家，提及那兄弟俩的名字。同龄人造下的小孩能打猪草了，兄弟俩还是光棍儿。待我小学毕业，占银终于讨到一房，可当哥的照旧单着。这也是当年农村的普遍现象，若家里必须出个光棍儿，往往是由老大来当；老大离父辈的恶声更近，承担也更多，日复一日的艰辛，使他们只会下力，不会说话。然而罗云并不如此，他不仅会做手艺，能说英语，还特别爱讲笑话。

但这些并没能帮他什么忙。

我中考结束回去，忙着等成绩，竟没注意罗云二十天没来我们院子。往年不是这样的，我快放假，他就不断向我父亲和哥哥姐姐打听，问我回去的日子。我回家的当天，他必然越一片竹林，跨两条小沟，来找我说话。他对知识是那样好奇，问这儿问那儿，密不透风。在一个成绩不错的中学生眼里，他懂的实在很少，所以我给他讲起来，有时就显得不耐烦。当他因此现出尴尬，又令我后悔。他是我很喜欢的人，因我俩同辈，我总是叫他云哥哥。

再尴尬，他也天天来，像我能给予他某种亮光。可今年他从没来过。当中考成绩下来，我才想起这件事。问大哥，他说，罗云下通江去了。

当年的通南巴是连着说的，各归一县。通南巴离我们远吗？不远，但村里无人朝那方向走过，好像那里比北京还远。我们县已经够穷，可在传言当中，如果我们穷成脚踝，通南巴就穷成鞋底。比自己穷的，即使在眼皮底下，也觉得远。当我得知云哥哥不是去做手艺，而是去上门，心里充满了悲伤。

此后我再没见过他。大二寒假回家，听我哥说，罗云得了心脏病。秋天里，他回来待了几个月，每天清晨，最勤快的野兽还没起床，他就打着火把，爬上山梁，沿田间小路跑步，跑步归来，村落里还没冒炊烟。他就这样把病"跑"好了。然后又要回通江去。村里人劝他别去，他母亲不劝，只哭——兄弟俩的父亲老早就去世了。他在那边并没育下一男半女，本也可以不去，但他还是去了。他把母亲托付给兄弟，就下山，过河，过河之后该怎么走，我就不知道了。

他弟弟是个孝子，尤其是弟媳，对婆妈的好，是一般女儿绝对做不出来的。后来，我们县评了个奖，叫"好媳妇"，那个名叫王会的女人，是全体村民按手印推举她。有这样的弟弟和弟媳照顾母亲，罗云走得放心。

正是那一刻，我对那个名叫通江的地方，深怀感激。通江收留了一个我十分喜爱和亲近的兄长。他执意要走，证明了他的牵挂。那个和罗云同床共枕的女人，是一个怎样的女人？除了牵挂那个女人，他是否还有别的事丢不开？

我大学毕业大约两年后，竟在《达州晚报》意外地看到了罗云的消息，意外到堪称奇迹。我怎么也没想到他会上报纸。半版篇幅，报道他的事迹。他的聪明才智，在通江开花结果：教当地村民深耕细作，教他们怎样分秧子，怎样烧砖瓦窑。后来，他深入钻研，发明了烧砖瓦无须挖窑，只在平地上烧，烧出的物件，红如火焰，青如涧水，弹指一扣，清音不绝。报纸上有他一张照片，倚墙而立，身子清晰可见，脸上却一片白，像有强烈的阳光正打在脸上。

我愿意相信那是他内心的阳光。

通江，让他有了用武之地，帮助他实现了人生的价值。

后来我为他写了部中篇小说，叫《那个人》。

二

六年前,省委宣传部有个项目,项目名称我当初就不甚了然,只知道分给我一个任务:采访张崇鱼。

张崇鱼,川陕苏区红军纪念馆终身名誉馆长。

2015年3月初,我跟张崇鱼老人联系,说要去巴中拜望他,正巧他来了成都,在儿女家小住,于是约定见上一面。不管从哪种角度说,都应该我去找他,可他坚持过来找我。他从东到西,穿城而过,且是坐公交车。我去车站接他,见一个身材瘦小、头发花白的老者,提着个大布袋,一溜小跑朝拿着手机的我奔过来。我不敢确定这个精神矍铄、眼神清亮的人,就是年届八旬的张崇鱼。但确实是他。接过他手里的袋子,胳膊禁不住往下一沉。

袋里全是书,足有十多斤重。

那是关于红军和红军碑林的书籍。

二十世纪三十年代初,中国工农红军从鄂豫皖转战大巴山区,开辟了第二大苏区,即川陕革命根据地。巴中人民先后送出12万子弟参加革命队伍,血雨腥风,岁月峥嵘,在艰苦而长期的斗争中,要么壮烈牺牲,要么天各一方。如何让散失的战友重新聚首,离别的亲人再次团圆,成为张崇鱼的心结。于是,从1992年起,他利用业务时间,开始了他的"长征"。头三年里,他平均每天寄出200封信,然后出访170余次,行程70余万公里,拜访1000多个单位和6000多名红军将士及亲属,终于在汪洋大海里打捞出十万个姓名,将他们编户入籍,勒石成碑,在政府支持下,于巴中南龛山顶,建成中国最大的红军碑林。

张崇鱼的故事当时我就写过文章,还写得比较长,题目叫《走过千山万水,擦亮十万红星》,收在哪本书里,倒是不记得了。

但有件事我至今难忘。

跟张老先生见面一个月后,迎着浩荡春阳,我前往巴中。这是我第一次去巴中。传说中的景象即使真实,也早成为历史。进入巴中境内,一路的绿水青山。这时候我想到了罗云。但谁也不知道他了。当年他在通江的发明,由一个村传到一个乡,再传到数个乡并越出县境,但世易时移,那些发明也被时间淘汰。就连老家人也把他忘了。他母亲十年前去世,弟弟一家移居他乡,罗云在通江县的哪个乡镇,哪个村落,甚至他是否还活着,已没人能说清。

巴中城如其近邻达州,在平坦中起伏,在起伏中平坦。只是比达州城安静。但风不安静,我到达时是黄昏,风也起于黄昏,奔马似的刮了一夜。次日晨,风声止息,像什么事也没发生,抬头望,捧出一碧蓝天。我便也像那些爱作俳句的日本作家,得二句云:“昨夜风吼,风静天明。”

吃罢早饭,便去南龛山。张崇鱼已等在那里。

刚进入碑林,来到那十万个姓名面前,就听到一声惊呼:

“找到了,幺爷爷的名字找到了!”

这是个微露胖意的白衣妇人,她边呼喊,边跑下台阶,奔向广场。广场正中,是她八十多岁的父亲及姑母,父亲拄着拐杖,姑母坐着轮椅。那拄拐杖的老人,没等女儿跑过去搀扶,就颤巍巍趋步上前。妇人把姑母推到台阶底下,又跑到父亲前面,在碑林入口左侧的某块石碑上,摁住一个名字:许朝贵。这名字归于光辉乡,从右至左,第三排。老人叫女儿让开,自己凑上去,整张脸都贴在石碑上。“是他,是我幺爸……”他说,然后伸出苍老的手,把许朝贵三个字捂住。一直捂着,像要将那名字捂出体温,把他幺爸从时间的深处唤醒。

老人的父辈有四弟兄,分别取名荣、华、富、贵。许朝贵参加红军时,是十六岁,在川陕苏区待了不长的时间,就随部队西进。自从离开故乡,他便杳无音信。"我爷爷日思夜想,"老人说,"直到去世前,还在念叨他的小儿子。多年来,我们四处打听,都没下落,最近才听说这里为红军建了碑,刻了好多名字,一家人就抱着幻想,从南充过来找找看,没想真的找到了……"

这时候,站在我身边的另一个老人摸出了手机。

他就是张崇鱼。张崇鱼把电话打给红军碑林办公室,让查找光辉乡许朝贵的资料。许老汉一家听到张崇鱼说话,很疑惑,陪同前来的巴中市委宣传部干部连忙解释:"这位老先生,是碑林纪念馆的老馆长,碑林就是他创建起来的,红军烈士的姓名和相关材料,也是他和同事一点一滴收集来的。"许老汉闻言,紧紧握住张崇鱼的手,激动得话不成句,只连声说:"谢谢,谢谢。"

资料很快查到:许朝贵,红军失踪人员,1982年追认为烈士。

春风柔软,山冈肃穆。那家人在附近来来去去,转悠了很久,才满面红光地离去。来时是三个人,去时变成了四个:他们带着找到的亲人——幺爸和幺爷爷许朝贵,高高兴兴回家。

听说,这样的情景,在红军碑林里随时发生。

那十万个姓名,由此成为十万重思念,十万粒种子,十万束阳光。

三

又是一个春天,2021年4月19日,我再次到了巴中。

这次人多,有领导率队。我本人的主要目的是两个:一是走一走米仓山道;二是瞻仰一下晏阳初。

很难解释我对米仓山道的向往，其实我对它了解不多，但我又深切地感觉到，那条沉睡的道路埋藏着珍珠——千百年来的生活细节。先人的脚步造就了沿途古镇，沿途古镇又收容着他们的歌哭悲欢。而今，一切都沉寂了，只余下一些华丽的命名，比如"中国乃至世界交通史上的活化石""一条流淌的茶马文化长河""一段可以触摸的历史"。在我心里，这样的命名是没有意义的，我需要听到"背二哥"们喘息的声音和打杵的声音，听到他们的粗话，还有关于日子、爱情、忠诚和背叛的歌谣。而且我坚信，只要我去了就一定能够听到，同时也能摸到他们汗水的温度，闻到他们身上的气息。但我一直没有去。

十多年前就说去，至今也没有去。

这次到巴中，还是不能去。路远，又是集体行动。本想留下来走一段，又腹痛不止，非但没能久留，还比大部队提前一天返回。这么说来，我与那条山道的缘还未至。缘这东西倒也不是迷信，而是一个人对历史和现实的准备，以及由此形成的强烈呼唤。我准备得不够，呼唤声还不够急切。

听人说，毛浴古镇也可算米仓山道的一段，那么这回去了毛浴古镇，也便形成了某种连接。我始终认为，现实中的人，其实是活在历史当中，或者说活在时间的长河里，没有这种历史意识和时间意识，人是很轻的，轻到一切大话都敢说，一切坏事都敢做。

因此又想到晏阳初。

我是上大学过后才听说晏阳初这个名字，对何为平民教育，当初也不十分理解，仿佛晏阳初不当官、不发财，他就是平民了，针对平民所做的教育，就是平民教育了。不过我也简单思考了一下，觉得晏阳初上接孔子，但又与孔子有别，孔子"有教无类"，目的却是培养精英,而晏阳初做的,是打地基的工作。哪一种工作更重要?都重要。没有地基,无以成大厦;没有大厦,地基便永远伏于低处。我非常感佩的是,培养精英和平民教育相比,后者更难。

最难的地方在于,晏阳初本身是精英,既读过耶鲁大学,也读过普林斯顿大学,还被锡拉丘兹等三所大学授予了荣誉博士学位。这样一个人,却毕生献身平民教育,需要有大热爱、大胸怀、大奉献才行。

或许是我们国家的精英太少了,他们好像只能待在大学校园,待在研究所里。精英自己,也越来越不愿意降尊纡贵。很长时间以来,在中小学和农民夜校的课堂上,基本清除了大学者的身影。如果非下去不可,也多半是以行政官员的身份,绝少以教育者的身份。而事实上,做基础工作,非但不影响研究,还能为创建性研究提供土壤。朱自清既能教大学,也能教小学,而且并不妨碍他写出《国文教学》《经典常谈》等专著,他评点的《古诗十九首》,至今还是范本。晏阳初之所以被称为国际和国民平民教育之父,当然不只是因为他在河北定县及泰国、柬埔寨等地的实践,还因为他写出了《平民教育概论》《农村运动的使命》等著作。

教师资格证也是我常想的一件事。有了这个证书,可让庸人和蛇蝎不进到网里来,但需要明白的是,打进网里的永远不只是鱼。更糟的是,它会堵了另一条路径。我的意思是,当一些精英从高处退下来,在广大农村,包括中小学校园,是完全可以引进的,既让他们贡献视野,也让他们贡献经验和智慧,但有个教师资格证在那里挡住,引进的路就窄了。

还想到眼下的乡村振兴。晏阳初的思想,是极富营养的借鉴。平民教育和乡村振兴,时代内容已有分别,但本质上的东西是相通的。

晏阳初当年指证的四大问题"愚、贫、弱、私",他提出的攻"愚"的方法,是实行文艺教育,这又不是一般人员和一般做法能够完成的了。

总之,我是觉得,中国的精英阶层尽管人数不多,却依然浪费的多,没有辐射到更加广阔的社会生活中去。同时觉得,晏阳初出在巴中,是巴中的光荣。一个杰出人物出在某个地方,尽管这个人很可能走出故乡就再没回去过,也定有其根基在。

大凉山采访随想

凉山是我完全陌生的土地。尽管我到过西昌,但作为凉山州首府,西昌与凉山,尤其是与我要去的大凉山腹地昭觉县,根本不是一个概念。我去的时节,西昌城秋色宜人,城郊的尔舞山,也是苍松翠柏,日光透林,但翻山过去,气温便陡然跌落,一路东行,只见苍灰色的山体和悄无声息的河面,愈来愈深地横着冬日光景。到昭觉当夜,就下雪了,下得簌簌有声,俄顷之间,窗台已积半寸。由此我相信了古书对大凉山的描述:"群峰嵯峨,四时多寒。"

地界陌生,文化同样陌生。

要说知道一点儿,也是从博物馆里。

西昌东南郊,有个"凉山彝族奴隶社会博物馆",是世界上唯一反映奴隶社会形态的专题博物馆。奴隶社会,听上去多么古老,再厚的历史书,也会放到前面几章,可凉山不同,直到二十世纪中叶,确切地说是 1950 年之前,都是奴隶社会。它是从奴隶社会直接跨入社会主义社会,所谓"一步跨千年"。

再就是从电影上,十余年前看的《彝海结盟》。

彝,本为夷,1956 年,毛泽东主席和彝族干部商量,建议更夷为彝,说房子底下有米有丝,意味着有吃有穿,象征兴旺发达。这一改,四两拨千斤,将强弓硬弩化为细雨和风:夷的造字,乃"一人弓",猎者之义,既表明以狩猎为生,也表明好战。1935 年之前,兵行凉山而不战,史书无闻。但红军没战,顺利通过彝区,直插大渡河,飞夺泸定桥。其间,近万名彝族子弟参加了红军。正因此,习近平总书记说:"彝族兄弟对中国革命是有重要贡献的,要继续加强政策支持,加大工作力度,确保彝区与全国全省同步实现全面小康。"并在2018年初赴凉山昭觉县视察时进一步指出:"让人民过上幸福美好的生活是我们的奋斗目标,全面建成小康社会,一个民族,一个家庭,一个人都不能少。"

以上,差不多就是我关于凉山的全部知识。

虽不知道,却听到过不少传言。

也可以说,正因为不知道,传言才格外茂盛。

昭觉县东部的支尔莫乡,有个悬崖村(本名阿土列尔村),因一个网络视频出了名,全国各地游客蜂拥而至,包括我身边的几个熟人。他们回来,说悬崖村的险,昭觉县的穷,说脱贫攻坚在彝区,是虎牙也啃不动的骨头,因为彝民"懒、愚和不可救药",比如不管地上多脏,都是一屁股坐下去,给他们凳子,却劈来烧了锅庄,或火把节投入了篝火;比如全民吸毒;比如邻居得了艾滋病,受到政府救济,便想方设法也去得上,好一年领几百块钱;比如在人前放个屁,会自羞得进屋吊死,甚至在成都、重庆等多地,不断抓获从彝区来的小偷……

是谣言还是事实?

或者,谣言谈不上,事实也谈不上,只因为他们与我们"不一样",就把那种"不一样"当成了"事实"("反面事实")?

要求证或者证伪,昭觉可谓最佳窗口,它是全国最大的彝族聚居县,彝族人口占98.4%。这还是资料上显示的,据副县长王凉萍说,实际占98.6%。我相信她的话,不仅因为她是副县长,还是因她丈夫是县志编撰者。

因此有句话说：到凉山不到昭觉，不算到凉山。

我现在到了，却一片迷茫。

不认识这个民族，我的书写将毫无意义，这是我深刻感觉到的。所谓民族，是指在文化、语言、历史等方面与别的群落有所区分的族群，既有所区分，当然就不一样，而人们想事说事，往往站在自己的角度，当一个汉族人去言说彝族的时候，眼里心里是否只有汉族的标准？汉族的标准是否就是最好的标准？

这是我首先遇到的问题。

也是必须面对的问题。

说实话，作为一个写了将近二十年小说的人，我开始的设想是很"便宜"的，我就蹲在在一个地方，这个地方越小越好，比如，一条街道、一家工厂、一个餐馆、一个家庭，甚至，小到只关注某一个与主题有关的人，我写出这个人的前世今生，小溪汇入大河，脱贫攻坚的局部和整体，都可呈现。这也是一个小说作者最熟悉的路径。然而，当我来到大凉山，来到昭觉县，当我阅读了彝族的历史，目睹了他们的现状，觉得那种写法虽然照样可行，却不能完成真正的表达；不能完成的意思是说，很可能与别的地方没什么区别。

于是，我决定采取最笨的写法。

也选择最笨的关照方式。

我希望走进这个民族的深处，对他们为什么有那样的传统，为什么有这样的今天，从历史积淀、意识形态和文化观念的角度，做系统梳理。

我觉得自己是在从陌生走向更大的陌生，但挑战带来的乐趣，也是显而易见的。了解得越多,接触得越深,我就越是感觉到,对彝区而言,脱贫攻坚不仅是脱贫的机会,也是自我革新的机会。我们必须承认的是,世界发展不平衡,一国之内的各个地区、各个民族,同样如此,有先进,相应的就有落后,因此谁是标准并不重要,重要的是,后进向先进学习,代表着人类文明发展的必然趋势。适应和学习,既是对整体的贡献,也是保存自我的根本途径。

广东佛山禅城区委常委徐航,2018年来到昭觉,挂职县委常委、副县长。他说:"不学习,就要被淘汰,这是规律。我们沿海地区的发展,也是不断学习和吸收别人先进经验的结果。谁好,谁就是我们的老师。"

可是彝族人会这样想吗?

到昭觉后,我听得最多的话,是移风易俗。

全国各地脱贫攻坚,都提移风易俗,但大凉山彝区提得最响。

是因为最迫切。

就是说,他们需要改变。

不是年收入从五百块增加到五千块之类的改变,而是要改变意识和观念。"我们离昨天太近了。"昭觉扶贫开发局副局长阿皮几体说。"昨天",是指奴隶社会。从奴隶社会直接跨进社会主义社会,就像一个小学生插入高中班,听不懂,过去的习俗又忘不掉,而且因为听不懂,就更容易怀念和依赖过去。如何从生活方式到思想方式都融入现代社会,成为他们最艰难的课题。

当今中国,让一个地区从物质上脱贫,并不太难,尽管昭觉还没有脱贫;凉山州的十一个全国深度贫困县,目前绝大部分都没脱贫。但就我所见,经过若干年特别是近几年的奋斗,"两不愁"已经做到,

"三保障"也已部分做到,还没做到的,正在做的途中,为如期脱贫,上下都很努力,也都充满信心。可是今天脱贫了,明天呢?扶贫力度总不可能经年保持,帮扶干部也不可能永远不走,要是力度一减,人员一撤,又返贫了怎么办?即使物质上不返贫,却照旧只求生存不求生活怎么办?多个村子的第一书记对我说,只要他们离开一个星期,村民又不洗脸了,又不扫地了,又成天喝酒了——又回到以前了。

精神贫困可能带来物质贫困,必然带来文化贫困,文化贫困又必将制约社会发展,最终造成全面落后于人。因此,如果贫困是一个脓疮,精神贫困及其具体表现——信念消极、意志薄弱、安于现状、目光短浅、急功近利、面子心重、嫉妒心强等等,则是"脓芯"。脓疮破了,挤出些乌血,却没挤出脓芯,今天看上去消了肿,止了痛,明天又会红肿发炎,又痛,甚至更痛。这种情况是常常发生的,因为人往往驯服于自己的弱点,当驯服成为习惯,就让头脑生锈。

对此,毛泽东主席早在1926年就有洞见,尽管那时候许多人还吃不饱饭,可他在广州农民运动讲习所和湖南农民夜校上都说:"我们脑子的饥荒大于肚子的饥荒。"作为当时最具影响力的全国农民运动权威,毛泽东不仅旗帜鲜明地指出农民问题乃是国民革命的基本问题,还在脑子和肚子的辩证关系中,把能够想、应该想、必须想的"脑子",提升到比"肚子"更重要的位置。

将近一百年过去,这些话并没过时,尤其是针对凉山而言。

全国脱贫攻坚的难点,以三区三州为最,三区三州,以凉山州为最。四川省委书记彭清华在《求是》撰文,说凉山的脱贫攻坚,是"影响四川乃至全国夺取脱贫攻坚全面胜利的控制性因素"。佛山过来的帮扶干部黄礼泉(挂职喜德县委常委、副县长)和他的同事,2019

年利用彝族年和国庆假期,去"三区"和甘肃临夏州、云南怒江州察看,得出的结论是:现在真正贫穷的,只剩凉山。

之所以如此,地域和历史因素,是必定存在的,但更为重要的,是意识,是观念。这是我最切实的、深入骨髓的感觉。

彝族的优秀分子,对此已有着深刻反省,副州长、昭觉县委书记子克拉格对前去帮扶的汉族干部说:"你们就是要保持看不惯的心态,如果你们都看惯了,你们的作用也就没有了。"阿皮几体虽然很自尊地说自己民族落后,是因为离"昨天"太近,可他也深感疑惑,说民主改革同步,改革开放同步,国家又对我们投入这么多,不仅投钱,还派人来,派的人都是精兵强将,按四川省省长尹力的说法,是"尽锐出战",可凉山为啥还是比别人差那么远?

有疑惑,就会有反思。

然而,更多的人并不像他们那样去想问题。

彝族曾有着辉煌的文化,有着悠久的传统,很多人习惯了往回看,泡在昔日的辉煌里,躺在古老的传统里,认为这也动不得,那也动不得,动了,就是对传统的破坏,就是民族的罪人。连以前不修厕所,解手是去野地,也认为是动不得的传统。这些人既有领导,也有文化人,其中多个我都有过接触,并有过深入的交流,他们对自己民族的热爱,让我十分感佩,作为采访者,我也特别愿意站在采访对象的角度去给予理解——理解他们因为改变带来的痛楚。说白了,脱贫攻坚的核心内涵就一个字:变。生活的改变,思想的改变。改变成为必然,而改变的阵痛,却需要他们去承受。我理解这其中的煎熬,但同时又不能不去想,没有反思的热爱,是表面的,没有价值的,从本质上说,也是虚假的。

我该怎样去倾听和辨别?写作者的职责,是发现事实。采访本身并不能获得事实，只能帮助你去发现。如果采访本身能获得事实，只需资料就够了，不必费心劳神地走进现场。我先后两次去昭觉，一次他们宣传部知道，一次不知道。这第二次，我没通知任何人，目的就是静静地反刍那些声音，并尽量去与事实靠近。

两次去，都让我深受震动，为佛山和四川全省抽调去的帮扶干部，也为昭觉本地干部。他们的付出，只有见了，才能称出"付出"二字的重量。

不止一回，结束一天的采访，我回到住处整理笔记和录音，都禁不住泪流满面。有一次，是采访县教育局长兼民族中学校长勒勒曲尔，他谈昭觉的教育，谈老师们培养学生的辛酸和喜悦，竟让我大半夜脸上不干。过后好多天，当我独处的时候，只要想起，又不得不去盥洗间。一个人，该有怎样的情怀，才能做出那些事，说出那些话。那是一群真正忘我的人，是为这个时代，也为那个民族倾心劳力的人。当知道塘且乡呷姑洛姐村第一书记戴自弦，为督促村民养成好习惯，久久为功，移风易俗，坚持不住乡上，也不住村委会，就住到村民当中去，并以这种方式开放自己的生活，让村民看到自己怎样做饭，怎样收拾屋子，怎样安排一天，从细节上去感染他们；村里没房子，有个村民就腾给他一个牛圈，他在那牛圈里住了两年半。当我在暮色四合的时候，从海拔三千多米的高山上下来，鲜敏向我挥手告别的情景，数日浮现在我的脑海；鲜敏是成都市青羊区去的帮扶干部，独自一人住在那山上的办公室兼寝室里，我离开几分钟后，就看不见他了，黑漫漫的群山就将他包围了。如果不是为了扶贫，他的夜晚也会像成都的夜晚一样鲜亮，至少可和家人团聚……当我见到这些，听到这些，就无法不感动。

然而，只有感动是廉价的，是对不起他们的。

由此我想到我写作的责任。

我的责任，就是为那些挥洒汗水、忍受孤独甚至献出生命的人写作。

在昭觉，已有几个人倒在脱贫攻坚的路上。有天，我和县委常委、宣传部长张敏谈话，刚坐下来，她就接到电话，然后不断地接电话，不断地打电话，不断地询问和安排。是有人积劳成疾，在乡下晕厥了。那已是夜里八点过。几个牺牲的人都是这样，平时连体检的时间也抽不出来，往往小病拖成大病。有天我去四开乡，党委书记克惹伍沙下乡时脚摔成骨裂，也没空去医院输液，医生来电话催，但工作太紧，他实在走不开，弄得他反过来给医生道歉。

春节过后，因为新冠疫情，许多地方推迟上班，昭觉也有推迟，但2月10号，本地干部和外地帮扶干部就全员上岗了。好在昭觉没有病例。

几年前读美国作家玛洛·摩根的《旷野的声音》，其中写澳洲土著民的一段话让我记忆深刻："你不了解这些老土，他们很原始、野蛮，住在灌木丛里。我们曾试过教育他们，传教士花了很多年，想改变他们的信仰……到现在，他们还是不愿意放弃传统习俗和旧信仰。他们大多数选择留在沙漠，过艰苦的生活……那是他们自己造成的。他们是无可救药的文盲，没有野心，也没有追求成功的欲望。经过两百年，他们还是没法子融入澳洲的社会。最糟的是，他们也不想。"

我从中听到的，只有两个字：放弃。

而脱贫攻坚是三个字：不放弃。

所以我感觉到，生在这个时代的写作者，为"不放弃"而书写，写出其中的不易、意义和思考，是我最根本的责任。

如宽一样窄,如窄一样宽

人的身上,究竟什么东西最值得改良,是因人而异的事情,但有一点大概具有共通性,那就是如何让自己从自己身上醒来。要做成这件事,可能得力于自觉而艰难的求索,也可能在某个神秘的时刻,在你全不经意的瞬间,它就发生了。我至今记得十八年前的那个中午,同事们都回家吃饭或下馆子去了,我一个人待在办公室,阳光从窗口照进来,无所用心地落在宽大的写字台上,门外的车声,时高时低,时急时缓,像大河里的浪头子,给人苍苍茫茫的感觉。苍苍茫茫是属于时间的。就在这样的时间里,一个声音对我说:你应该去写作了,人生仓促,再不写你就老了。这声音清晰到如同雕刻,却只让我一个人听见。于是我听从了它的指令,顺手撕下一张公文纸,写了辞职报告。

那时候我在川东北的达州城,当着所在单位某部门的主任,我辞职,不是辞主任,是辞公职。我当时根本没想过走另一条路,诸如停薪留职,或设法调到一个相对清闲些的地方,是直接就把公职辞掉了。这种辞法似乎也不必要领导批准,报告一交,即刻走人。而今想来,做得这么决绝,唯一的原因和所有的原因,是那个声音唤醒了我,并戳到了我的痛处。我是热爱写作的,念大学时的生活费,多靠文章维持,但毕业过后,就把写作忘了,并非因为有了工资,不愁吃穿,而是浮于人事。如此混混沌沌的,竟过了十一年。后读《古诗源》,

其中有首短歌，很是让我震动，说的是，与其掉进人堆，不如掉进河水，掉进河水还有救，掉进人堆就没救了。这是至理。我为那至理添了一个例证。从这个角度讲，我说自己热爱写作，其实是不配的。

现在被那个声音叫到一边，把我忘掉和丢下的指给我看。斑驳的外壳里，包裹着令我魂战神栗的血肉。说成是初心也行。为跟熟悉的人事剥离，我举家迁居成都，躲在当时还算郊外的一间房子里，写起了小说。多年以后，知道我那段经历的人，常当着我的面，说我"执着"。如果这是夸我，就实在是把我高看了。我就是胆子大而已。事实上为到成都落脚，钱袋早已抠穿，漏成了负数，儿子又正上幼儿班，没成都户口，进不了公立学校，只能高价读书，也只能继续借钱。可是一辈子这样借下去吗？即是说，靠我一支笔，真能写出个光景来吗？我算什么，念书那阵，无非在《山花》《青年作家》《中国青年》《大学生》等刊发表作品，全都没过万字，且丢了这么多年。写得累了，停下歇息的时候，就不能不想到这些事。

钱是一方面，另一方面，我差不多是在糟蹋自己的人生。在先前的单位，鞋踩脚踏的，虽说不上康庄大道，也有其自在随心的宽阔：效益很好，职业也算光鲜体面。再说主任都当了，难保不当个别的啥。分明有坦途可走，偏要拐到深谷峻崖白水黑浪的小路上去，不知是太把自己当回事，还是太不把自己当回事。我的老同事和老熟人，都在这样关心我。又过些时，他们听说，罗伟章的腰佝偻了，佝偻得不成样子了，头发一根不剩地全白了，才三十多岁，就从头到脚是个老头子了；听了，为我愁，深更半夜的打电话来求证。我的头发现在白了许多，但当年，是一根也不白的，腰板是我想弯的时候就弯，不想弯就是直的。可换个角度看，那些说法又并无错处。它描述了一种人生败象，一种边缘化或被边缘化最可能呈现的景观。来成都的前五年，要不算回老家，我的出行半径，不会超过一平方公里。对一个正值盛年的人而言，这够窄的，窄得跟家畜——或者说得明白些吧，跟一条狗的活动范围差不多。

但老实说，时至今日，我还常常怀念那五年。那是彻底的属于我自己的五年。我读书，写作，两种生活都让我快乐。写作基本在白天，晚上读书。写作也可称勤奋，但与读书比，就算不上。多数时候，我睡在书房里，睡地铺，晚饭后一会儿，就躺到地铺上，捧了书读。顺便一说的是，躺着读书，比坐着和站着都更入心，大概是解除了体力的负担，便更能专注的缘故。读到凌晨一时许，关了灯睡。但往往是睡不着，想着书里的人和事，想着想着，不能自已，两臂一撑，啪！开灯又读。我在那时候理解了宁静、庄严和盛大的含义。这是我读过的梭罗、司马迁、凡·高、毛姆等人给我的，更是托尔斯泰给我的。把托尔斯泰的几大部长篇都读过了，读过不止一遍两遍了，我便对着他的画像说："你能教我。"他能教我什么呢？我书架上的许多书，都能教我修辞和技巧，但在托尔斯泰那里，技巧完全内在于人物，没有他的准确、浩瀚和深刻，就学不来他的技巧，我知道自己是学不来的。然而，他指证了人类忧伤的核心，注目于世界可能裂开的伤口和应该成就的和谐，他用自己的全部文字，阐扬着文学的更高规律和更高使命。人类文明的支撑，包括文学的柱石，靠小聪明是靠不住的。小聪明只能造就趣味和雷同。托尔斯泰于我的意义，是让我认识到自己的渺小。

到这时候，我明白自己是走在怎样的路上了。对伟大著作的阅读和日复一日地写作，我发掘和看见了自己——自己最坏的和最好的部分。作为平凡人，过着平凡的日子，最坏的部分往往也是平凡的，或者说是日常的，而正是日常的私欲和恶念，搭建起了世界平庸与互残的温床。既然看见了，就有了警醒、修剪和提升的可能，也有了奔向自由的可能。自由是需要自觉性和约束性的，没有自觉和约束的自由，不过是无心无脑的放纵，毫无价值，非但如此，还会成为灾难的起点。当一个人意识到这些，并学会了与自己单独相处，学会了自我裁剪和自我塑造，自由就已经归属于他了，他就能在表面的丧失中，获得心灵的疆域。这样的疆域，自然不是一平方公里所能丈量的。

由此可见，世间的宽和窄，全看你持怎样的标准。

每种标准都有其合理性，但要提醒自己的是，这个标准需是我的，不是别人的。用别人的标准来规范自己，是人们愿意做的事情，浸淫其中，会感到安全，有时还会感到舒适，比如别人欢呼，我也欢呼，别人愤怒，我也愤怒，我就成了围观者中的一员，就不会被视为异类。这很难说有什么不对，只是，我因此得到的，将是表面的获取和深沉的丧失，我脚下的道路，也是表面的宽和深沉的窄。

来成都写了十多年小说，又有了另外的境遇，因我写过《饥饿百年》《大嫂谣》《我们的路》等小说，被评论界说成是"底层叙事"代表作家之一，又因为写过《奸细》《我们能够拯救谁》《磨尖掐尖》等小说，被说成是"中国教育小说第一人"。被界定，是许多作家欢迎的，为的是批评家在论述某个话题时，可以被提及。但我从不在意那些。我还写过那么多别样的小说。如果也有在意的时候，就是深知自己的小说还不够好。好小说是不这样界定的。鲁迅的小说大多写乡土，可除了专门研究乡土小说的学者，没人会说鲁迅写的是乡土小说；《安娜·卡列尼娜》写贵族，也不会说那是贵族小说或城市小说。界定本身就是一种束缚和褊狭。小说就是小说，正如文学就是文学。我们现在时兴说传统文学、网络文学或者幻想文学、青春文学之类，看上去是为文学拓展了空间，其实是把文学矮化和窄化了。文学只有在文学自身的范畴内，才能呈现它的宽阔。即便是很窄的题材，也有窄的锋芒和锐利，并由此写出大的格局，成就宽广的风景。

因此，我不仅要说世间的宽和窄取决于不同的标准，还要说世间无所谓宽窄。如宽一样窄，如窄一样宽，有了这等心境，就能拥有舒阔的人生。

木质时光

　　出城区，迤逦上山，到柏合镇长松村，它就在那里了。我对它的造访，其实是对它的打搅。一千五百多年来，从它身旁经过的，在它脚下站立的，并不缺少如我这般文明社会里的匆匆过客。企图用文字去书写它，我是不配的，它已经有了那么多荣誉：长松八景之一，长松三宝之首，成都市千年古树王。不过，于它而言，所有荣誉或许都只是南来北往的风。它的最高荣誉，是时间。它诞生时，人间还是南北朝，那是很古的古代了，我转过头去，向那个时代遥望，立即觉察到目力的纤弱。我内心的光芒，难以穿透咫尺之深，更别说千余年的欲望和沉思、战争与和平。但是它，以木质之躯，一直站在那里，见证十五个世纪的苍茫世事。

　　它是一棵银杏树。

　　说到银杏，就禁不住想到老子。老子受孕于母腹，七十二年乃生，生时须眉皆白，故称老子。银杏也是，从栽种到结果，需数十年，"公种而孙得食"，因而又叫公孙树。这是一种缓慢的生命。它以岁月的悠远绵长，静静地揭示一个简单的真理：慢，才能抵达卓越。这里的慢，不单纯指速度，甚至与速度无关。老子把七十二年光阴，埋在黑暗中，某些典籍还言之凿凿，说他生于天地未开之时，意思是，老子出生后，依然埋于黑暗。可一旦出世，就照耀千古。那是他在缓慢中孕育出的智慧之光。对他的各种传说和神话，表达的正是人们对智慧的崇敬。银杏能熬过严酷的冰川期，存活数亿年，成为大地上极少数最古老的居民之一，与它的"慢"不无关系。潜沉、从容和耐心，是"慢"的不同侧面；在时间的深处含英咀华，成就质地，是"慢"的精髓与结果。

从这个意义上讲，银杏树其实也是智慧树。

我曾听好些朋友说，包括我自己也说过，若有来生，望能变成一棵树。我相信这样许愿的人，跟我一样，完全忘记了自己对空间的迷恋。人是属于空间的。在人这里，时间只是空间的附属物。我们从近处走向远处，又从远处走向更远处，然后回到近处，准备下一次出发。嘴上谈论的，也多是远远近近的事，甚至亲朋好友买了房，也是先问地段，再问面积。我们把空间当成权威和真理。可是树不一样。树一旦扎下根，只要不被砍伐和移栽，脚下的这方土，就成了永远的家。这在人是不可想象的。人无论多么卑微，也能在或大或小的半径里，忙忙碌碌地经营自己的生活，直到老得再也走不动，才被迫停下来，以床为家；不过，那已是生命中的最后时光，知道来日无多，就心甘情愿地陷入回忆。人到死之前，才返回时间的河流。正是那一刻，人具有一生中的最高智慧。

但时间究竟为何物？孔子站在大河之畔，给出解释："逝者如斯夫，不舍昼夜。"听上去很浩渺，也很哲学，可仔细想想，他啥也没说。时间并非流水似的绵绵不断，而是念念相接。对一棵树而言，所有念头都是朝天空伸展，向阳光靠近。生长，成为它全神贯注的事情。全神贯注，或许才是时间的真谛。而我们，仰望着头顶的星空，却生怕错失了另一片星空。在焦虑和忙乱中，我们挥霍着时间；这样挥霍着的时候，时间就并不存在。那是一段时间死亡的距离，也是心死的距离。没有心，或者说精神，人就很难被定义。

大自然,还有生长在大自然中的这棵银杏树,兴许能解开一些迷惑,给出一些启示。一千五百余年,不是数据,而是实体。二十五米的高度,将近三米的胸径,尤其是触目惊心半边炭化的身体,刻着的都是时间两个字。它存活的岁月实在久远,连岁月本身也有了嫉妒,某个风雨交加的日子,雷电将其击中,从此,它的一部分死去了,它把死去的部分,坦然地还给黑色。但黑不只是颜色,还是光亮——那触目惊心的黑,是为映照它才活着。它依然活着。活得大气而庄重。

　　我去的时节,春意初起,嫩芽刚出,标志性的满树金黄,自然是见不到的,甚至也没见到一只停歇的鸟。据说,对年过百岁的树,鸟也心怀敬意,不在上面做窝。而这棵树已活了千余年。虽无鸟影,但丝毫也不缺少细节。虬曲的枝干,诚朴而自信地呈伞状铺开,到极高处,枝条相交,烟雨迷蒙。苔藓沿着它的躯干攀爬,一些蕨类,包括灌木,都安居在它的身体上。走到十余米开外,它暴露的根须,也还牵引着人的脚步。它是沧桑的,却绝不破败,执着专一的定力,热烈宽阔的接纳,铸就它千载之下,依旧气象非凡。

　　如果这棵树是一位祖先栽种的,那位祖先便把他的生命,附着于树;如果并非手植,而是借助风或鸟带来了种子,那只鸟或那缕风,就跟树一起,活过了隋唐五代宋元明清直至今天。漫长的时日里,这片土地上经历了很多事,包括战火,却没有伤害它,它是这片土地的光荣。漫长的时日里,有许许多多人跟我一样,从它身边走过,在它身下站立,或独自思索,或彼此握手、寒暄、密谈、亲吻,然后走向各自的生活或者共同的生活。这棵树目送他们,看见他们生了白发,驼了脊背,身体低下去,低进尘埃里。那么多生死,那么多歌哭悲欢,都在它眼里游荡,它随便说出一段掌故,都是活色生鲜气息扑面的历史。

如前所述,像我这般文明社会里的匆匆过客,对空间迷恋的过程,也就是从大自然中分离出来的过程。在这样的过程中,我们的外在生活可能变得很精致,内心生活却简陋粗糙起来。而且,与大自然分离得越远,越不懂得谦卑。比如,即便站在这棵树下,我也在想:我应该给它一个命名。命名是人的特权,也是人的自大。好在它见得太多了。一千多年来,还有什么人和世景它没见过?它的宽博之心,早与世界达成和解。于是我便大了胆子,真要给它取个名字。

　　有人说,站在外侧仰视,它就像一条飞纵而下的龙,这话没错,且意义上也贴切。想当年,孔子访老子归来,三天不言语,子贡奇怪,问怎么回事。孔子说:我见老子,如同见龙,龙乘云气,游太清,我把握不住。凡吸日月精华通达灵异者,总给人"龙"的想象;这棵银杏树,也给予同样的想象。但我觉得,它还是更像一枚印章,啪,盖下来,这片土地,便有了历史和时间的戳记。

　　我因此叫它:长松印。

　　长松村,长松寺,长松印。我不知道村因寺得名,还是反过来,但可以肯定的是,自古及今,凡名山古刹,多植银杏。这很好理解。"因为懂得,所以慈悲","懂得"的极致,就是智慧,智慧的极致,就是慈悲。建于唐开元年间且由唐明皇亲赐匾额的长松寺,而今早已不存,但寺旁的这棵银杏树依在,成为指证和坐标。

　　苇岸说,只要有树,证明上天对人类还没失去信心。

　　我说,只要有古树,人类就能荣光永存。

木叶春秋

　　我在乡间的时候，就常常揪心于一棵树需要经历那么多苦难。它们最大的苦难是根扎下去了，就不能凭一己之力动身，当一粒种子破土而出，成长为幼苗，脚下的这方土就成了它们永远的家，也成了它们的宿命——如果不被中途伐掉，树就一直长在那里，直到老死。

　　很多个正午和黄昏，我坐在一棵树的旁边，望着它一动不动的身影，心想从生到死不能挪动半步，该是件多么痛苦的事情。作为人，不管多么卑微，也有供自己活动的空间，我们在这或大或小的空间里来来往往，在静静流逝的时光中经营自己的生活，直到腿老得再也走不动了，才把自己捆绑在床上，以床为家；不过，这已是生命中的最后岁月，我们知道来日无多，就心甘情愿地陷入回忆和沉思。走过那么多地方，见过那么多世景，可以回忆的人事真像丰沛的河流，我们还没来得及把所有的事情在脑子里过一遍，还没来得及把人生的道理想一个明白，日子就耗尽了。因此，到死我们也不寂寞。一棵树能这样吗？它出生时就为自己套上了镣铐：土地下的根须，既是供给养料的血管，也是束缚手脚的镣铐。为了生存，树竟然交出了自己的全部自由。

　　我常常想，当树仰望头顶的星空时，它们是否知道还有另一片星空。如果不知道，树会活得多么褊狭；如果知道，它又会陷入怎样绝望的境地。

因为不能动步,树无法选择脚下的土地是富饶还是贫瘠。这倒没什么关系。这就像人不能选择出身。但人可以选择离开,树却不能;人可以选择邻居,树也不能。人说,远亲不如近邻,这句话的本质含义并不是我们通常理解的那样,表明邻居能帮你多大忙,而是指邻居对个人生活的重要性。由于生存环境太接近,邻居的日子很可能就是你的日子,彼此生活中的点点滴滴,都会在无痕无迹中相互浸润。有一个好邻居是很惬意的,但这个世界无论多么完美,遇人不淑的事情总是难免。人碰到这类尴尬,就会想法把不好的邻居赶走,赶不走邻居就自己搬迁——我们可以从这个村庄搬到那个山寨,从这片河滩搬到那个渡口,甚至走得更远,远到把故乡抛在永远都看不见的地方。树是没办法的,如果没有谁去帮助它,邻居再碍目,再挡事,它也只能将就着过了。

在我祖居的后山上,有一棵低矮的酸枣树。树旁除了一年一枯荣的茅草,就是一根长着尖状叶片的藤蔓;那是匍匐茎和攀缘茎都异常粗大坚实的紫藤,我老家人给这种藤取了个名字:牛马藤。可见在它身上,有一股子愚拙的狠劲儿。不知在漫长时光中的哪一个瞬间,它抓住了酸枣树,从此把酸枣树当成自己的牺牲品,年年月月,锲而不舍地往它的身体里咬,深深地咬进它的皮肉,喝树身上的血。有许多次,我从酸枣树的身旁过,仿佛都听到它不堪折磨的呻吟。又有许多次,我提着弯刀上山,想把那根牛马藤砍掉;但我最终没这样做。我想的是,酸枣树在哀叹有这样一个邻居,牛马藤说不定也在哀叹:我为什么要与酸枣树为邻呢? 要是身旁靠着一棵高大的云松,我就能攀附着它,看到更深更远的天空……

当一棵幼苗长成大树,和人一样,就该是结婚生子的时候了。树的儿女就是它们埋藏在果实里的种子。谁都知道，如果这些种子不慎掉落到母亲的脚下，它就只有死路一条！它需要的营养和母亲的完全一样，而这片狭窄的土地已经提供不出那么多营养了；另一方面，母亲的枝叶遮盖了头顶的整个天空，它无法争取到必要的阳光。这就是说，树自始至终都不能与自己的孩子团圆！要想让孩子活命，树只能借风力让它们远走，风吹不走的，就吸引鸟儿或别的动物将果实吃掉，经过若干小时，动物们把不能消化的种子排在某一处角落，让它们生根发芽。树之所以结出色泽鲜亮味道甘美的果子，并不是讨人和动物的好，而是为了传宗接代运用的计谋。这一番良苦用心和悲壮情怀，作为人，我们哪里能够懂得……

乡间树所面临的这些苦恼，在城里树那里几乎都不成其为话题。

就像城里人比乡下人生活得优越一样，城里的树也比乡下的树优越。如果没有人起房梁，做棺木，也没有谁来把它们买走，乡间树便只能听从命运的安排，自生自灭。城里的树却不是这样：干旱时节，有人浇水，雨季来临，有人挖排水沟；树上生了虫，有人背着喷雾器洒药；天冷了，雪降了，有人在树的根部涂上石灰水或捆上草垫保暖，就像乡下的狗靠自己的皮毛保暖，而城里人的狗却要穿上五颜六色的毛衣一样。城里树的家也不是一成不变的。在我所住的小区后面，有一个面积不算小的花园，花园建成五年来，其中有很大一部分树都是种了又挖，挖了又种。我想这是在干什么呢，是不是树向管理者求情，希望再到别处去看一看城市的繁华呢？

有一阵子，花园中心的好几十棵树被挖走了，原因是开发商悔不该把这么大一片地建成花园，现在他们要毁了这个花园，重新建成商品房。由于牵扯太多，影响太大，施工最终停止，花园又恢复了旧模样。但恢复的只是表面，那些树，那些草，都不是以前的了。其实树的品种并没有变，但个体变了，以前在这里生活过的，去了别处，而今栽种下的，又从别处运来。城市的树就像城市的鸟，为一个栖身之所，不知疲倦地飞来飞去。

城里树也不会受邻里之苦。在园丁的精心计算和培护之下，它们彼此间都保持着一定的间距，在这个距离之内，不允许任何树种生长，更不要说企图攀附的藤蔓了。真要说它们也有邻居，就是脚下的草，那些稍稍冒头就听到割草机吼叫的卑微生命，除了怯怯地吸收一点儿营养，实在对树构不成威胁。

出于祖先遗传的禀赋，城里树也渴望有自己的儿女，并为此做出了一棵树的努力，可儿女去哪里安家呢？既不可能去钢筋混凝土做成的楼房，也不可能去马路上。到花园去吧，但那是别人的地盘，你要是不知趣，想趁园丁不注意的时候在规划好的间距内偷偷萌芽，那简直是白搭，即使园丁的眼睛迟钝，割草机也不会放过你的。城里树养育后代的唯一希望，就是拜托大风和飞鸟把种子带到城市之外，风还有可能，至于城里的鸟儿，它们早就不习惯飞翔了，不要说飞出城市，就是越过几幢高楼，也累得叫唤都懒得叫唤了；更重要的是，城里的鸟本来就那样稀少，且都是些将就着过活的小鸟，能够顺风滑翔逆风而上、无所畏惧地盘旋高天的大鸟，有谁见到过？没有这样的鸟，树又怎能企望它们把自己的儿女带到高楼大厦之外，带到水泥马路之外，带到园丁的目光之外，带到铁器铸成的割草机之外呢？城里的树仿佛知道这一切努力都是徒劳，便不愿费心劳神地去多想，生儿育女的渴望，也慢慢消退了，要么根本不孕育种子，要么就让种子掉落在自己脚下，让它们静静地死亡。

熬过悠长的岁月之后，城里树老了，死了，接替它们岗位的，只能是别人的儿女。为此，它们是说不上悲哀的。我见过乡间树悲哀的样子。有露水的清早，或者雨过天晴的午后，最好是在夕阳残照的黄昏，你走进乡间的林子，会听见树们悱恻的诉说，会看见它们陷入思念和迷蒙的愁态，但我从没发现一棵城里树的悲哀。在人类的呵护之下，它们生活得那样雅致，感恩戴德都来不及呢，还有什么悲哀可言？城里树没有自己的事情需要管理，它们无挂无碍地站立在街道旁或公园里，看着熙来攘往的行人和车辆，让人随时记起，又随时遗忘。

不过，在城里待得久了，把城里的树见得多了，我还是觉得，城里树所经受的苦难，不知要比乡间树大多少倍呢！

乡间的树虽然面临火烧雷劈之险，可真正因此而死掉的，从比例上说，远远低于城市的树。人类的祖先留下一句名言：树挪死，人挪活。这话的前半句，明明白白指出了树的特性。树是不习惯动窝的，树选定了一个家，就希望在那个家里一直住到老死。在树的世界里，并不存在我们人类那么多五花八门的欲望，城市再繁华，可是与一棵树有什么关系？脚下的土地养育了它们，它们就对这片土地忠诚，头顶的星空照拂了它们，它们就倾尽毕生精力，对那片星空抬头仰视。树就是在这种恒定的坚守中，成就了自己生命的内涵。

城里树每搬迁一次，就把自己的根须切割一次，它们的身体被搬走了，却把一部分血管留在了原地，这其中的疼痛，不管是谁，只要将心比心，就能有一个大致的体会。而且，我们永远也不要怀疑一棵树的智商，不要以为它们没有情感和思想，也就是说，不要以为树的疼痛仅仅出自骨骼体肤。树同样有感情的疼痛。要不然，我们就无法解释：而今，人类的知识培养出了那么多高明的园艺师，培养出了植物学博士，然而，当移栽一棵脾性禀赋基本定型的成树时，为什么显得那么不自信？为什么要让一部分树死掉？这实在不该责怪园艺师或者植物学博士，他们对树种所需的土壤和气候研究得那么透辟，按道理是不会出差错的。许多时候，树的确也不是因为这个而死。它们是怀念故土的气息，是由于过度的思念而造成心死。心死了，身体也就跟着死了。

这类事情随处可见。我就常常在小区外面的花园里，看到因移栽而死去的树。最让我触目惊心的，是一棵小叶榕。它移栽到这里来时，园艺师怕养料一时无法输送到冠顶，将树冠锯掉了，将他们认为多余的枝丫也锯掉了。他们以为这样就万无一失。谁知十天半月过去，叶片干枯了，树皮脱落了，然后，树死了！整整半年过去，它就以死亡的姿态一直站立在草地中央，那被锯掉的地方，看上去很像一只昂首向天的山羊。羊是上帝选中的牺牲品，是这世间最柔弱最悲苦也最壮烈的生物，我每次从那棵小叶榕身边路过，都如同看到一只走向屠宰场的羊。

据说，由于城市夜间光线太亮，每年都要使上百万只候鸟死亡，我不知道有没有人对树的生存做过这样的关注和统计。树是大自然最显明的标志之一，它的一切律动，都以大自然的律动为准则，晚上，它们也需要在沉寂的夜色中安然入睡的。只要把自己看低一些，我们会惊奇地发现，连水也需要沉睡，所不同的，它们是在吼声和奔流中沉睡——何况一棵树！

城里的树为我们站了整整一个白天的岗，晚上我们还不愿还它们安宁，让它们承受灯光的逼射。有的城市，直接把灯泡挂在树枝上。到了节日，比如春节，我们都喜欢让树身披挂上密密麻麻的彩灯，通宵达旦地明亮着。人在灯景下玩累了，白天可以睡觉，树却不能。树有自己的职责：它们需要在日光里吸收二氧化碳（同时还要吸收灰尘），再释放人们需要的氧气。树从来没有忘记过自己的职责，职责既是它们的本能，也是堪称崇高的品性。可是我们总是不太习惯于严肃的事情，总是把树们干出的那些事，完全归纳到本能之中。如果是这样，那么，人的本能是什么呢？

恶习和美德一旦养成，就自然而然地变成了本能。本能和德行，往往彼此杂糅，不可分辨。

树白天工作，晚上却不能睡，一些体质较弱的，就在灯光的驱赶之下累死了……

在人类的词汇中，有一个词让思想者沉醉。这个词是"天籁"。那是自然界的风声鸟声流水声。而风本来无声，风依托树木和岩洞传达它的歌唱，因此，树是大自然中美妙动人的乐器，同时也是安详达观的倾听者，它哪里习惯被各种欲望充斥着的嘈杂音响？

但人是不理会这一套的，我们为自己划定了一个能够承受的噪音上限，却没想到树。树在尖厉的敲击声和汽车喇叭声中破坏了听觉，从而走向疲惫和麻木，再也不会创造天籁了。城里人之所以很难想到天籁这个词，并不是城里没有风声，也不仅仅由于城里的鸟鸣声和流水声难得一闻，而是因为，城里的声音缺乏像蓝天和大地一样的广阔背景，无法唤起听者宁静的、带着淡淡忧思的感恩情怀。

责任不在树，而在人，我们有那么多世俗的、急功近利的想法，即使没有别的声音，我们内心的噪声也会压倒了天籁。

人类的"文明"一旦施加于树，就很可能造成灾难。我相信，在全国各地的公园里，都可以见到被扭曲的树，我们依照自己的审美观，将树塑成宝塔形、圆柱形、凉亭形、球形、拱形以及各种动物形状。人们把这称为艺术。而科学已经证明，树具备有喜悦和恐惧等等复杂情绪，手执剪刀靠近树身，树叶会发抖。这么说来，当我们以人的标准、以艺术的名义去制造虬枝怪态时，树一定会吓得全身痉挛，因为它们知道，自己即将面临的，不只是身体的痛苦，还要付出作为一棵树的全部尊严。

比较起来，乡间的树就完全是另一种命运了。

它们的生长和成熟，基本听从大自然的安排。宇宙之神在给世间光明的同时，又创造了夜晚，那是让活着的万物懂得节制和开采有度，正是在这个意义上，夜晚才显得那么深沉而慈祥。当暮色从大地上涌起，林莽便紧紧地抱成一团，成为最壮丽的剪影，那些单棵的树，与山林遥相呼应，共同成为夜色的一部分，成为整个严肃沉着的意境中的一部分。然后，人睡了，牲口睡了，树也跟着睡去。这时候，如果你借着熹微的月光独自走进林子，就能清晰地听到树的呼吸——这是夜晚的天籁。一切都是那么宁静！打破这宁静的，是一片飘飞的落叶，是鸟母亲安抚孩子的呓语。当这些声音过去，树就像翻了个身，重新进入更深的睡眠。不需设防。彻底的放松。正是有了这种放松，清晨的树才像新娘一样光彩照人！

至于季节变换中的乡间树，简直就是季节的心跳，它们的每一个表情，都让人想起远古，也想到未来。对此，城里树是无力提供的，城里树是工具，很难有一个时刻为自己活过。没有自我的生命，是不可能丰富的。

其实，这样的对比都太表面化了，城里树和乡间树最重要的不同，乃是活力。

树被哲学家认为是大地的一种力量，甚或是我们的本能和宇宙意识的主要源泉，它历经岁月沧桑却老而弥坚、青枝勃发的昂扬和坚毅，经受风风雨雨却从容应对的气度与智慧，是人类生存幸福的基土，也是人生的安宁之谷。

要想获得这样的印象,只能去看乡间的树。晨曦初现,乡间树便和农人一道,从睡梦中醒过来了。它们苏醒的姿势格外奇特。人的苏醒是睁开眼睛,而树的苏醒则是全身皆动,密集的叶片是它们活跃的神经,当叶片轻轻抖落附着其上的露珠,新的一天就开始了。树们对朝阳的欢迎,从来都不是平庸的:它们要联合栖身在枝叶中的鸟,举行宏大的仪式。你听说过"雀鸟闹林"吗?这感人而壮观的景象,出现在清晨和黄昏:你根本就不知道怎么突然来了那么多鸟儿,它们密密麻麻地挂在弯成弧形的枝条上,仿佛累累果实。你也不知道是谁发布了命令,鸟就一起叫了起来。一个"闹"字,恰到好处地点出了当时的盛况。鸟为什么这么整齐地集合到一棵或者几棵树上?它们叽叽喳喳的到底在说些什么?再聪明的人也不懂鸟语,说公冶长懂,但只是传说,因此我们恐怕永远也不会知道了。我们只能揣度,它们是在感谢上苍,感谢大地。我相信只能作如此解释。它们的一切都遵从大自然的法则,有什么重要的事情需要商讨呢?如果不是向上苍和大地感恩,还能说些什么呢?

　　可以说,树是这场感恩仪式的总导演,但它却庄严而充盈地静默着。它似乎深深地懂得,鸟(包括鸟窝在内)是上帝撒到树身上的花瓣,是上帝颁发给它的奖章!如果一棵树上没有鸟,就像一个人没有歌声和笑靥。对此,树是多么珍惜,你只要看一看它们那哺乳期女人一样恬静的神态,就知道它们是多么珍惜。当然,它们的神态是恬静的,内心却蕴藏着非凡的热情,这不可比拟的热情,彻底消除了植物和动物之间的界线,消除了各种生命之间的界线。树似乎比我们人类更加明白一个道理:既然我们生活在同一片天空底下,沐浴在辉煌盛大的阳光之中,就应该和各种生命一道——不管这生命多么卑微——尽心尽力地共同缔造大地的繁荣。

任何一种活力,从本质上说都来源于生长的力量。乡间的树挤得那么紧,乡间的树有那么多喜欢和不喜欢的邻居,才促使了它们拼命上长,去争取阳光。那种争高直指的情景让人感佩。正是这种集体的奋发,造就了森林的繁茂,成就了树的高度。所谓参天大树,无一例外都出自乡间。即便是同一个树种,从乡间移到城市以后,在相当的土质和气候条件下,其生长速度也会明显下降,其绝对高度最多只能长到在乡间时的三分之二。这是因为它不需要长那么快,也不需要长那么高,就能获得充足的阳光。

城里的树很少有鸟的身影和鸟的歌唱,再加上懒洋洋地生长,还有什么活力可言呢?

闲暇无事的时候,我也会想一想来生最好变成什么。因为喜欢绿色,喜欢那种单纯简朴不事张扬的格调,我想最好还是变成一棵树吧。但我一定要做乡间的树。

尽管乡间树的生活距离幸福还那么遥远。

写自丹江口水库的一封信

　　我到南阳来了,虽是第一次来,却有故地重游的感觉。这是被语言浸泡的缘故。二十多年前,我在北京右安门暂寓,碰到一位欧姓女子,她对我说,北京正修五环路,一个人若不能被北京的语言浸泡,就永远只能在还没修成的五环路上游荡。这话给我很深的印象,所以记得。语言不止于言说和书写,更重要的是风俗、文化和观念。语言不止于言说和书写,更重要的是风俗、文化和观念。我最初知道南阳,是小时候读诸葛亮的《出师表》:"臣本布衣,躬耕于南阳。"从此,南阳就深植于我的记忆,内化为原初性"语言"。作为中国人,尤其是作为蜀地人,诸葛亮这个名字早已成为文化基因,南阳郡上的卧龙岗,也是那基因里的强健神经,生长于我的血肉,成了"我"的一部分。

　　南阳当然不只是诸葛亮。科圣张衡、医圣张仲景、谋圣姜子牙、商圣范蠡,都是南阳人,他们和智圣诸葛亮并称南阳五圣。史学家范晔、哲学家范缜,以及当代冯友兰、姚雪垠等,也是南阳人。范仲淹的千古名篇《岳阳楼记》,是在南阳花洲书院写成的……

　　但我今天要对你说,是丹江口水库。

　　说来惭愧,在很长一段时间里,提到丹江,我就想起东北,大概是牡丹江的"语言"影响了我的内心图像。

　　丹江发源于陕西商洛地区的秦岭南麓,流经陕、豫、鄂三省。在陕西地界,丹江称作州河,你读贾平凹描述故乡的文字,多有州河流淌其间,那应该就是丹江上源了。丹江旧称黑河,据说是尧帝长子丹朱的封地,丹朱死后也葬于河畔,为纪念他,将黑河改为丹水;又说是因为河里产一种鱼,名丹鱼,水也因鱼得名。历史的迷雾,哪怕在无关紧要的细节上,也飘来荡去,遮遮掩掩,很可能,这也构成历史本身的迷人之处。

不过丹江口水库不只是丹江的事,它更宏阔的水源,来自汉江。丹江是汉江最长的支流,汉江是长江最大的支流,因此它们都属长江水系。在这一点上,我和你,又能轻易找到与它们的亲缘关系了。丹江和汉江在湖北均水交汇,均水后来改名为丹江口;丹江口水库由此横跨鄂、豫,湖面八百多平方公里,储水量相当于四百个西湖,这么一比较,你比我更能感知它的浩瀚。

细分,丹江口水库由两部分组成:丹库和汉库。丹库在南阳淅川县境。对淅川,此前我知之甚少,说明白些,是不知道。对某些事,"知道"并不难,特别是信息化时代,所以我并不想为你介绍淅川,所谓兵家必争之地、出土文物涵盖历代文明,所谓人杰地灵、峰峦叠翠、清潭争辉,如此等等,都并不能为你提供淅川清晰的面貌,说了,也只是纸上流风,于是不说。我想说的是,古人对艺术家的要求,扩大开来,对知识分子的要求,是读万卷书、行万里路,通常,我们对这句话的理解,是为了在阅读和行走当中"知道",其实那只是浅层次的,在更深的层面,如董其昌所言,是为"胸中脱去尘浊",从根本上讲,那是一种修炼,一种自我清洗和建设。你看到这里,定然会心,定然想到了一个词。

是的,水。

以及与水相关的所有词语或句子,比如上善若水、碧流扬波、浩浩汤汤。

你喜欢水，并择水而居，水烟般的朦胧、光亮和气息，以及啜饮阳光时的明净，都是你，也是我想象的你。能够贡献想象的人或物，已呈现了本质的丰饶，尽到了自身对世界的责任。丹江口水库就是如此，当然远不止于此。

我们住在市区梅溪国际酒店，乘车前往库区之前，诗人张晓雪说，那是一块宝石。我点点头，并没过多在意。我是把这句话当成一种修辞来听的。只有当我看到它，才知道从南阳走出的诗人，对故乡并非偏爱，描述故乡也无需修辞。那确实是块宝石，蓝宝石，蓝得如蓝天垂落。但它是不安分的，是一块液体的、动荡的蓝宝石，却又如此不可分割，是紧紧偎依血肉相连的完整生命。午后的阳光，很有分寸地照耀着湖面，光影在水上运行，奇异地勾划出一个巨大的汉字，是声音的声，繁体，似乎在提示我们倾听，倾听这个生命。

那回我们聊天时说到，无论是谁，都没有资格轻视任何一种生命，只要用心，我们就能看见，也能听见，时光正从那个生命上漫过。漫是个动词，也是个形容词——漫长的漫。一天也是漫长，也是出世、成长和衰落，是对生活不可遏制的渴望。这些，都让我们尊重，并心生敬畏。当我们乘轮渡从石桥码头去宋岗码头，盛大的湖面波光闪烁，近处是水，远处也是水，极目望去，还是水，水面接天，水成为水本身的语言，水让水之外的世界，退位为风景。生命在这里自在展开，姿态朴实，内里妖娆。船至湖心，只见一碧万顷，叠浪千层，上到二楼，凭栏迎风，风也是水质的，润湿、柔滑，浑身是水的气息，是水里万千生命的气息。

这时候，心里唯一想做的，就是赞美。

可是哪里去找赞美的语言呢？

想来想去，想起一部剧，关汉卿的《关大王单刀赴会》：关羽领数十人去江东，身边是莽汉周仓，面对森森江水，周仓喜欢啊，高兴啊，可他又无漂亮的言词表达，只得脚跺船板，扬声高叫："好水啊，好水！"你发现没有，这竟成为最动人的赞美，因为发乎真情。见波涛满江，周仓高兴，便脱口说出自己的高兴，而高兴是一种能力。反观自身，我们还具有高兴的能力吗？生活很可能没那么复杂，但在我们心里复杂，并因此不安，因此焦虑，因此丧失了某些本能，包括高兴的本能。

丹江口水库多岛屿，自西向东，岛屿如龟、如鹿、如鹤，彼此呼应，形成港湾，红崖拖岸，绿草披拂，很美。但世间最深沉的美，总来自于心。我甚至要说，来自于破碎的或者破碎后修补起来的心，本就朴实，历经大风大浪九磨十难之后，依然回归朴实。对此，启示无处不在。我们坐在船上，工作人员从八十米深处取水请我们饮用，喝一口，无味。这是丹江口水库的心，是最好的水，竟然是无味的。无味，却也是至味。

八十米深处是老县城，你听明白没有？这意思是，曾经，水底下是柴米油盐，是男欢女爱，是奋斗与拼争，是绝望与希望。有人说，丹江口水库是"亚洲天池"，当然不是，它就是个人工湖，亚洲最大的人工淡水湖，也叫"亚洲第一库"。造这面湖，会收获防洪、发电、灌溉、航运、养殖等多种功能，但最根本的，是南水北调。淅川县的丹江湖，是南水北调中线工程水源地，其陶岔渠首，与三峡大坝相比，自然说不上气势恢宏，却也有惊心动魄处。距渠首不远的堤坝顶端，塑着一尊人面鱼身的少女雕像，就是我拍照发你的那个，你说样子有点吓人，你这感觉的来源，是对身体被禁锢的惊惧吗？是对人世的热爱吗？不管怎样，都是对的。那少女，扬首含笑，目视远方，目光里有向往和坚定,有勇敢和迎纳,这是大美,而大美的背后,却是与之匹配的付出。雕塑无言,但你体会到了。

修丹江口水库,南阳地界百余人献出了生命,移民将近四十万。牺牲的不必说,迁移的还得继续活下去:活在异乡。对现代人来说,异乡这个词或许并无特殊意义,但对于靠山吃山靠水吃水的乡民,异乡代表的是家园不在,是脱胎换骨。当水库建成,优质水体一路北上,供给河南、河北、北京、天津四省市沿线地区二十余座城市,成为了这二十余座城市近亿人的饮水机。不只于此,还实现了沿线地下水的补给。

于是又说,库区周边移民,是"舍小家为国家"。

实话讲,我不喜欢这样的大词。在南水北调展览馆里,我从图片上看到一对父子,手捧从家门前挖出的一窝草,走向陌生的世界,我看见的是其中的痛。正如三峡移民的时候,我看见一个满脸疲惫的中年男人,背着一棵桃树离开故地,走向远方,那桃树烂漫地开着花朵,烂漫得让人泪流满面。可是你叫他们怎么办呢?人需要承受,也需要救赎。面对痛苦,人有两种选择:要么留在痛苦里,要么把痛苦像脏衣服一样扔掉。而以痛苦之心去扔掉痛苦,是做不到的,就像不能扯住自己的头发飞上天。

你知道这时候我想到什么了吗?

"没有爱的人,毫无生活可言。"

"爱被唤醒之处,生命得以重生。"

这两句,都是梵·高的话,这时候我想起来了。

然而,我想到梵高,首先是因为想到一篇文章。

就是范仲淹的《岳阳楼记》。

"先天下之忧而忧,后天下之乐而乐",这算不算大词?曾经我觉得,算,但现在不那样看了。我似乎从来也没像此刻这样深刻地理解了那句话。是南阳民众教会我理解的。远离家园的人们,要扔掉痛苦,唯有扩张自我。那是救赎最好的路。当他们想到,自己的付出解除了华北大地的干渴,惠及了沿途亿万生灵,人之为人的价值感和意义感,就会带离他们,走向精神的更高层面。这很难,但是必须。如此,"舍小家为国家",也就不是大词了。

但我最后还是要说,我们,特别是受惠于南水北调工程的民众,应该向库区百姓送去最掏心掏肺的祝福,并把珍惜每一滴水,化为内心的自觉。

怀念雷达先生

雷达先生辞世，中国文学界，尤其是文学批评界倒了一座山。

还在念大学时，就知道有个雷达，老师说，这人是中国文学的"雷达"。这是指他的敏锐和确当。而他自己，曾多次在口头上和文字里，说他不喜欢雷达这笔名，说这名字给人工具化的印象，仿佛在窥探什么。读雷老师的文章，更能理解他说这话的意思。他从未把文学批评当成工具，而是当成信念。他的批评是水性的，阔大、渊深、充满质感，其筋骨和稳固的精神内核，是在浩瀚和圆润中成就的，是以理服人，是山一般自然的挺立。他创造了那么多新概念，确立了那么多新观念，但在他的文字里，却见不到诘屈聱牙的术语。他对文学现象的侦察，始于嗅觉，成于内化，文学的精进和丧失，他几乎都有第一时间的陈述，他把自己的欣喜和忧虑，第一时间捧给文学界，捧给读者。"雷达"，这个他不喜欢的笔名，却赋予了他一种使命，数十年来，即使晚年身体不好，也没丢掉这个使命。

后来有幸和雷达老师认识。跟他认识，自然是因为文学。十多年前，我发表了长篇小说《饥饿百年》，中篇小说《大嫂谣》《我们的路》《奸细》等一批作品，雷老师倾心鼓励，说"罗伟章是近年来活跃的同辈当中，分量最重、最突出、最值得关注的作家之一"。就在那段时间，他来四川，我和一个同事请他吃早点，成都的小笼包子，点多了，没吃完，雷老师说："伟章打包。"因我还要去办事，不好打包，他马上说:"你忘本了。"他是从我的作品里,读出了生活的艰辛。他这话我至今记得,是因为我感觉到,一个人,包括一个作家,忘本是容易的,别的人忘本也就罢了,作家忘本却是致命的,那种创作的原动力,就可能不复存在,而没有这东西,作家很难保持精神的强度。

两年过后,《饥饿百年》出单行本,新浪网找去做个对谈,主持人是雷达老师。开言我表达自己的心情,说"雷老师德高望重",听了这话,他不高兴了,这样说他,仿佛他只剩了德和望,而他一直在中国文学的现场,不仅在现场,还在前哨。由此我明白,雷达老师是多么珍惜"雷达"之名。一个名字就是一种命运,他多么珍惜自己的命运。虽不高兴,却不影响他对《饥饿百年》的喜爱;他的喜爱和评价,始终鼓舞着我。他说:"我现在经常有一个感想,就是那种非常扎实,非常致密,非常独特,非常不可替代的小说越来越少了。罗伟章这个作品恰恰做到了这些。罗伟章想要表达的,不仅是生理上的饥饿,也是情感和思想上的饥饿。他的这部书,使我的心在一些夜晚突然沉重起来,坚硬起来,疼痛起来,又仿佛回到了过去那种秉烛夜读的神圣境界,流淌的是一股股青春的血液,激情、颤抖、愤怒,内心中深埋的良知和正义感,突然像乍起的狂风。他的这部小说多么让人感动,我兴奋且感佩的是,世界上还有这样鲜活和洗练的文字,还有这样狂跳的心脏,还有这样不屈的道义。"这些话,不管我能不能承担,但我知道自己是多么珍惜。

2015 年,我发表了《声音史》,在评论这部小说时,雷老师再次提到《饥饿百年》,说"整体上是很精湛的"。他甚至记得里面的人物,以及他们各自的歌哭悲欢。作为一个写作者,小说出版十多年,还有人这样谈论,深感欣慰和荣耀。何况谈论的这个人是雷达。对《声音史》,雷老师认为是一部"卓特之作",是近些年来"罕见的佳构",是

"乡村心灵史的绝妙隐喻",且认为,"我们看《声音史》,不宜把眼光仅仅局限在它写了空壳化的乡村如何凋敝,它的立意其实要深广得多"。他对《声音史》缺点的指证:声音还没有完全化入情节,没有完全起到"因之而起,因之而没,因之再起的与人物命运融合为一的妙用",我也特别认同,特别服气。他完全是说到了点子上。

平时跟雷老师联系少,见面更少,去北京开会,倒是常常碰见他,他总是一眼就能认出晚辈,老远就打招呼,而且总是那样亲切。

他是中国文学批评界定海神针似的存在。

而现在,这个人仙逝了。

2018 年的春天,对中国文学和中国文人,是很不客气的,春节刚过,就先后传出作家红柯、出版家郏宗培、龚湘海去世的消息,海岛那边,又有李敖、洛夫。其中红柯和龚湘海,是几个月前才一起喝酒的,红柯谈如何锻炼,如何养生,也谈他们老家方言生动的表达力,龚湘海说想出版我一部小说。现在,又是评论家和散文家雷达老师了。文朋诗友一路倒下,上海作家姚鄂梅很有感触,发来短信说:"我感觉自己还没长大,收割机就开过来了。"

夏天里的周克芹

　　对古圣先贤,若非机缘巧合,我不会去看他们的纪念馆,也不去拜他们的墓,例如李劼人,他的墓分明就在成都市内,我至今也没去过。拜墓也是一种认识,而我只想在《死水微澜》和《大波》里,去认识那个名叫李劼人的作家,这样更安静。对周克芹也是,他去世后回归故土,安埋在简阳城郊,离成都市区只有几十公里,我照样没去过。

　　不过去一去也真好,于是这回就去了。从周克芹的多部作品里,我知道了沱江,知道了葫芦坝,也知道了葫芦坝的雾和热气腾腾的生活。在我的想象当中,那当是一片水边平畴,田土纵横,屋舍相连,木板房下,人和家畜共居,一犬吠影,十犬吠声,一人哭笑,全村皆闻。但眼下农田很少,人户稀疏,满目核桃、柚子、柑橘和南方并不多见的柿子树,小路两旁,凤尾森森,空翠氤氲;且克芹先生的老家并没在坝上,而是与坝紧邻的丘山,他和他的父母,埋在半山台地,上山的石板路,湿润润的铺着厚厚一层竹叶。

　　知道周克芹这名字,是在念中学的时候。我念书的学校,卧于大巴山南麓一座偏僻的半岛,好在校长爱看电影,每过些天,就派学生穿过几里庄稼地,再坐渡船过河,去场镇上背放映机。北影版的《许茂和他的女儿们》就是当年看的。看之前,语文老师说,这电影是根据一部小说改编的,写小说的人叫周克芹,也是四川人。班上几个文学爱好者,就在那里议论开了;其实都还没读过他的作品,议论他,仅仅因为他在"四川"这个边界之内,尽管他在川西,我们在川东,既属同一省份,便也觉得是"身边人"。心怀梦想者,身边有榜样,是一种福音。后来读赫舍尔的书,赫舍尔说,榜样对人是一种定义,接受什么样的定义,意味着以什么样的方式确定自己的身份,意味着拿一面镜子端详自己的面孔。

真正读周克芹的小说,是上大学以后。他描述的生活场景,与大巴山区相距甚远,但我喜欢他的文字。他的文字有一种安静的气质。就是我在他故乡感受到的气质。王祥夫说,四川的周克芹和贵州的何士光,笔下有那个时代所缺少的阴柔之美,这话我很认同。阴柔是一种温润的美、弱质的美、低处的美,也是与土地靠得最近的美。阴柔免不了抒情,加上我们的文学源于诗歌传统,作家大多自带抒情基因,然而小说家抒情,是非常危险的事,稍不留意就会变成滥情,并因此欺骗读者。在我的阅读视野里,苏联的艾特玛托夫是最能将抒情化为叙述的小说家,张承志因此称他是"伟大的抒情"。中国现当代作家,能驾驭抒情的人不多,孙犁,还有周克芹,是其中比较突出的;孙犁对周克芹的抒情性写作也有赞誉。

事实上,抒情本身并不难,难的是节制的技巧。

节制的技巧也不难,难的是背后的支撑。

——意思是,你有多少真情。

周克芹是一个特别具有真情的作家。

读他的小说,就跟读路遥的小说一样,其议论深深打上了时代的烙印,周克芹对自己的明确要求,就是"使思想符合时代"。他们都是介入性很强且有使命感的作家,只是倾情投入,便可能为情所困,难于洞察。然而,他们的感情是多么真挚,并因真挚而珍贵。两人的血质不同,情感类型也不同,一个滚烫,一个和煦,一个属太阳,一个属月亮,但都属于夏天。周克芹的文字照耀了你,却不让你感觉到它的照耀。这是弥漫着明亮、忧伤和芳香的文字。芳香来自土地,来自万物,也来自作家自身。自身是源头。他是美的,是美的塑造者。我们常常说一句话,艺术来源于生活,其实还应该说另一句话,生活来源于艺术——美的艺术;没有这后一句,艺术就很难确立自己的价值。事实也证明,我们的生活的确被好的艺术所塑造。

《四川文学》最近刊发了张陵重读《许茂和他的女儿们》的札记,张先生在令人信服地梳理和分析后指出,周克芹有良知,有深情,有思想的勇气。正因此,他才成为新时期文学的先驱者之一。良知和思想常被论及,我想说一说的是情感——真情实感。老实讲,现在要写一点儿有真情实感的文字,越来越困难了,那种贞静的、谦卑的、不虚饰的文字,越来越难得了。而每个写作者回想自己写作的初因,尽管说法各异,最深处其实都是真情。没有理由,就是爱写、想写、需要写。可而今的写作,睁眼闭眼都与假碰面。我们在那方镜子里照见的,已经不是自己。可怕之处在于,我们以不是自己为荣,并且认为这就是跟上了时代,甚至超越了时代。孟繁华先生感叹时下缺少有情义的写作,须知真情缺失,哪儿找情义。

有真情,当然不等于就能写出好作品。这取决于情感的宽度和深度。情感的这两种维度,决定了一个作家的格局,包括思想格局。

周克芹的宽与深,成就于他的文学态度。好几位作家在回忆周克芹时都提到,说他有句话,叫"面对生活,背对文坛"。我不知这话是不是他首创,刘庆邦先生说是北京一位作家首先说出的,但不管怎样,周克芹时时将之挂念于心,且以此提醒后进,证明他把它当成了座右铭。他身上有着水样的质地,对生活,他其实不是面对,也不是拥抱,而是融入。他特别珍视自己熟悉的领域,并让自己成为其中的一部分。他悉心辨识自己和生活的气味,气味相投的地方,就是他奔赴和用力的地方。为了浸润到那种气味里,他不惧清贫,甘于寂寞,即使调到省文联,也回乡蹲点。他非常清楚,尽管走到天南海北都是生活,也都有生活,但那不一定能构成作家的生活,作家的生活和作家要书写的生活,有其内在要求;作家写出了一个大世界,但作家双脚站定的空间,或许"只有邮票那么大"。

周克芹的这种态度,与时下某些只到生活中匆匆忙忙索取故事,而不能内化为情感,进而发现生活疑难的所谓深入生活,划清了界线。

三年前,克芹先生诞辰八十周年纪念会上,我有个发言,说周克芹创作的黄金时期,中国文学百花齐放,百花齐放的意思,有时是繁荣中的迷茫,那么多流派和写法,再坚定的人也容易摇摆,而周克芹充分尊重自己的禀赋,并且始终坚信,无论文学观念如何变化,真情实感,有血有肉,都是文学的常识。

此刻,站在先生墓前,回想着读他小说特别是读他那些风景描写时的动心,深念先生对大地和对文学的痴迷。现在的许多作家,已经不会风景描写了,我听一个出版社的朋友讲,他们要出版某小说家的长篇,小说本身不错,但觉得枯了些,缺失人与自然的呼应,想让他加入一些风景描写,结果怎么也加不好,且越加越糟,干脆照原样出算了。我想,这大概也不是作家的无能,而是现代人慢慢地,有意无意地,与大自然有了割裂。前些天我去川西高原,听朋友问一位孤寂的乡下老人:"你什么时候最快乐?"老人回答:"有风吹过寨子的时候。"这种深沉美妙的感受,我们还有吗?还能在作品中写出吗?周克芹是有的。我猜测,他受俄罗斯作家的影响很深。俄罗斯作家正因为对大地的痴迷,成就了作品的辽阔和深邃。痴迷是最深的热爱。少了热爱,就少了纯真、赤诚和胸襟。

汉字:女

那时候我比现在年轻得多,所以我知道不少已经消失的事物,比如蜡版。我是看着那东西怎样荒置在桌面上,积一层薄灰,但它曾经的光泽并没褪去,它在等着一双手,将它擦拭干净,让它返老还童。某个阴沉的下午,那双手终于伸过来,却没擦拭它,而是将它扔进缺了角的纸箱,等着专拉废品的卡车开到楼下。天黑许久,卡车来了,蜡版和众多废弃物躺在一起,盲目地穿越整座城市。当太阳再次升起,它已毁尸灭迹。或许,它还占据着某个不为人知的空间,但时间已经不属于它。它在空间里活着,在时间里死了。

几乎与之同步,我还看见一个名叫孙燕的女人,怎样一步步走向背景。

背景越来越淡,淡到没有。

在我平凡而杂乱的生活中,孙燕一点儿也不重要,可许多年来,我忘了数不清的人和事,却一直记得她,有一阵,只要我坐到电脑前,她就在我身边突然出现,要我写她。这让我很不高兴。我觉得,我有更重要的东西要写,她不该随便跑来打搅。我毫不客气,把这话说给她听。她没多言,转身离去。每次都这样,却每次都把哀伤的眼神留下来,让我无法静心。

有时候我想,我是欠她吗? 或许是的。要不是她,我会更长时间地抱着这样一种偏见:能把字写好的人,必定聪明,上天分派给他们的命运,也不会太差。这种偏见源于对自我的肯定。就像叔本华照着镜子描述天才的长相,我看着自己笔下的龙飞凤舞,判断人的智商和未来。一个时期,我觉得世上再没有人能像我这样,把汉字写得如此叫人着迷。这自然不包括书法家在内,书法家是要练的,练出来的字好是好,却磨损了与草木相通的气息,如同整容师收拾出来的容颜,美丽的背后,潜藏着手术刀的锋芒和戾气。

我就带着这种狂妄,读完大学,分到百节镇,做了一名初中语文教员。

百节镇离我老家并不远,但此前我从没听说过。我未满三岁,就听说过数千公里外的北京和上海,也听说过数百公里外的成都和重庆,快满二十二岁,却没听说过只有七十公里的百节。遗憾的是,听说过的地方,往往去不了,去了也留不住,没听说过的,偏偏在你很年轻的时候,就把你像枚图钉摁在那里。百节镇群山环绕,是一条阴郁褊狭的夹皮沟;因出产煤炭,外界通常不叫它百节镇,而叫百节煤矿。

我教书的地方,就是百节煤矿子弟学校。

我说过,我很聪明,且是"必定聪明",上班不满一个月,我就学会了使用教师的特权:考试,没完没了地考试。考试能检验成果,查漏补缺,这是事实,但更重要的在于,它能让学生怕你。

试卷都是油印,油印之前,要刻蜡版。

刻蜡版的人,就是孙燕。

因自己能写一手好字,我热爱汉字,也特别关注与汉字打交道的人。第一次见孙燕刻字,老实说,我就惭愧了。那是一次月考,我只出了小半页试卷,送去交给她。短时间就能做好,我便等在旁边。她细心地将蜡纸铺平整,穿针引线般,把笔尖拈几下,再将笔杆靠在右手中指那个磨出来的窝儿里,伏案工作。蜡笔在钢板上游动,如溪水奔流,有一种硬,有一种冷,又有一种摧刚为柔的深情。那字是扁扁的魏碑体,结体方严而又飘逸洒脱,稍有一个笔画走形,她那眼神,就像很对不起那个字一样,用涂改液涂了,重新再刻。

对汉字,她不止于热爱,还心怀忠诚。

这着实让我惭愧且感动。以前我只为汉字本身感动,有回我在一张报纸上随手写了个"也"字,这是个虚词,并无实打实的意思,可我的脸颊却被泪水抓得发痒。我在想,烟雨苍茫的远古,是哪一位祖先造出了这个字;那位祖先五天没吃东西了,乱发如蓁,胡须如草,穿着兽皮,不,光着身子,温暖的生殖器,贴住冰凉的石头,他就用尽最后的力气,在石头上刻下了这个字。然后,石头变暖了,他变冷了。他死了,只把这个字留下来,一直传到今天,传到我的手里。我写的每一个笔画,都是对他骨头的组接,对一个生命的唤醒。

然而孙燕那种刻写的姿势,与造字的祖先更接近,更加气息相通。

那姿势本身就是生命。

她就这样感动了我。

——却也冒犯了我。

她动摇了我一直以来的判断。

孙燕说不上聪明,上天分派给她的命运,也并不见好。

油印室在教学楼东面,是一所单独的小平房,外人会以为是间厕所。火柴盒似的外形、灰不溜秋的色调和暧昧的污渍,确实也跟厕所很像。但来这里的外人实在稀少，一年到头难得见到。这是一个封闭的世界。真正把它当厕所的，是鸟，麻雀、喜鹊和画眉，在平房顶上勤勉地翘起尾巴，屙下粪便，也播下树种和草籽。树种被贫瘠死了，草籽却在尘土里生根发芽，远处望去，绿茵茵的，嫩得人眼睛生凉。

这平房底下，活动着两个女人，一个刻写工，一个油印工。

十有九回去那里，都能听见油印工在骂刻写工，骂得相当难听。

她们之间并没有过节，也不是因为刻写工做错了事，比如刻得太轻，印出来老不清晰。这种事根本不会存在。油印工骂刻写工，只是觉得这个人可以骂。

无缘无故又鸣锣打鼓地骂一个人，已经证明了这人被集体蔑视。

整个学校，乃至整个矿区，都瞧不起孙燕。

几乎无人跟她说话，因工作上的事不得不说，也没有好声口：音量比平时大，语速比平时快，尾音比平时短。学校的女工，丈夫都在矿上有一官半职；她们读书少，没文凭，不靠丈夫，就到不了学校这样的单位。偏偏孙燕不靠，她男人是下井的。你不靠男人，靠自己，说你的字好，字好算什么本事？如果你的字能卖钱，那算本事，可你无非是刻几张卷子，挣一份工资，字好字坏，还不都是字？能认就行了。职工们这样看，教师们也跟着这样看。教师往往要巴结职工，职工多为土著，家里又有掌权的，教师大多从外地来，在矿山没有根基。

油印工最爱骂孙燕的一句话是：梭叶子。

梭叶子是一种鱼，体态柔曼，行止轻滑，能在密集的水草间自由穿梭。

把这鱼的名字用在女性身上，就两个字解释：破鞋。

谁是破鞋？

油印工说，孙燕是破鞋。

所谓破鞋，就是谁都可以穿一脚。脚，是男性的象征，这在《诗经》里就说过的，"履帝武敏歆，攸介攸止，载震载夙"，是说后稷的母亲姜嫄踩了上帝的脚印，回家就怀上了；武敏，即大脚趾印。正因此，先前的民间女子，喜欢上某个男子，就给他做双鞋，男子接受了，就是一辈子的事了。现在离婚率那么高，就因为女子不知道要给钟情的男子送鞋。

当然不能送破鞋。破鞋是生性放荡，男女关系复杂。孙燕放荡吗？一个放荡的女人，即使口头上说看不起她，总有男人围着她转。何况孙燕长得好，细骨，细脸，细腰身，而不该细的地方，又不细。但她身边，没有那样的男人。

后来我听说，她的破鞋之名，是婚前就挣下了。是她主动去找的那下井工。那人高大帅气。她不要嫁个当干部的，就要嫁个孔武标致的。她看重的是男人，不是干部里的男人。她不知道这种选择，既得罪了男人，也得罪了女人。她实在太不聪明了。有天下午，她在矿工宿舍跟那下井工做爱，被逮了个正着，从那天起，她就成了破鞋。

如果拿到今天，男女谈恋爱不做爱，几乎不正常，而当年那么干，女方就是破鞋。

尽管两人最终结了婚，还是破鞋。

或者说，还是梭叶子。

她男人是世代矿工的儿子，矿工的儿子能找个厨娘就是老天开眼，而他的老婆是学校职工，模样儿又生得好看，还是主动朝他身上扑。因为这一点，他很珍惜。也因为这一点，他起了疑心。婚后不满半年，他下班后就做两件事：一是喝酒；二是打婆娘。打得孙燕不是哭,是号,感觉每次都要出人命。

孙燕那破鞋,更是板上钉钉。

如果你不是破鞋,你男人为啥对你下那样的毒手?

到后来,她男人也说她是破鞋。

如果你不是破鞋,为啥要下嫁给我?

男人觉得自己吃了亏:他捡了一双破鞋。

孙燕以前的样子我不知道,我见到她时,她是全学校也是全矿区最爱穿着的女人。本来,矿区女人爱穿着打扮,并不奇怪,夹皮沟似的百节煤矿,保守与新潮并存。一方面,男男女女为别人是不是破鞋操碎了心,另一方面,这里的前辈来自五湖四海,包括重庆、南京和上海,回去探一次亲,就把大城市的新鲜玩意儿带进几朵浪花,喇叭裤、波浪头、霹雳舞,并不比五十公里外的新州市晚出现一天半天。即便如此,孙燕的穿着依然特别,主要是花哨,花哨得"语无伦次";不仅花哨,浑身上下还层层叠叠,巾巾吊吊,前胸后背,肩头袖口,都各有色调,头发本色和栗色相间,眼镜架金黄,却又在镜架两侧吊着银色的链子。

一句话,她不会打扮。

这证明她以前就没打扮过。我也隐隐约约听说,孙燕是被男人打出爱穿来的,越打,越爱穿,结果就穿成了现在这个样子。穿着打扮如同弹琴写字,也需童子功,小时候有过训练,长大了就成为本能,否则便艰难许多。孙燕有写一手好字的本能,她是怎样练成的,我不知晓,我所知道的,是她的那种打扮近乎糟蹋。

老职工们倒不这样想,他们只说孙燕"爱穿"。她的爱穿,坐实了她是个破鞋。祖先发明的设问句再次派上用场:如果你不是破鞋,就不会这般叮叮当当地招摇,你这般招摇,不就是想勾引男人吗?你的工资并不高,你男人挣得多些,可那是咋挣来的?在大山的腹腔里,以半跪的姿势挥舞镢头……如果你不是破鞋,男人拼着命挣几个钱,你舍得树叶儿似的乱花?"奢侈总是伴随着淫乱,淫乱总是伴随着奢侈",这话可是一个名人说的。

　　当初去百节报到,要经过新州市区,市区南城的马路边,立着一所学校,是新州矿务局第一中学,简称局一中,建校时间短,却已名声大噪,第一届毕业生,就有人上北大清华,学校的教师,是全国招考来的。那时候我是多么年轻啊,年轻便能无畏,从那学校外路过,我瞥了一眼,对自己说:一年后调过来。

　　果然也是。次年九月,我成了局一中的高中语文教师。

　　百节煤矿被我扔掉了,子弟校的同事,全局教师开会时会偶尔碰见,我问了这个,问了那个,却没问过孙燕。不是没想到她,我经常想起她。当我拿到油印的试卷,尤其会想起她。字,哪里只是用来认的。仓颉造字,神鬼哭泣,他们哭,不仅因为有了文字,人类就能记事,就能累积文明、解释世界,从而把部分权力从他们手中抢走,还因为,字是美的,人类日日与字为伴,便能欣赏美、创造美,由此破除功利的枷锁,成为真正的"自由人",遇到麻烦事,就更不会去求他们。局一中的刻写工,只能呈现文字功力的部分。学生们看着这样的字,也只能识别它的意义,无法感知意义之外的"无用"。

　　要是孙燕能调过来就好了。

　　我这样想,却从没向校长推荐过,除了觉得自己人微言轻,或许还有别样的隐秘心思。

　　不仅不推荐,连问也懒得问。

但百节的老同事还是主动向我提起了她。她身上新闻多，不提她，彼此间似乎也没多少话说。他们说:孙燕被丈夫打进了医院。孙燕离婚了。孙燕那个读小学的女儿(我从没见过)，死活不跟母亲，要跟父亲，孙燕跪下向女儿求情，女儿也不答应。

局一中如日中天，迅速超过市内老牌名校。我去的第二年，北大上了五个，清华上了四个，再加上人民大学的一个，凑成一席，学校扎了敞棚彩车，将这一席人装进车里，前面站着校长、书记和班主任，都戴着大红花，锣鼓敲得震天响，满城游街。秋季招生，来局一中报名的，轧弯了路途。学校将财务室搬到大厅，调集若干保安，围住几个大箩筐，那箩筐是用来收钱的。以前每个班五十人，现在平均七十人，连讲台上也放了课桌。

学生多了，需要的教职工也多了。

那天，我在办公室备课，肩膀被拍了一下，抬头看，竟是孙燕，才知道她调过来了。她脸色绯红，是兴奋的。调到局一中值得兴奋，矿务局下辖七矿，各矿都有子弟校，子弟校的教职工，都以调到局一中为荣。对孙燕来说，又格外不同些，她可以脱离先前的环境，从头开始。她说刚报到，还没收拾。我也为她高兴，问要不要帮忙，她说不要，行李已放进寝室，打扫一下就好了。

新来的人，包括我，都没住在学校，是学校代我们在一家医院租了房子。那医院简称163，是一家陆军医院，抗战时期建的，不知为什么，数十年来，一直也没转成民用，实行半军事化管理。因这缘故，去看病的人少得很，空出大片房子，便向外租。两家大客户，除了我们学校，还有市杂技团，杂技团租了整整一幢，二十四小时大门紧闭，只传出练功的孩子们混沌的惨叫声。

孙燕很快得到老师们的赞扬。当然有说她字好的,但主要是因为她快,而且尽责。你拿十页二十页去,她绝不会像以前的刻写工,抱怨地质问:"咋这么多?"她只是专心而迅速地翻着试题,看有没有不清楚的地方,然后问你啥时候要。你不管说得多急,她都这样回你:"好的,××老师你放心。"学校的油印室在二楼,是一间很大的办公室,说成是个工厂也行,三个刻写工,两个油印工,都是女工。如果刻好的卷子油印工忙不过来,孙燕就帮着油印。总之她绝对准时交付。

　　这让另两个刻写工很不舒坦,于是传话,说孙燕刻的试卷,学生根本看不清。其实是看得清的,她的字有一种规整的华丽:先是规整,再是华丽,规整是骨,华丽是表。可那两人一说,许多教师也跟着说,从此不再赞扬孙燕了。那两人是局领导的亲属。矿上的好单位,由矿领导的亲属占据,局里的好单位,由局领导的亲属占据。

　　说了孙燕不好,并非她们就愿意多做。恰恰相反,都尽量往孙燕桌上堆。那两人一个姓向,一个姓梁,年龄都比孙燕略长,孙燕到局一中时,二十九岁,她们三十出头,因此孙燕叫她们向姐、梁姐,当向姐推给她,她说:"要得向姐。"当梁姐推给她,她说:"要得梁姐。"她以为这样做,她们就会对她好些,就不会去找领导反映,说她的字看不清。她不懂得人之所以喜欢捏软柿子,不是软柿子捏着舒服,是要捏得稀烂才舒服。

　　局一中之所以异军突起,是战天斗地战斗出来的,教师从早到晚坐班,普通教师从早上八点半坐到晚上九点半,班主任从早上七点坐到晚上十点,若带毕业班,则要坐到十一点(十点半下课,另半个钟头去招呼学生睡觉）。孙燕到局一中两个月后,她就不能像职工那样实行八小时工作制了,有时候,毕业班都下了晚自习,教学楼空了,她还在刻蜡版。

如前所述,我们住的163医院,实行半军事化管理,那个"半"字,全部体现就在于按时关大门。以前是十点半关,学校领导去交涉后,延长到十一点半。如果孙燕跟毕业班学生同时离开,完全来得及,学校距那医院,有两公里多,路很偏僻,很长一段没有路灯,但毕竟是路,一个小时足够走到,可有一天,她赶活路,拖到十一点二十才走。当然不是走,是跑,可就这么点儿时间,除关灯锁门耽误掉的,别说跑,飞也不行。

她叫门。绿漆斑驳的铁门傲慢地拒绝了她。

她只好回到学校。幸亏学校不关大门,是因为旁边还有矿务局另一家单位,那家单位的职工,要从校园出入。那天,孙燕在油印室待了一夜。那是冬天。新州市的地形跟重庆相似,气候也相似,暑天酷热,冬季严寒。孙燕得了重感冒,并引发了肺炎。

但她被扣了一个月工资。

她那么赶活儿(待的那一夜,大半时间都在赶活儿),也没能把活儿做完,老师们就去找校长,说今天就要的试卷,却没做出来。校长问向,问梁,向和梁说,我们分了工的,那些归孙燕刻。孙燕当时住在医院里,待她从医院出来,校长问她,她一言不发。

而这时候,她的眼睛在痛,手臂也痛。感冒和肺炎好了,眼睛和手臂还没好。持续不断的苦工,磨损了她的身体。蜡纸刻上几页,钢板上的格子就暧昧不明,她舍不得换,继续用,眼睛要伸出爪子,才能把那格子抓出来;蜡笔是铁的,因此又称铁笔,很沉,若是生手,刻上半页纸,手臂就会酸痛数日,握笔的手指还会打出血泡。

但她一言不发。

校长见状，火冒三丈，狠狠地骂了她一通，然后扣了她一个月工资。

校长是不知道情况吗？他知道。但他对向和梁无可奈何，向的舅舅是副局长，分管教育，梁的三叔是账务处长，这些人，他都得罪不起。校长把他的窝囊气，都撒到了孙燕身上。

这样就传递出一个信息：孙燕是可以欺负的。

一个可以随便被欺负的人，连同情你的人也觉得不值。

孙燕又陷入轮回：除了工作上的交涉，没人跟她说话。

市里毕竟不是矿区，她是不是"梭叶子"，倒没人提，但她那身怪里怪气的穿着，依然让人侧目。你不可以穿得朴实些吗？即便你不懂得一个长得好看的女人，粗服乱发是一种大美，也该知道朴实不掩其美，且更能让人亲近。能让人亲近，本身就是美。那时候我到底年轻，还满口学生腔。一个朴实过的女人，当她抛弃了朴实，要她再回到朴实，几乎是不可能的。我当时就是那样想的，觉得朴实如同贞操，失去了贞操，就是永远的失去。

孙燕来我办公室的时候比以往多了。她把我当成了故人。她错了。错就错在我从没把百节煤矿当成我的故地。在我心里，去百节相当于出差。孙燕只能算熟人，不是故人。她来找我，是想等我下晚自习后跟我一同回去。她说："我害怕。"既怕那段黑路，也怕杂技团传出的惨叫声。一个女人对你说她害怕，是对你的信任，这个我懂，但我同时懂得，承担了一个女人的害怕，也应承担她的快乐，我拿什么去承担孙燕的快乐？意思是，我怎么能够给予她快乐？我实在是太聪明了。其实，只要我好好对她说话，能多说就多说几句，她就会快乐起来,但我没那样做。一个被集体蔑视的人,身上带着黑色的力量,我不想沾染。

她来找我时,我总是对她说:"我要去找伍老师下棋,有可能就住他那里。"

伍老师也是语文组的,来得早,在教师宿舍分到了房子,老婆又不在身边,有时候我确实去找他下棋,然后睡在他家。因此,我对孙燕那样说话时,多么庆幸有这样一个借口。

当年,企业很重视企业文化,尤其是大型企业。当年的企业文化不是像现在这样,清早起来,站成几列,唱"感恩的心",而是要举办舞会、歌咏会、诗歌朗诵会之类。

局一中的舞会每两周一次,周六晚上,在食堂的二楼。

教职工平时是不化妆的,就连孙燕,虽穿得花里胡哨,也不抹胭脂口红。但开舞会这天要涂。别人是淡淡地涂,孙燕涂得很浓艳。到了舞场,女人们盛装坐成一排,等男人去邀请。舞场上是女人最假、也最没出息的地方,既然是来放松,且都是同事,为什么就不能主动邀请男人?男人把女人请遍了,但没一个人去请孙燕。我相信,一定有人想去请她,她好看啊,在场的,她最好看。但就是没有人去。这其中的道理,想一下就能明白。

我不请她,是因为我是主持人。开个舞会,也像模像样分派了个主持人,安排谁唱歌,谁在舞曲间隙说段快板等等。主持人都由我做。我抽不出空。这当然又是一个借口,我并非没请人跳过,尽管我并不爱跳,也不会跳。我注意到,当我请别人跳舞时,孙燕那样子,像是遭遇了沉重的打击。我不知道她在多大层面上除了把我当成故人,还认为我俩的字好,我和她,或者说她和我,应该惺惺相惜。如果她这样想,我就成了她刺骨的伤。

没人请她,她不管,她从头坐到尾。

回回如此。

如果,她以这样的方式来对所有男人挑战,孙燕就变了,就不是孙燕了。有许多次,我恨她,来一次两次没人请,三次还来吗?三次来了没人请,四次五次依然来吗?

更多的时候,我希望她蔑视所有的男人,包括我。

但事实证明,她活在世上,只是认真做事,与人为善,她没有想过,也没有力量去蔑视谁。她比在百节时更糟,百节的油印工至少还会经常骂她,挨骂也是一种交流,也能证明她的存在,到了局一中,除校长骂过她一回,连骂她的人也没有。

"我双手掩面,但不是哭泣;我只是双手掩面,暖我的孤单。"

每当念诵越南僧人一行禅师的这几句诗,我都会深深地为之动容。但这是若干年之后的事情,若干年前,我没有为那个孤单的灵魂动容过。或许,书上写的和生活中的,本就两样,我们为书上写的愁肠百结,为生活中的心硬如钢。

好在孙燕很快就要结束没有温暖的日子了。

学校旁边的那家单位,有个姓贺的男人,两年前死了妻子,不知是谁(多半不是学校的),把孙燕介绍给他。这人五十多岁年纪,但看上去最多四十出头,不仅挺拔壮实,还有一张刀砍斧削般的脸,要论帅气,该和孙燕的前夫有一比吧!两个人见了面,都很满意。那段时间,孙燕总是笑笑的,没有人陪她笑,她就一个人笑,笑给她自己。

然而,两人交往小半年,婚期来临之前,男人突然变卦。

男人说:"我就是个普通职工,她那么爱穿,我养不起。"

他可不是现在才知道她爱穿,孙燕也并不需要他养。

我估计,是关于"梭叶子"的传言,从百节一路过来,传进了他的耳朵。

这人善良,没说孙燕是破鞋他才变卦。

孙燕又不笑了。但也不愁苦。她的神色是平静的。她可以从早到晚忙,从早到晚伏在蜡版上,听溪水奔流的声音……当我写着这段文字,那声音穿透黑夜,破空而来,那声音有着春草的颜色和韧性,即使枯萎,也能在季节里返青。由此我进一步确信,孙燕把她刻写蜡版,绝不仅仅当成一件工作,在她刻写的姿势里,蕴含着汉字一般恒定的品性。她就这样老去吧,然后成为一个传说,说她是刻了一辈子汉字的人。

初始的狂妄,就这样给我留下了不可挽回的后遗症,让我总是落后于时代,因而也永远无知。能把一件事从青丝做到白发,那是大河文明的时代,或者叫农业文明的时代,当钢铁文明席卷而来,这样的宽阔、舒缓和完整性,便在旦夕之间瓦解。时间的刻度,比以前小了,时代这个词,意味着潮水般的涌流,意味着未及审视的仓促背影。

不过,真正的时代潮流,都是细小之物,一粒稻种,能结束平等,分出阶层,一部电报机,能绝迹古驿道上的千年奔马,只余蔓草荒烟……

局一中有了第一台电脑,是一台286,显示屏如生满白内障的牛眼。

然后有了第一台打印机。

还需要刻蜡版吗?不需要了。打印出来的字,就跟书上的字是一样的,多么清晰,这才叫字!个性是完整性的一部分,识别个性同样如此。完整性已不存在，个性同样如此。这是超市和连锁店的时代，谁有个性，谁就等着被淘汰。

孙燕下岗了。

人们说，这是必然，但世间的每一种必然，其实都可成为或然。刻写工和油印工都成了古驿道，但另外几人，分别去了教务处、阅览室和总务处，倒比那驿道上更加风光。

孙燕没有去处。

没有去处她却天天来上班，就像没人请她跳舞也要次次去舞场一样。油印室已改成初中部的教务处，她不管，去老地方从早到晚坐。校长被她的倔强感染，并不赶她走。她坐在角落里，什么事都不做。没人让她做。让的意思是允许。连抹一抹桌子、扫一扫地，也不允许她做，别人扫地扫到她那里，她起身躲一躲，又复归原位。

她不仅成了一个多余人，还成了一个奇怪的人。

到底有人去关心她了。是位物理老师。这人姓王，书教得好，年年当高三班主任，还是高三教研组组长，我开始说站在彩车上游街的，就有他。我听说，有个星期天，王老师带着孙燕逛了专卖牌子货的大西街，为她买了裙子，买了项链。我跟王老师关系好，比跟经常去找他下棋并且睡在他家的伍老师还好；王老师虽教理科，却很喜欢文学，常来找我借书看，每次来，都带着小提琴，他小提琴拉得漂亮，一首"梁祝"，能叫满天蝴蝶飞。因为关系好，尽管他比我年长二十岁，我也不叫他老师，而是直呼其名，叫王全。

王全的收入，比别的教师都高，考上北大清华的，主要就出在他班上，局里和学校的奖励很重。而孙燕那时候，虽保留着岗位，却停了薪金，王全拉扯她一下，从道理上讲是好事情，然而，你给她一点儿生活费不好吗？为什么去大西街？去了大西街，买裙子尚可，为什么还买项链？孙燕以前是否戴项链，我一直没注意到，现在倒是戴着，被衣领遮住，偶尔露出来，偷偷地闪烁着金色光芒。那就是王全买的吧？

有好几次，我都想问王全，但终于没问。我等着他自己说。

他没有说。

又过些日子，我听人讲，王全去了孙燕的寝室。

那时候，我们依然住在163，孙燕的寝室学校也没收走，只是告诫她，半年以后，她可以继续住那里，但需自己出租金。我和孙燕的寝室在同一层楼，且要从她门前过，自从听到那些传言，每次走到那里，我都不自觉地放慢脚步，不自觉地转头望一眼。

门始终是关着的，若是夜晚，开灯的时候少，黑灯瞎火的时候多。

可没过多久，孙燕和王全就被捉了奸。

《金瓶梅》写到武大郎被毒死后，发了两句感慨："地狱新添食毒鬼，阳间没了捉奸人。"当时读到那里，觉得这是万古一叹，后来想，兰陵笑笑生这哥们儿，实在太悲观，世上有奸情，就会有捉奸人，如同有了庄稼就会有虫子。这比喻不恰当，意思是这么个意思。

捉奸的是王全的老婆。

他老婆姓周，西城邮电局副局长。西城和南城，横着一条州河。州河阔大，下灌渠江，汇入嘉陵江，再汇入长江，奔向大海。当年的邮电局不像如今，当年的邮电局很忙碌。因为红火，所以忙碌。周副局长分到的房子，有一百六十平方米，因此王全的家安在西城，周副局长基本不到学校这边来。但她还是听到了风声。风声再大，她也不动声色，只安插一个内线。这个内线也是局一中的能干人，是王全的竞争对手,他到处放话,说王全并没什么本事,他班上考那么好,只因为领导总让他带"火箭班",他说如果我带"火箭班",比他好得多!这话一放,校长倒更不敢重用他了。校长是学历史的,从赵括想到李信,又从李信想到马谡,对款大话的人,心里打鼓。这让那老师越发郁闷,见到王全,招呼也不打,如同见了仇人。周副局长找这样一个人做她内线,可见她是铁了心的,也是有手腕的。

那天比中午稍晚,王全进孙燕寝室不到十分钟,周副局长带着两个手下,破门而入。

门是老木门,一脚就能踢开,何况踢门的是两个彪形大汉。

这事闹出的结果,出乎人的意料,估计也出乎周副局长的意料。

校长找王全谈了话,但并没处分他。他是栋梁。你要是不想大厦倾圮,怎么能去处分一根栋梁?孙燕也被谈了话,那是她从医院出来以后。她被打伤了。据说不是打伤的,是抓伤的。周副局长是懂法的人,而且保护手下,不叫她手下动手,她自己动手。手下的任务,是把一男一女控制住。周副局长没抓脸,也没抓前胸后背,只抓私处。先前孙燕的前夫打她,也是在她隐秘的地方留下伤痕。他们都跟我一样,聪明得很。孙燕把私处治好,校长找她谈了话,然后,孙燕又上班来了:往教学楼送开水。

教学楼共七层,每层楼有若干教室和办公室,每个教室和办公室门口,放着一个可装两担水的保温桶,孙燕的任务,是上下午各一次,将每层楼的保温桶灌满。锅炉房在教学楼的那一边,是学校和矿务局另一家单位合用的,孙燕担着雪白的铁皮桶,穿过大小两个操场,再穿过宿舍区和食堂,从锅炉房往教学楼挑水。

直到这时候,我仿佛才发现她个子不高,两只桶不愿悬空,使了劲儿往地上坐,孙燕每走一步,桶底都快擦着地面。特别是上楼时,不平担于肩,就寸步也不敢移动,而这种担法,老把式才能得心应手。孙燕是刻写汉字的人——我后来知道,她从小爱写字,尤其爱刻写,很可能是从中体味到了汉字不仅有形状,有意义,还有声音,她是要听刻写的声音。她几乎凭本能感知,一切真言,都离不了声音。完全相同的话,我们既可用声音揭示,也可用声音遮蔽。这是某些密宗的教义,而她凭本能就知道了。读高中那阵,她就利用课余时间,帮老师刻蜡版,后来去重庆读了技校,那是新州矿务局的定点技校,我不知道她学什么,想来不是学刻蜡版,但毕业后她干了这项工作,我相信,这多半是她自己的选择和要求。

她以为刻蜡版可以成为自己一生的事业,想不到她刚满三十岁,蜡版就成了古驿道。

她挑着开水上楼,扁担压在隆椎和锁骨上,像不会走路的孩子,一步一颤。她那腰身实在太细,像花茎上压着一块石头。她的脖子勾着,汗水把眼镜泼湿,因此走上一段,她就停下来,扯起衣襟把镜片擦了,戴上后再走。

不过,你如果因此觉得她可怜,你就错了。

这份工作本由临时工干,能来这学校当临时工,也不是毫无背景的。校长竟把那临时工辞退,将这份衣食给了孙燕,我觉得,王全肯定起了很大作用。

经过一番折腾,王全跟孙燕断了没有?

没有。

都说没有。

这回我问了王全,是他在拉完"梁祝"过后。

他低下头，没正面回我，只叹了口气。

难怪孙燕的恶名在不断传播，连她在百节被捉奸的事也翻出来，到处传。一个人的一生，被捉一次奸已算个事件，两次被捉，这怎么讲呢？难道能说是运气太差？

然而，天底下没人喜欢被捉奸，孙燕应该也不喜欢，她是冒着被捉奸的风险，去要她的温暖。这样的温暖如同冰窖里冒出的热气，虚幻的温暖背后，是巨大的冷，她不是不知道，可是她饿了，以虚幻为食。我听说，她女儿本是考到局一中来念初中的，因为母亲在局一中，便坚决不来，就在百节读书。百节的教学质量，我前面也提到过了，不少教师，本身就是个中学文凭，但那孩子宁愿以牺牲前程为代价，也不靠近让她深感耻辱的母亲。

一个星期天，窗外桉树上的鸟才刚刚醒来，就有人敲门。那时候我已不住在163了，学校把我当成了骨干教师，在校内的教师宿舍分得了一间房子。当时我正谈着女朋友，我以为是女朋友要给我一个惊喜，不期而至，慌忙滚下床，把门打开。

结果是王全。

王全说，兄弟，麻烦跟我走一趟，帮我处理一件事。

说得很神秘，说完就走，像我不需要穿衣服似的。

校园里很安静。安静得让人喜悦。但王全低着头，只管疾步而行。他的家在西城，咋这么早就过来了？看来他昨晚没回去。他在学校也有房子，中午不回，有时晚上也不回；工作太紧，简直没有时间耗在路上。见他那样子，我心里想，或许是孙燕出了什么事？比如，他昨夜去孙燕那里睡了，但孙燕突然病了……这样的事情是发生过的，城中心广电局一个部门主任，夜里去跟情人睡，结果情人突发疾病,几分钟就死了,闹得满城风雨。

然而王全并没朝 163 的方向走。163 是向西、向北,他是向东去。

东边远离大河,却有河汊漫过来,因而架了一座接一座的小桥。过完小桥流水,是条马路,马路对面,瑟缩着一家待拆未拆的简陋旅馆。王全把我带进了那家旅馆。

走到二楼的一间房门前,即刻扑来辛辣的酒气。

王全敲门,门开了,酒气剃须刀般锋利。

满地花生壳的屋子里,站着个穿白睡衣的女人。灯光昏暗,那女人如同魅影。

不是孙燕,是一个我不认识的女人。

多年以后,我还会想起那天的经历。每次想起,都要为孙燕痛一下。

自从被捉奸,王全就跟孙燕断了。孙燕舍不得,伤得再狠,再没有尊严,她也舍不得。王全是她唯一的温暖。可王全快刀斩乱麻。他就是玩儿一玩儿,并没打算要跟孙燕怎样,我甚至了解到,给孙燕那份衣食,也不是王全的请求,而是校长发了慈悲。

——这个穿一身白衣如同魅影的女人,王全也是想玩儿一玩儿。

那天,女人见到我,有些诧异,但很快镇定下来,笑着问:"你是石头老师吧?"石头是我的小名,有回我大哥来学校,这样叫我,被人听去,就都这样叫,连学生也这样叫。女人问了,把我们朝屋里让。进屋后,王全闭了门,才解释:"我经常跟宁安提起你。"这名叫宁安的女人,便又接腔:"王老师说,石老师是个才子,书读得多,字写得好。"她以为我姓石呢。

这时候我们还站着。是没地方可坐。除满地花生壳和空酒瓶,还有煤油炉和整套炊具,都摆在地上,乱七八糟。如此看来,女人是长时间住在这里的。

王全倒显出主人的样子,自己在床上坐了,又请我坐。我没坐。女人的床,怎么好随便坐。我的眼睛好不容易从屋角揪出一个塑料凳,便在那塑料凳上坐了。

女人没叫王全的名字,而是叫王老师,证明在生人面前,她想保持最后一丝矜持。她还很不好意思地说,屋里乱得很。她说话并没酒气,也毫无醉意,只是疲惫得很,而屋里的酒气分明是酒液与人体化合后的味道。要么她酒量特别大,要么好些天来她天天在喝。

从某种角度讲,她希望有个生人来。她的世界,或者说他们的世界,太封闭,太狭小,太重复,而生人能带入别样的气息,让她产生依然过着正常生活的感觉。

她想拉扯些闲话,可是王全等不及,他今天来,明显是希望快些了结。

于是,他以无限痛惜和真诚的口吻抢先说道:"宁安哪,我对不起你呀。"

话音刚落,女人脸色一恶,一个箭步冲上去,左右开弓,扇耳光。啪啪之声飞出窗外,在清晨的马路上炸响。王全看来早料到有这一招,所以把我叫来。我要去劝阻吗?我没有。我从女人的眼里看到了伤害和仇恨。后来我得知,她是一家矿医院的医生,就在王全和孙燕被捉奸不久,王全去那矿上做讲座,生了病,去医院,她为他开药,见她长得美(比孙燕更美,年龄跟孙燕相当),撩拨她,并跟她勾搭上了。

王全是人们心目中的真正才子,学的是理科,教的是理科,但读过的文学书,普通语文教师根本不能比,说话出口成章,作文倚马可待,校长的发言稿,基本不找办公室秘书写,他有时找我写,多数时候找王全写,王全写得更有高度,言词也更具有煽动性。除了这些,王全还会拉小提琴,而且拉得十分动人。那女人就服了这包药。心怀浪漫的女人,大都服才子这包药,她们不知道,才子是一生的定评,而不是半途的夸饰,半途上甚至年纪轻轻就被称为才子的人,多半是浅才,许多时候还是轻浮。

女人不懂这些,对王全着迷,并且为他离了婚。

不过离婚这事,是她跟王全商量过的,王全也信誓旦旦,说要为她离。

然而王全没离。

今天说离,明天说离,却始终没离。

非但如此,还不理她了。

她就跑到这里住下了。

现在,她扇着王全的耳光,我没劝,王全也没拦,让她扇。王全的脸肿起来。女人不知是嫌手痛,还是不解气,回身抄起一根擀面杖,朝他身上乱敲。这回我该拦了吧?可我刚起身,王全就挥手:"石头你莫管,让她把气撒够。"这句话使仇恨爆炸。把气撒够的意思,是她撒够了,就该乖乖地回去,然而她婚都离了,她的家破了,没地方去了。

不仅破了家,还是净身出户。

她扔下擀面杖,弯腰抓起菜刀。

我可以发誓,这事我没向任何人说起,但偏偏就有人知道了,还跑来关切地问我:

"听说那天下午四点过才脱身,你差点饿昏了?"

"听说不是你的话，那天就出人命了？"

"听说王全的身份证和教师证被那女的收了？"

"听说你遭了误伤，肚子上被划了一刀？"

除最后一问，其余都是真的。

孙燕也来问我。这是我应该想到的，但我听了她问，说不清为什么，非常生气。那天她挑着空桶下楼，在楼道上碰见我，怯生生地停下来招呼我，然后说："那个女的很漂亮？"我心里一暗，说："很漂亮！"说完就想走，可她横担着的水桶拦住了我的去路。她艰难地咽着唾沫，说："王老师去见她，为啥要带着身份证跟教师证？那不是故意让她收的？"这其实也是我的疑惑。我猜，王全那天去见她之前，她就下了死命令，让必须带上这两样东西。那时候，教师流动性大，像王全这种人才，到哪里都有人要，一旦他躲出新州，那个名叫宁安的女人，想找到他，就如大海捞针。可没了身份证，他就是个黑人口，寸步难行，没了教师证，别的学校也不能聘用他。他就是讲台上的人才，离开讲台，啥也不是。

孙燕指出了我的疑惑，可那口气让我愤怒。

她是在关心王全。

王全哄骗了你，上了你的床，然后一脚把你蹬了，你却大气也没出过。

非但如此，还来关心他。

你应该像那个女人！

你太好欺负了！

你不配写那样一手好字！

我把她肩上的水桶一拨，上楼去了。

上楼时我心里蓄满了悲哀，为孙燕，也为宁安。宁安依然对王全抱着幻想，否则，照她的脾气，就会直接去西城邮电局，找到周副局长，把事情撕破；她收了王全的证件，多半是想和王全私奔。为了她心目中的才子，她家可以不要，工作也可以不要。

然而王全是这样的人吗？

孙燕被开水烫了，是在梯坎上摔了一跤。幸好只伤到脚。但校长已不敢再让她担水了。也算她运气，正当她再次面临下岗，清洁工家里有事，自己请辞，孙燕便又接替了她。天没亮，她就扫完了校园，然后是教学楼的各层楼道，上下午各一次，清扫厕所，她穿着黑水靴，手执黑水管，在厕所里哗哗地冲。新入校的学生，以为她一开始就是个清洁工。他们看不见她右手中指那个被蜡笔磨出的窝儿——那是她隐秘的徽章。

这么过了一阵，孙燕却不见了。有天我跟教务主任去市里开教研会，路上随口问他，他说你们都是百节来的，还不晓得？我以为他是在责备我，怪我对孙燕太漠然，结果不是，而是表明，孙燕有了大好事，我不知道，他却知道。他说，孙燕发迹了，她遇到一个从贵州来的老板，嫁过去了。那老板在遵义有上千亩山林，是个农场主。说到农场主，我立即想起托尔斯泰，那是我最热爱的作家。因为托尔斯泰是农场主，在我的观念中，天底下所有的农场主都有文才和思想，而且特别具有忏悔意识。孙燕嫁给那样一个人，真算是发迹了。

第一次，我暗暗为她祝福。

可是不久以后又传来消息，说那个男人是个骗子。遵义上千亩山林当然是有的，但不是他的。那个六十多岁的男人，从很年轻的时候就走江湖，能骗钱就骗钱，能骗色就骗色，总之他的绝技就是一个字。有了那个字，他吃喝和上床，都如鱼得水。他是怎样来到新州，又是在哪个场合见到孙燕，并利用了孙燕的孤单和落寞，别人都不知道。

但他是个骗子，别人知道了。

这消息得到证实，是孙燕偷偷回来了。她面容憔悴，神情凄惶，去找校长。校长还是那个校长，但他的慈悲已经用尽。据知情人讲，孙燕是哭着离开校长室的。

这之后二十余天，学校来了新教师，要住房子，才想起孙燕那房子怎么没收呢？不仅没收，学校还一直为她交着租金。校长很生气。163的房子，总务主任都有钥匙，她连忙带人过去查看。孙燕并不在里面，但从情形判断，几天前她都还在里面，床上很整洁，也没灰尘。总务主任想跟她联系，让她把房子腾了，但那时候没有手机，人不在，就无法联系。

反正是要收的，也不必管她了，总务主任指挥着带来的年轻人，把孙燕的东西打包。东西少得很，一个皮箱，一个纸箱，再加上床上用品。要打包的主要是床上用品。

皮箱拎到了楼下的车上，打成包的床上用品也拎到了车上，然后去拎纸箱。纸箱已朽，逮住一角，稍一用力，就撕烂了。里面是些黑乎乎的东西。

总务主任凑过去看：这不是蜡版吗？

扒拉开来，除了蜡版，还有一捆铁笔。

都是用废的。

孙燕把她所有用废的蜡版和铁笔，都收集起来了。

总务主任骂了一声。她不知道收集这些东西有什么用。她让年轻人抱下楼去，看哪里好扔就扔掉。年轻人没有扔，把它们和孙燕的其他物品放在一起。直到若干时日后,才和学校的垃圾一道,被卡车运走。

据新住进去的老师说,有天深夜,他听见自己的门响,像是在用钥匙开门。

大家都说,那可能不是小偷,那多半是孙燕。

锁已经换过,孙燕打不开了。

从此她彻底消失了。

第二辑

本能的意义

我很羡慕有些作家，他们能把自己的创作解说得非常清楚，也非常深邃。羡慕，是因为我缺失那种能力。但问题在于，怎样发现，怎样构思，怎样等待第一个句子降临，怎样寂寞自守呕心沥血……而今不仅需要作品呈现，还要说出来。记得有回去苏州参加一个会议，议题与现实、现实主义和现实精神有关，主持人李敬泽先生大概觉得我的诸多作品，与议题契合，就让我首先发言。我喜欢听，不喜欢说，但这时又不能不说。于是说了。记不清说些什么，反正毫无意义。我沮丧地感觉到，对一些基本的文学命题，我也显得很无知。另一方面，我书写的现实越繁复，我自己的现实就越简陋，二十年光阴，在我生命里悄然流走，只余下那些纸上建筑，两者之间，哪一种才是真正的现实，我是茫然的。

但也因此受到刺激。回到家，我检视自己的作品。也不是要去看，只是回想。对自己发表和出版过的小说，我从不看；非但如此，我还有个恶癖，凡是发表我作品的那期刊物，别人的我也不看，多数时候，收到样刊，信封也不拆，就塞进某个角落。是对自己不满吗？或许是的。在写作和修改的途中，我很快乐，说快乐不恰当，是充实，某些时候还很得意，比如《声音史》，当写到三个光棍汉喝着酒，杨浪用声音唤回曾经给予过他们温暖的女人，我知道赋予了这个小说某种光彩，便摸出一支烟，出声地说：好哇，写得好！此时已是凌晨2点过了，烟刚点上，就听楼下野猫叫，心想它是饿了，就拿着粮食下楼，可它已经不在，在小区里转许久，也没找到。怅然地回到书房，接着写。不知不觉，天光已把灯光融化。然而，小说一经发表，我就常常被两种情绪纠缠：遗憾和愧疚。每部作品，似乎都无法完成自己的想法，都留下残缺和伤口，而且，每部作品都是一次愧疚——写作如果是在成就作家，也只是因为它让写作者洞悉了对世界的愧疚。下一部作品开始之前，遗憾和愧疚之心几无断绝，所以我不愿去回想。

现在决定去想一想。竟无从想。其实我写得够多的，尤其是专事写作的头几年，真是多，多得让人心烦。2007年，我在上海，批评家程德培先生质问我：为什么写那么多？我说：生活。这回答显然让德培先生更加生气。写作是精神的探险，怎么能为了生活就写，还搞得遍地都是？那晚都喝了酒，两人越说越横。我也不能对他讲，几年前我丢了工作，别的事又不会干，说为生活而写，就像说为了生活去拾荒，是实打实的柴米油盐。此后五年左右，再没见过德培先生，也无任何联系。2012年冬季的一天夜里，他竟打电话来了，说问了几个人才问到我的电话，他看了我的长篇《太阳底下》，兴奋得很，就想把他的兴奋告诉我，而且说，他把那本书是放在枕边的。前不久，我的新书《寂静史》在上海开分享会，德培先生拨冗作嘉宾，他又提到《太阳底下》，认为迄今为止，那也是书写抗战的"出色之作"。他的表扬让我也兴奋，不是表扬本身，而是，这样具有古典情怀的批评家，越来越少了。他让我看到了文学被真正的批评家真正考量的可能。

写了那么多，却没有一条回想的路径。我在自己的作品里迷了路。这证明我本来就没有路。写作的过程才是我思考的过程。前面说，有些作家讲怎样等待第一个句子降临，是的，我也是，我需要这个句子，它为我定调。调子的高低冷暖，有个基本尺度，比如题材，还比如对自己写作能力的评估，如果我只能背五十斤，定的调却是一百斤，那会把我压垮，作品就进行不下去；定三十斤，又很没意思，文字将成为一条死蛇，同样进行不下去。基本尺度之外，还有些神秘因素，首先，评估自己的能力，至多只是一种感觉，还往往是错觉；再者，人物自己要争取他的合法地位和独立人格，他的喜怒哀乐，是他的，不是你规定的，你定的调可能就不适合他。我电脑里有不少半截子小说，都是这样造成的。

调定好了，往下写了。似乎一切都顺风顺水。打断我的，是给人物取名。这个人物再不重要，若是小说特定生境中的一员，我都尽量给个名字，叫张三李四倒是方便，但这样的名字等于没有名字，显示的是写作者对人物的傲慢。在人物面前，低调些好。种子埋进土里，才能生根发芽。写作者是种子，不是大树。对人物仰视和俯视都不可取，但两者相较，俯视低于仰视。仰视能见其高，俯视只见其低。俯视对人物不公平，那会目带挑剔，人物的言行举止，就拘谨而不自主，也就很难形成有生命质量的人物。所以即使给他们取名，也最好别草率，得停下来，当回事地去做，有时候还翻字典，心里说，翻到第二百页，取第一个字；可那个字偏偏太生僻，或者太怪异，与小说气味不符，便又重来。最终，我小说的人物名都普通得不行。我的一个同事曾问我，你为啥不给他们取个好记的名字？我说，不是我取的名字难记，是我的小说还不够好。如果林黛玉和冉阿让出现在我的小说中，你可能觉得也不好记。成功的人物，具有巨大的人性深度和时代概括力，还要有独特性。这个小说课题，我没能真正完成，所以你记不住。

几年前在北京，跟李陀先生喝茶聊天，这个先锋派小说的有力推动者，那天却对我说：我觉得十九世纪的小说全面超过了二十世纪。他给出的理由，也是人物。他觉得二十世纪的小说很少塑造人物了，或者说，作家们都丧失了塑造人物的耐心和能力。这就造成一种局面：作家比他的作品有名，作品比其中的人物有名。而好小说另有样貌，例如《祝福》，经常性地被说成《祥林嫂》，不怪说的人没文化，实在是祥林嫂比《祝福》有名。小说是通过人物去打量世界，人物面目不清，陈旧浮薄，作家就有辱使命。当下的许多读者，对当下的许多小说不待见，尽管原因复杂，作家在贡献新型人物方面的不作为，是重要原因。

经常被人问起的话是：为什么写作？这是我自己也要问的。特别是有段时间，我对小说这种形式极度厌倦，厌倦到完全没法写作，列了若干题目，开了若干次头，都无法接下去。故事摆在那里，就是不能写。我想，小说应该变革，变成另外的样子。具体是什么样子，又没有方向。我希图从别人那里获得启示，读了很多书，但很难从头读到尾，似乎也没必要从头读到尾，因为它们都没能为我提供帮助。这样挣扎了数月，却又老老实实坐到电脑前了。究竟说来，形式也好，语言也罢，虽本身就构成内容的一部分，背后的支撑却还是情感和思想，我是为这"背后"写作。前面说为了柴米油盐，是并不负责任的说法。其实不是那样的。在最困顿的时候，说良心话，我也没有为挣稿费而写任何一篇作品。

情感的深沉表现是痛，而痛是一种本能，或者说是一种本能反应。痛和病相连，合为病痛。"疒"现在做了偏旁，以前是单独的一个字，在甲骨文里，是一人倚于床上，汗水淋漓而出。病的意思是"疾加也""疾甚曰病"，如此形成的痛，就格外深切。日前听一个医生讲，生理性病痛有显像表征，心理性病痛则十分隐蔽，但最终，会通过身体表达出来。一女士去找他诊治，女士得的是心衰，生命垂危。当他摸到女士背上的某个部位,问了一句:是什么事让你这样伤心?女士闻言,极为震惊。她不知道,数年前亲眼看见母亲被车撞死,使她通向心脏的某根神经断了,也不知道撕心裂肺这个成语,是真实存在的。除撕心裂肺,还有肝肠寸断。读历史,东晋大将桓温西征成汉,凯旋时路过三峡,部将捉到一只小猿,失了孩子的母猿一路哀号,沿岸追随百里,最后奋力跃身上船,当即死亡,"剖其腹,肠皆寸寸断"。哲学家、宗教家和文学大师们,习惯于将身体和灵魂分开,且藐视身体,其实身体和身体的感觉是十分重要的,对小说家尤其重要,身体是智慧之物,它以沉默到隐忍的方式,记载着心灵的创伤,如果不像那只母猿当场死亡,过去几年、十年、二十年乃至更长时间,我们已将那创伤彻底遗忘,身体却会跳出来,提醒你探寻病痛背后的真相。

这真相是一次过往、一个事件,更是一种情感。

文学从情感萌芽。

情感是作家能量的象征。

作家最为有效的想象,也是从情感出发的。

因此,情感是文学的本能,也是一切艺术的本能。曾听说陈丹青讲,一个人听了贝多芬,泪流满面,另一个人听了无动于衷,但过后写了大篇论文,两个人谁更懂贝多芬?陈丹青说,当然是前者。这话我认同。艺术发源于情感,也作用于情感,感受能力是分析和评判能力的前提。所谓小说需要变革,这没错,变革和创新,是艺术的本质性特征,然而,并非所有变革都是朝前走,有些是向后看,向常识的低处看。当下的很多写作,不是从生活中来,是通过阅读,从阅读中找灵感,作家们对经典作品的技巧很经心,却忽略了技巧里埋着的情感,也就是那一粒种子。杰出的作家能够超拔,让你几乎看不到他的起点,就以为技巧是他们的起点。事实上,起点是情感,他们从情感起步，凝聚自己的人生经验、心智密度和思想深度，才走出了高天厚土。

情感若足够强烈，会带来两种后果：一是夸张；二是失控。当然夸张也是失控。但两种后果都是美妙的后果。本身并不美妙，是可以打理得美妙。上中下三册的《平凡的世界》，我只读过上册，几次试图通读，都作罢。原因是缺乏修剪，过于泛滥。这样的作品不透气，光照又太炽热。作家的每一部作品，都有若干次创作，每一次修改都是一次创作，我觉得《平凡的世界》少了第一次创作之后的创作，张承志称其"艺术准备不足"，倒也不是，路遥完全有那能力，此前的《人生》，多好，现在看，依然好。《战争与和平》是有夸张的，到《安娜·卡列尼娜》就没有了。后者唯一的败笔，是伏伦斯基见了卡列宁后，托尔斯泰用了个类比，说自己正在下游喝水，结果发现上游有一条狗在喝水。这话刻薄了，失了宽博和对命运充分理解之后的怜悯。至于失控，就个人经验而言，那简直是奖赏，我写作不熬夜，偶尔熬一下，是失控了，而这种失控证明了欲罢不能。还有另一种失控，本来在作品中是个打酱油的人物，却乱了规矩，悄无声息地坐上了主位；如果他坐上去更像样子，同样是对作家的奖赏。

初试写作时，这种情况会发生得多一些。我写作晚，大学毕业的十年间，除写了一部迟迟未能发表和出版的《饥饿百年》，几乎都是喝酒打牌的荒废，2000年年底辞职，从老家达州来到成都，就不管不顾地写起小说来了。检视"少作"，我当然觉得没有自己后来写得好，但几个月前见一本《小说评论》，上面有篇关于我的文章，被充分肯定的，竟多是早期作品，认为我后来的小说讲究策略，相对精致，不像早期的长篇《饥饿百年》《不必惊讶》，中篇《大嫂谣》《我们的路》等等，有一种粗粝沉实的力量。这样的批评，我是认的。我本人崇尚的，或者说我的小说观，也是密度和强度，所以《罪与罚》《愤怒的葡萄》之类，才让我深深震撼。它们都是正面强攻的文学，这不讨好，但人家本来就没想讨好。讨好的文学是"追求角度"的文学，是"绕"的文学；这样的文学当然可以成就优秀，甚至伟大，但不可以去嘲笑把墙或山推倒的文学，说他们手法太笨。那不是笨，那是力。力是最高的美。

就文学而言，力量强大，是因为情感强大。

作家的思想深度，缘于情感深度。正是在这一点上，作家与哲学家和社会学家区别开来，文学也与哲学和社会学区别开来。文学的独立价值，是将心比心、感同身受、荣辱与共。《平凡的世界》缺点一大堆，却能由读者倒逼着评论家去肯定它，不是没有原因的；这原因就是，路遥有对文学本质的尊重。

不过说到自己，我依然认为我是越写越好。这很可能是一种自恋。这种自恋是需要的，否则路还怎么走下去。但批评家的指证也给了我一种警醒。文学以情感为宗。再崎岖的策略，一旦发明就成为常识，有些还只能一次性消费，格利高里·萨姆莎变成甲虫后，你再变成狗，变成马，都是活在别人的阴影之下。

情感有流派和主义吗？

大概没有。

我非常不理解的是，残雪为什么那么爱谈流派和主义？而且完全以流派和主义去判定作家和作品。这是拿一只碗去装烟海了。

当然，情感谁都有，只有情感，不可能成为作家，更不可能成为好作家。语言、语气、叙事，都是文学的必须。二十世纪的小说，在这方面有了集体自觉，也在这方面超越了十九世纪。比如《百年孤独》，要说人物，十九世纪的二流作家也会比马尔克斯塑造得鲜明可感，但他确实提供了一种叙事的精神场。他是能为作家贡献感觉的作家。那次跟李陀谈,他认为《百年孤独》不好,很不好,说整部书就是一个马赛克。其实还是好的。《百年孤独》好,《城堡》也好(如果当成童话来读),但不能因为它们的好,就以为观念和策略能解决文学的根本问题。文学的根本问题,文学的本能,是内化的、毫不矫饰的情感。矫饰的情感不是情感,即使不想欺人,也是自欺。自欺的情感,暴露的是主体的柔弱,是对归宿的渴望,最多算意愿,不能算情感。意愿可以转移,而真正的、可以称为本能的情感,是灵魂里最深的光,且如前所述,会被身体记载下来,到某一个时刻,会缓慢或突兀地,将你唤醒,并被高明的医生指认。现在把作家说成医生,要像鲁迅先生那样去疗治社会的病痛,似乎已经过时,但对情感真相的着迷与揭示,没有过时;对生活和社会可能性的探寻,也没有过时。因为这是文学的本能。托尔斯泰在谈论信仰时讲到,一匹马如果遭遇不幸,不怪它不能像公鸡那样打鸣,而怪它没能充分尊重和发挥自己的本能,也就是快跑。这话适用于文学。

我现在除了是一个写作者,还是一个文学编辑,我每天处理的稿件,奇怪为什么都是一个腔调,连句式和结构也长着相似的面孔。非常年轻的作家也如此,或者说更是如此。曾听徐则臣说,有回他问阎连科,让描述一下他们那辈作家的特质,阎连科想了一下,说:我们还是受集体意识束缚。新生代作家也有这种束缚吗?仔细想来,有的。这是超市和连锁店的时代,大家的眼睛和肠胃,被同质喂养。这种进入身体的"集体",是隐形的,被装饰的,表面以个性显现,但往深处走,就能被看见。以前的集体意识,因作家怀着对广阔社会生活的兴趣,还能呈现异质,当所有人都不和陌生人说话,都朝内走,而吃进去的东西又都差不多,事情就变得更麻烦些。我们已很难感知到时代与自己的相关性,我们与他者的歌哭悲欣,越来越疏离。如此,文学就只能收缩,收缩到文学圈里,形成所谓的"内循环"。另一方面,众多作家也在表达时代,却是把时代当成全部,甚至把某一个时代主题当成全部,而不是纳入时间长河,将其当成时间长河里的一个环节,这就必然丧失审视的力量,从而无力表达真正的时代。

或许,越是这样的时代,作家越要创作出真诚度更高、情感密度更大、思想更加深邃的文学——有足够的力量抵抗数据、速度和喧嚣的文学。

情感、情感管理及想象

一

文学是自我教育、自我成长最有效的手段。文学产生的过程，通常而言，是个体的，私密的，因此是最便于内省和自我梳理的。

但只要不是绝不愿公开的日记，终究要变成读物，要跟他人建立某种关系。我们写小说，写戏剧、散文和诗歌，前提就是知道我们所写的，要被他人阅读，这些阅读者，有熟人，更多的是陌生人。陌生人跟你没有地缘，更没有血缘，他凭什么从你的作品中获得安慰、感动和力量？是因人心可相通，感情能共振。感情构成艺术的本质。哲学和自然科学，都是力图通晓世界、解释世界，解释是冷的，唯艺术带着温度。艺术不是解释，是发现和创造，发现是对存在的凝视，创造是对可能性的想象，而可能性没有边际。亚里士多德有句话，说："艺术所描述的，可以存在，也可以不存在。"这话尤其适用于小说。杜拉斯曾预言，到 2027 年，小说将消失。我没看到她立论的依据，但我想，如果她的预测有效，须有另外的语言艺术形式，具备足够的能量来替代小说。作为虚构艺术，小说最能包罗万象又抵达真实，即使讲一个"不存在"的故事，也与我们日夜相处的现实千丝万缕，血肉相连，读者能从中获得经验和情感上的共鸣，也能获得意境和哲思；它是一间屋子，你可以把它当成家，享受亲切到骨的烟火气和丰沛饱满的俗世,同时它的门窗又是打开的,只要你愿意,就能张望远方。

情感并不是上帝赋予人类的特权,万物都有情感,不仅有,还有"共情"能力,物伤其类,就是"共情"。但持续的情感,特别是通过文字保留和传达情感,就是人才能做得到。而且,人类的情感可以有风起浪,无风也起浪,这种幽微和复杂,别的物种都不具备。所以在情感的复杂性方面,人类依然享有特权。一切特权都是枷锁。情感既是人类的珍珠,也是人类的枷锁。文学,就是捡拾珍珠,释放枷锁。

情感人人都有,且每种情感都有其价值,只是,写作者需要辨析:哪种情感才能构成文学的质地?夫妻间吵了几句嘴,然后丈夫气冲冲地走了,丈夫刚下楼,妻子发现他忘带车锁匙,于是鞋也来不及换,奔跑着给他送下楼去……这当然也表达了一种情感:夫妻再有矛盾,但日常生活强大的惯性,或者说对对方生活细节的关切,并没有割断。如果把这件事写成散文,是可行的,但要让它来支撑一篇小说的核心情感,就太轻,太薄,无力推到一个高度上去。小说的情感不止于情绪,还直接构成人物行为的动机。就是说,小说人物在情感的推动下,他到底要干什么。小情小绪本身就决定了人物终究干不出什么。

刘庆邦有个短篇,叫《玉字》:漂亮且高傲的玉字姑娘,某天夜里被两人拉到野地里强奸了,这事传播出去,她除了承受罪恶带给她的痛苦,还要承受被人贱视的痛苦。我们的文化,一边说同情弱者,另一边却是鄙视弱者,鄙视弱者是骨头,同情弱者是教养,教养在骨头面前,是脆弱的。特别是在女人的问题上,被强行剥夺贞操,这个女人也就成了枯枝败叶。玉字就遭遇了这样的困境,她躺在床上,生不得,也死不成。小说写到这里就收,也行,但这个小说就没有意义,因为这样的意义早被人揭示过了,你再去揭示,就不叫揭示,而叫沉默。所有的重复都是沉默。这是重复的定义,也是沉默的定义。

刘庆邦当然没就此止步,否则他就不是一个优秀的小说家。小说到此,才刚刚开始。好作家就是这样,在别人停下来,在看上去故事已经结束的地方,他的门窗才刚刚打开。刘庆邦自己也说,他写这个小说,是听母亲讲,一个女子被两人拉到高粱地里强奸了,她知道是谁干的,但不敢说,她不吃不喝,终于病了,然后死了。死了有什么意思?刘庆邦不能让玉字死,他要让她活下去。

活下去就得有动机。王安忆讲小说时,也讲到刘庆邦的这个短篇,特别强调了人物的动机。我把它叫"势"。活本身就能构成动机,但那是就本能而言,不是就小说而言。刘庆邦为小说人物找到了强大的动机。这个动机是哪里来的?从情感来的。玉字从床上爬起来了,眼泪抹干,该干啥干啥,又正常地生活了。正常只是表面,她已有了盘算,并因此有了内心力量。一个作家,当他找到了人物的这种力量,就心中有数,写起来是从容不迫的。他很清楚,小说到了某一处,将焕发光彩,展翅飞翔。玉字的胸腔里,燃起了复仇的火焰。那天的夜太黑,她看不见是谁糟践了她,但她忆起第二个对她下手的人身上有羊膻气,而村里就有个宰羊的屠夫,名叫马三,曾经想娶她,她看不上。现在,她却主动去靠近他,说要嫁给他。这人正愁娶不到老婆,何况是玉字这样长得好看的老婆,因此非常高兴。当两人结了婚,上过床,玉字对马三说:如果你是第一个就好了。这句话是把匕首,一刀挑开两层皮,一是暗示玉字知道那天夜里有你马三在场;二是激起马三的嫉妒心。嫉妒心是人性,是我们都能理解的;同时,嫉妒心是可以烧成熊熊烈焰的,是可以焚毁的。最后,马三把那另一个人杀了。

玉字的复仇成功了,让罪恶有了交代。且是加倍复仇,若只是强奸,两个人不会付出那么高昂的代价,现在是杀了人,一个被杀死,一个要为杀人偿命。玉字让他们干净利落地失去。但她复仇的成功也意味着她未来生活的破败,她让马三失去的同时,也是她自己的失去。马三对她很好的,结婚过后,真是把她捧在手心里的。这是小说写得非常高明的地方,它让复仇有了一种撕裂感,也有了一种决绝感。复仇者不计未来。这是情感的强度。

刘庆邦还有个小说,叫《梅妞放羊》。梅妞是个十二三岁的女孩,她放的羊生了小羊,有天,她躲到暗处,解开自己的衣扣,让小羊去吸她的奶。如果没有这个情节,这篇小说是平淡的,是过于日常过于温情的,有了这个情节,就不是温情,是绽放,甚至是炸裂般的光芒。它让梅妞把女孩、女人和母亲一步跨过了。这东西是哪里来的? 依然是从情感,梅妞心中的爱,对羊的爱,让她走到了这一步,是腾空而起的一步。有人从性萌动去分析,从潜意识去分析,也没错,但分析者往往忘记了或者不屑于最基本的、也就是文学最本质的东西。

再来看苏童的一篇小说《拾婴记》。一个婴儿被放进了罗家的羊圈,引来众多村民的围观和议论,但谁也不愿收养;确实也是家境困难,无力收养,何况是个女婴,那是女孩还被歧视的年代。然后是罗家小孩拎着装婴儿的柳条筐,送到镇上去,放在幼儿园,幼儿园也不收养,他们不是福利院,没义务收养,甚至没资格收养,收养孩子需要手续,再说进幼儿园的孩子都要三岁以上,这女婴只有几个月大。然后是有个老婆婆送到了镇政府,同样没人收养。最后,柳条筐又回到了罗家的羊圈,那女孩变成了一只小羊。这下,罗家决定收养她了。这是一个令人心酸的小说。之所以心酸,就因为情感。人不如物,物能据为己有,且付出有限,养一个人,既操心,又耗财。当那孩子变成小羊的时候,我真想为她哭一场,想哭不是因为她变成了羊,而是有母羊可以关爱她了,她终于有了自己的家:她的归宿比成为人更能感受温暖。苏童写得特别好的是,各色人等对女婴的拒绝,都有可以拿到台面上说的理由,由此揭示,人心是冰冷的,整个社会更是一块凝固的坚冰。这是一个审判人心和审判社会的小说。《玉字》也是。关于复仇,培根写过一篇很短的论文,他认为,复仇对社会的破坏性是非常大的,比犯罪的破坏性还大,犯罪只是触犯法律,复仇则是取消法律。但我们发现,古往今来的文学,很多歌颂复仇,那是因为,法律已经被权位者践踏,遭到蔑视就是理所当然的。所以复仇主题的小说同样是审判社会的小说。

以前,我们的小说太过注重"问题",这确实伤害了文学,但现在有了另一种倾向,好像一旦关涉社会和政治,文学就不纯了,就离开文学的本体了,这样说话的人,只是因为没能力把握社会和时代情绪。在文学的话语体系内"干预"社会,其实是作家了不起的本事,作家也能从中获得强劲的动力。我们眼里的伟大小说《战争与和平》《悲惨世界》《静静的顿河》《水浒传》等,无不如此。

二

作家对情感的管理,成就作品的思想。

前提是成就作家本人的价值观和世界观。

比如《玉字》,让玉字活下去,也不只是刘庆邦给出的那一种活法,我们说可能性是没有边际的。玉字可以单纯地只是活着,可怜地活着,窝窝囊囊地活着;这种活法是臣服于罪恶,也臣服于命运。还有一种活法是,破罐破摔,以烂为烂,既然你们认为我的受害是一种羞耻,那我就把羞耻当成武器,去攻击和伤害别人,比如去勾引有妇之夫,甚至写得再毒些,去勾引未成年人;这种活法是养毒的活法,把受害变成毒瘤,它照样可归为复仇主题,但复仇的对象远远超出了施害者,从而把自己也变成施害者。还有一种活法,她开始也是可怜地活着,在怨恨和自怜中活着,可当她老了,终于在时间里获得了某种平静,并对自己的灾难和世间的丑恶加以谅解。这些主题,都既是情感,也是思想。小说的思想是从情感中提炼出来的。此外肯定还有别的活法,刘庆邦为什么偏偏选择了向施害者复仇? 我们从中是可以观察作家的。认识作家,最靠得住的方式确实就是读他的作品。刘庆邦拒绝屈辱,不要大善,也不要大恶,他只要超出应得的偿还。

在这些活法中,哪一种是更有思想的?

谈论思想离不开时代语境,同时又要超越时代语境。在对读者的界定中,有一个定义叫"伟大的读者",伟大的读者自会做出判断。

顺便一说的是,刘庆邦的这个小说,情节上也是有问题的,马三后来杀人,仿佛是因为那另一个人跟马三已有约定,他们用强奸的方式,把玉字变成所谓的"破鞋",这样玉字就会放低身段,嫁给马三,当玉字嫁过去后,那人依然和马三分享玉字,而马三已经不愿意。这当中就有问题,也没有必要。抹去这些约定,马三依然有杀人的动机,有了约定,反而稀释了动机,减弱了人性幽暗的深度。何况怎么能断定玉字被强奸后,就一定会嫁给马三? 这是败笔。包括《拾婴记》,苏童不断强调女婴身上的羊膻味儿,也没有必要,甚至是败笔。当然,好小说不怕有毛病,怕没有光彩,这两篇小说都有光彩。

小说是要分层级的,伟大、杰出、优秀、一般、糟糕、无价值。之所以把无价值放在最后一名,比糟糕还差,是因为糟糕的小说还可提供反面教训,而无价值就真的是什么意义也没有了。有光彩的小说至少是优秀小说。

再来看一篇小说,契诃夫的《小人物》。这是我爱提的一篇小说。整篇小说几乎就是九品文官涅维拉济莫夫的内心独白。复活节这天,涅维拉济莫夫替人值班,为的是多挣两块钱,外加一条领带。可他不甘于这种促狭的日子,值班时给上司写信:尊敬的大人、阁下。写信的目的,是想提工资,从十六卢布提到十八卢布。为这两卢布,他给上司写了十年信,称上司是大人,甚至是父亲。这次写信有希望吗? 即使有,也很渺茫,其实就是没有。但他还是要写。穷愁潦倒的时候,再渺茫的希望也叫希望。十年来,该说的话都说尽了,无话可说了,主要是感觉无望,没情绪说。他的孤独和无助,被窗外的节日景象映照得特别暗淡,特别刺心。他站在窗口,听着复活节的钟声,看见有人坐着四轮马车过去了,就想自己如果也在欢乐的人群中,也能坐上四轮马车招摇过市,该有多好,但这怎么可能? 他立即否定了自己,自己没受过教育,只能干粗笨活儿,只能受穷。然而又为什么不可能? 将军也没受过教育,不照样做将军? 可要知道,将军在做将军之前,已盗取十万公款,你有那本事吗? 那么去做小偷,偷了逃到美洲? 或者去告密? 那某某就因为告密,步步高升……但这些都被他否定了。不是不想,是没胆量,也没手段和见识。他只能过这种没有出路的生活。

小说写到这里,已经很好了,作家通过这样一件事,这样一个时刻,完成了对社会病态的烛照:老实人吃亏,作恶者当道。什么才是公正,又如何实现公正,都是悬而未决的问题,可能永远也只是个悬而未决。其实,做个本分的好人是大多数人想要的,但做好人需要条件,这个条件就由社会提供。社会让老实人和好人吃亏,而且总是吃亏,就是社会病了。一篇很短的小说,实现这样的目标已经足够。但契诃夫认为不够,他让涅维拉济莫夫拍死了一只蟑螂,他拍死那只蟑螂,拈着它一条细腿,扔进玻璃灯罩里,灯罩里发出噼噼啪啪的响声,他忧郁沉重的心情,这才轻松了些。由此,小说从对社会的批判,进入对人性的批判。我们被强者欺压,愤愤不平,但遇到比自己更弱的弱者,我们就露出了和欺压我们的强者一样的品性,分毫不差。我们并不比任何人更好。

这最后一步,让这篇小说从优秀变为杰出。作家准确把握人物情感,但又管理他的情感。涅维拉济莫夫本来是没有出口的,因为作家的"管理",使他有了出口,只是有了出口之后,他变得比本来面目更为不堪。可是小说却因此更深刻,更有思想,成了短篇杰作。丹齐格说,"杰作"这个概念产生于十八世纪。有了"杰作"的命名,对艺术便是一次拯救。任何行道的尊严,行道本身并不能给予,是由这个行道上杰出的人物和杰出的业绩给予,在文学领域,就是由大师和杰作给予,因此我们吃着文学这碗饭的时候,要知道写作并非真的就是一碗饭,是大师和杰作给了我们这碗饭,因为有他们和它们的存在,世人对这个行道怀着敬意,即使某些时代没有大师,也没有杰作,人们还是怀着期待,作家几乎是利用了这种期待,才在这块园地里继续刨食。所以如果一个作家内心傲慢,觉得自己的一切获得都是理所当然,这个作家是可笑的,也是卑微的。

再来简单地看一部伟大的小说,《安娜·卡列尼娜》。安娜与伏伦斯基偷情,以致私奔,然后生了个女儿。这个女儿是他们爱情的结晶,要是普通作家去写,安娜一定是爱她的,比爱她跟卡列宁生的儿子谢辽沙还爱。可托尔斯泰太伟大了,他太了解人物的深层情感了:安娜从女儿身上看见了自己的罪恶,她即使想爱,也不能爱,也爱不起来。安娜有罪,但并不堕落,因此她不会去爱自己的罪恶。这是情感还是思想? 都是。安娜有了这种情感和思想,就预示着她的命运了，她内心里已有渴望，就是重新回归被她抛弃的社会生活，当伏伦斯基不满足于躲在两人爱情的巢里，积极地去参与社会事务的时候，安娜发现了他们之间的不公平：她获得的，伏伦斯基也获得了，她失去的，伏伦斯基并没有失去，这时候，她回归社会生活的渴望，就由隐而显。然而，她熟悉的那个圈子，已经不再接纳她了。社会对女性的偏见和不公，与别的因素合盟，让安娜的路走到了尽头。

从这些作品，我们几乎能看见情感变为思想的过程。这个过程就是：每时每刻关注作品的诞生。"诞生"这个词的特定用法，是巴什拉提出来的。作品顺着情感逻辑下行，无力将情感凝聚为思想的作家，就任其宣泄和枝蔓，好作家不是，好作家笔下，时时都在诞生。我们说管理情感，并不是围上栅栏，而是把那些路途中看不见的部分掏出来，这就是诞生。看不见，是因为埋得深，埋得越深，可能越有价值。安娜不爱女儿，是埋得很深的，深度成就了邈远悠长，也成就了宽阔浩荡。我们正是从这样的地方，去评论一部作品的思想。如果单纯地谈论小说的"思想"，那是不懂小说，也是对小说的扼杀，例如《小人物》表现了老实人吃亏作恶者当道，《水浒传》里林冲等人的故事也表现了这一主题，我们能说两篇作品的价值相等吗？很显然，林冲等人的故事，贡献了丰富得多的人性，更令我们动容，也更能引发我们的思考。所以小说不是讲道理，不是由道理推动，是由情感推动，小说的道理，或者说小说的思想，进一步说，小说的思想深度，是从故事深度、人性深度和情感深度来的。再讲直白些：小说的思想与其说是思想，不如说是牵引或点燃思想。

三

有些好作品具有欺骗性,你几乎感觉不到其中的情感,你以为那只是观念写作,事实上,所有好作品都不是起步于和停留于观念写作。

这就说到由情感激发出的想象。

我们现在经常听到一种说法,说一个手机段子,也比小说更有想象力。如果这话当真,那对象定是很坏的小说。想象力不是要聪明,尤其不是要小聪明,而是环环相扣的感觉,是要构成一个完整的艺术世界,这当中不是天马行空,是有纪律的,得符合逻辑——现实逻辑、情感逻辑、心理逻辑,合起来说,是艺术逻辑。想象是一部虚构作品中最美好的部分,它常常让写作者自己也感到吃惊,并禁不住赞叹。我们和作家接触,会听他们说,他们在写到某部小说的某个段落时,将桌子或大腿一拍,大声地夸奖:"写得真好!"有的还加上国骂:"写得他妈的真好!"我敢肯定,刘庆邦写到梅妞给小羊喂奶时,他是异常兴奋的,他知道这个小说成了。苏童写到女婴变成小羊,契诃夫写到涅维拉济莫夫拍死蟑螂,他们会奖赏自己抽支烟的。

从情形判断,刘庆邦是在写作过程中蹦出了那个情节,苏童和契诃夫,则是先就有了结果,然后让小说步步为营,朝那个结果推进。

不管怎样,他们的想象都没有欺骗性,你能清楚地感知情感合围、最终爆发的过程,而另一些作品不是这样,比如卡尔维诺有个小说,叫《近视眼的故事》,写一个名叫艾米卡的人,突然觉得生活无趣,啥都无趣,后来才知道,是因为自己眼睛近视了,看不清世界的景象了。我们从中可知,艾米卡是个对外部世界特别依赖的人,他的内心生活是苍白的,就像月亮,需借助太阳的反光才有亮色。作家并没把这些写出来,只提供细节和信息,让读者揣度。读者有时候会辜负了作家,人家在那里,你看不见,还说人家写得不好。既然是近视才觉生活平淡,那就去配副眼镜吧。于是去配了。戴上眼镜,生活又恢复了原来的模样,艾米卡相当于重生,高兴起来,就回故乡去。他在故乡拥挤的街道上,碰见东一个西一个的熟人,可那些熟人都不认识他了,这是因为,他以前不戴眼镜,现在戴上眼镜了。后来,终于,碰见一个女人,是他爱过的女人,名叫贝蒂,他朝她走过去,她身边有个女伴,见他径直走来,她用胳膊肘将他推开,并对女伴说:"如今人们的举止……"意思是现在的男人变得越来越没有教养。说着走远了,混入了人群。他很失落,也才明白,自己回来,其实是为她回来的。他想再次碰见她,却终未如愿。黄昏降临,他走出城外,看着郊外模糊的阴影,觉得在这样的时候,戴不戴眼镜都是无所谓的,生活依然平淡而无趣。

这个小说就很容易被归入观念小说,事实上,作家是把情感埋起来的,主人公对当下的生活不满意,就怀念过去,而过去已永远消逝。这其中不是观念,是情感在起作用,媒介就是他爱过的那个女人。他爱过,现在还爱吗?或许早就不爱了,但当下生活能为他提供的,都暗淡无光,未来更是无从说起,就把曾经当成了此刻。卡尔维诺就是这样想象出来的。

再来看舍伍德·安德森的一个小说,叫《鸡蛋》:"我"的父亲替人打短工,过着贫穷而安分的日子,但母亲撺掇他,激发出他心中发财的梦想,于是去租了十英亩贫瘠的石板地,办了个养鸡场,十年辛苦,却以失败告终。接着去镇上,进军餐饮业。父亲那时已秃顶,形容惨淡,却有了更大的梦想。鸡场里生的鸡,有的长了四条腿,或两对鸡翅、两个脑袋,总之千奇百怪,出生不久就死了,父亲将它们做防腐处理,装在玻璃瓶中,因为他早就想用这些奇形怪状的鸡去全美展览,走一条扬名立万的捷径。父亲去镇上时,就带着那些玻璃瓶,并且放了餐馆的柜台上。他检讨自己,觉得自己以前之所以过得不幸福,是没有积极乐观地面对生活的缘故,于是他决定乐观起来,有客人来,就给客人表演助兴,道具就是那些玻璃瓶里的标本,还有鸡蛋,可当他真的表演了,客人却觉得他是神经病,吓得落荒而逃。这是一个梦想产生和梦想破灭的故事,我们也很容易把它看成观念故事。其实不是。观念故事萌生于想法,这个故事萌生于情感,萌生于人的基本渴望。要发财,要出人头地,这些都是可以理解的渴望。观念是开脑洞的,不是日常的,从情感产生的故事,出发点是日常。

此外,我们在谈论语言的时候,往往将它当成技术性的东西谈论,其实文学语言也是从情感来的,文学语言本身就是充满想象的。中国当代作品中,有两篇小说的语言给我留下深刻印象,一是阿城的《棋王》;二是王安忆的《骄傲的皮匠》。《棋王》的语言处处洋溢着想象,比如王一生吃饭时,"'咕'的一声儿咽下去,喉结慢慢地移下来,眼睛里有了泪花",这种语言,情感枯涩从而导致想象屡弱的作家,是写不出来的,再训练也写不出来。《骄傲的皮匠》能闻到语言的香,一坛老酒,不喝,香气已经弥漫,这同样不主要归功于训练。

所以情感是文学的本质,也是文学存在的理由。

不过话说到此,我又想到了杜拉斯的预言,或许,她将一语成谶? 当代人享有过于便利的生活,情感早已稀释,并随着消费时代的到来,情感也跟着被消费,"劝君更尽一杯酒,西出阳关无故人"的寂寞和沧桑,不会存在了。情感稀释就不能蓄势,就冲不开堤坝,小说就缺乏力量,而力量是最高的美,最高的美丧失,小说存在的依据就被剥夺了。

我曾经想,作家诗人因天性敏感,是很容易受伤的一群,但比较起来,小说家受伤最深,因为诗人可以爆发,"呼儿将出换美酒,与尔同消万古愁",这样就爆发出来了,小说家却不行,小说家要能忍。忍正是为了蓄势,那过程类同怀胎和生产。张文江记录他老师言论的书《潘雨廷先生谈话录》中提到,潘先生说,忍怒可以养阴,抑喜可以养阳,话是好话,只是忍和抑,都是难的、苦的。

　　但而今好像不必那样受苦了,我们的情感被稀释了,我们不再那么敏感了:我们变得平庸了。

小说的门窗

——青年作家培训班上的演讲

一

我深深地记得，二十世纪九十年代初，那时候我大学毕业不久，没写小说，教着书，后来编着报纸，有天，跟几个人聚会，其中一人是写小说的，在当时的四川是有名气的，他说到文坛上的一件新鲜事，说有个年轻才俊，是个大学教师，写了篇文章，说他在课堂上念一篇作品，同学们听得哈哈大笑，为什么笑呢？是因为这作品的文字，幼稚得连中学生都不如。大家笑过了，他才公布这作品是谁写的。——是巴金写的。巴金的《寒夜》片断。这件事前后，文学界对现代文学全面检讨，有学者悲哀地感叹，说自己研究了一辈子现代文学，结果发现现代文学不值得研究。鲁迅不值得，茅盾、巴金、老舍、曹禺他们，沈从文他们，都不值得。后来把张爱玲抬得很高，除了张爱玲本身的文学成就，还因为，张爱玲是那批作家中被冷落的，抬一个被冷落的人，相当于否定热闹着的人。

这不是一次简单的意气用事，而是二十世纪八十年代先锋文学的余波。或者说，是由先锋文学——向西方学习之后——得出的结论。

中国的文化人，包括作家，不愿背负传统了。"五四"不愿背负传统，使用白话文，甚至提出废除汉字，并对传统的价值观进行颠覆性评估;而二十世纪八十年代,被称为第二次"五四运动"。前一次运动,想扔掉的是两千年的文化传统,后一次运动,单从文学而言,是想扔掉"五四"之后的现代文学传统,包括中华人民共和国成立后向苏联学习的当代文学传统。

两次运动的功绩,是有目共睹的,它们对中国的文化和文学,都是一次大解放。但又过去这么多年了,当时得出的结论,我们应该重新思考了。

这也正是我这段时间思考的问题。

我编杂志,读到的稿子都千篇一律,都不动人,都是一个腔调。这是为什么?

二十世纪八九十年代的先锋文学,或者说现代派文学,是强调个人价值,个人从集体中解脱出来,成为自在的存在。它的进步性不言而喻,但任何事情都不能走极端,从二十世纪九十年代到现在,是一步步走向极端。这期间,除了有个新写实主义、底层文学岔了一下,大方向是没变的,就是越来越私我化。

文学的大门,由此关闭。

然后是窗子也关闭。

文学因此不能呼吸了。

想想不能呼吸会是一张怎样的脸?你长得再美,当你不能呼吸的时候,都是挣扎的,不好看的,甚至是丑陋的。奇怪的是众人如此,成为集体景观。

当然也并不奇怪,现在就是一个从众的时代,是超市和连锁店的时代,是抹杀个性美的时代。而美本身就蕴含着个性的意思,没有个性,就谈不上美。所有女明星都去弄个尖下巴,这很美吗?不美。以前的美女,是各有各的美,那才是真正的美。所以到现在,我在生活中,在电视上,见到一个女性,只要她没去削骨,没去弄一个尖下巴,我就认为她是一个美女。排除因为没钱不去整容的部分,那些有钱而不去整容的人,有对美的认知和自信。自信本身就是美。

从众的另一个后果,是造成麻痹,情感麻痹,审美麻痹,并让思想枯竭。我们一方面走向私我,一方面却在从众。由此可见,私我并非个性,只是装点化的个性。

二

文学呼吸的空气,是广阔的社会生活。离开了社会生活,文学就成了私语,文学的渴望和志向,就不再是引起共鸣,因此必然走向枯萎。

我们说艺术起源于劳动,而人类最初的劳动,是集体劳动,当时猛兽横行,一个人出去打猎,不仅很难有收获,还相当危险。既然是集体性的,艺术从产生的那天起,就是要引起呼应。月光下抬一块石头,走在前面的喊:"明晃晃啊。"后面的就接:"水荡荡啊。"这就是呼应。人与人群的关系,与社会的关系,形成基因,以隐秘而强大的方式,深深地植于我们的身体里。

许多文学作品就表达这种关系。

比如渡边淳一的《失乐园》,久木和凛子的爱情,是违背社会规范的,于是他们离开人群,走向僻静封闭的世界,结果是走向死亡。有人说,这是爱情的深度,两人一起死,而且是以那样的方式死(大家看过的,都知道),是绝美的爱情,是深度的爱情,然而,向死的爱情有何深度可言?世上真正的深度,是走向生机,哪怕死亡,也预示和蕴含着生机,这称为向死而生;如果是向死而死,就是结束。一切画上句号的东西,都无所谓深度。深度是省略号造就的。当然从作品而言,它揭示了一种事实,一种以为可以突破、却依然坚硬的准则。

伟大的《安娜·卡列尼娜》,安娜与伏伦斯基同样违背了社会规范,于是他们离开,离开之后,安娜发现,伏伦斯基依然参与着社会生活,而她自己却与社会割裂了。她想把伏伦斯基拉回来——拉回来的原因,表面上是爱情的独占心理,深层的是想获得一种公平。我们应该共同拥有,共同失去,可你该拥有的拥有了,该失去的却没有失去,我呢,该失去的失去得干干净净,该拥有的,也变得摇摇欲坠,安娜觉得这不公平。这是她最深层的心理。于是安娜想把伏伦斯基拉回到他们的二人世界。当她发现这根本不可能,就想跟伏伦斯基一样,回归社会,她为此努力,结果发现社会已经不容纳她了。她的结局已经注定。

这些文学作品告诉我们,人是社会性的。只有在对社会生活的观察、体验和书写当中,文学之树才根深叶茂。

我们写小说的,就应该知道这个简单的道理,把门打开,面向广阔的生活。唯如此,我们的作品才能呼吸,我们的写作才能呈现更大的可能性。

回过头说巴金。

巴金的小说,包括众多现代作家的小说,整个就是开放的。不要简单地谈什么艺术性,我们只需要懂得,读当下的许多作品,我们读得无动于衷,读得一开篇就很疲惫,而读巴金的小说,比如他的《寒夜》《第四病室》,读得让我们揪心,读得让我们心潮起伏,不忍放下,这就是最强大的艺术性。

三

那么什么是生活？

有作家说，我活着，天天都在生活，所以我不缺生活。这样说也成立，但问题在于，你是作家的话，就不仅需要生活，还需要作家拥有的生活，也就是可以供你书写的生活。

这样的生活必然具备以下特征：

第一，从向下的部分中超拔出来。

我们的日常生活，向下的部分占据着主流，不管你多么杰出，多么自律，除去那些最伟大的杰出者，生活中向下的部分都是重心所在。那是生活的泥潭。人或许有牛的特性，有猪的特性，或者别的动物的特性，觉得泥潭里很舒服，于是就在泥潭里打滚。这没有错。作家也需要去泥潭里打滚，但作家必须有一种意识和能力，就是在泥潭里打滚之后，不能把自己也弄得一身泥。弄一身泥不要紧，但要知道那是泥水，要知道清理。有人讲，"作家是普通人"，作家当然是普通人，他跟普通人一样生活，但不是普通人的精神生活。福楼拜教育他的学生莫泊桑：你做了作家，你就跟别的人不一样了。他指的也是精神生活。

精神生活不是一个虚拟的概念，他是有具体表现的，也是有规约的，我天天跟人喝酒，喝了酒回去想一下，我是不是不该这样喝酒了，打开电脑，写几句，累了，睡醒之后，又去喝酒。耐不得寂寞，本身就是精神生活的危机。生活方式直接影响着精神生活。

追求幸福是人的目标，但这当中又有区别，普通人追求的幸福，是安稳、祥和，作家当然也是，可是作家更在意焦虑、恐惧和绝望，幸福祥和不能再生，恐惧和绝望能，恐惧和绝望爆发出新的力量——

文学的力量。

第二,从喧闹中超拔出来。

不知大家发现没有,我们现在这个时代,是一个不可辨析的时代。以前的时代不管多么喧嚣,都是可以辨析的。就说改革开放之初,那么不确定,那么千头万绪,但万木逢春的气象是非常明显的。而到了今天,整个世界是漂浮着的,地球真的成了日行八万里的行星。我们很难看清当下,也很难看清未来。

这是为什么?

信息!

我们知道得太多了。铺天盖地、排山倒海的信息模糊了我们的认知。同时也钝化了我们对语言的敏感。我们的语言只够传递简单的符号,没有了审美,没有了言外之意。有一点言外之意也是肤浅的,不能抵达心灵的。

这是一种喧嚣。另一种喧嚣是,你想到的,是被灌输的。你说的好,是别人认为的好,你说的坏,是别人认为的坏。你已经没有了文学立场。

四

什么是文学立场呢?

这也可以从几个方面说。

首先,相对于真理,文学对人心负责。

科学追求真理,对真理负责。哲学也是。许多人把哲学和文学并提,还和历史并提,所谓文史哲,好像哲学与文学靠得很近,其实哲学与科学靠得近,都是为了通晓世界、解释世界,它们把世界解释得头头是道，唯独对具体而微的人和人心冷漠。而我们具体的人，在真理面前只是一个臣服者。人一面总是在寻找自己臣服的对象，另一面又追求着自由，艺术是自由的，文学是自由的，所以艺术和科学，一个解释世界，对真理负责，一个发现和抚慰世界，对人心负责。

其次，相对于道德，文学对魅力负责。

道德和真理一样，都是不稳定的，没有绝对的。在中世纪的英国，只要有女人在，吃饭的时候，桌子的四条腿都要用布遮起来，因为那可能联想到女人的腿。怀孕了，不能说怀孕，要说"有一种状况"。不那样做，不那样说，就是不道德的。在我们漫长的历史里，女人要笑不露齿，行不摇裙，否则就是不道德的。可是现在，穿着热裤，穿着露脐装，满大街行走，没有人说她们不道德。光天化日之下，讨论着要不要二胎，饭桌上也说："哎呀，我不能喝酒，我正备胎。"男人说，女人也说，但我们并不觉得他们不道德。可见道德是靠不住的。

但魅力靠得住。作家要对靠得住的东西负责。凛子也好，安娜也好，她们让作家充满写作动力的，让读者不能释怀的，肯定不是她们的道德问题。是不是她们的违背道德呢？很可能是，作家要对固有的、不合理的道德挑战。但我说的是"可能"，这当中还有个"一定"——一定为她们的魅力着迷。至于作品最终呈现了道德，那是另一回事。

再次，相对于现象，文学对内在负责。

前面我们一直说作家要把门窗打开，现在是要关起来了。作家知道了一种生活，看见了一种生活，但作家要用另一副眼光——你自己的眼光去审视生活。

有一个基本的规律是，作家越是没有立场，越是没有那另一副眼光，就越是显得特别的自信。在许多作家的作品里，我们看不到对生命的疑惑,也看不到对时间的疑惑。作家们似乎不知道,作品的价值,不是通过肯定,而是通过怀疑来实现的。因此那种自信是虚假的,无知的,没有任何意义的。

只有具备了文学立场,我们才可能表达自己的世界观。好作家都有自己的观点。比如《水浒传》,为什么从高俅写起?因为它直指朝廷,它要表达官逼民反。当然《水浒传》的原本是从张天师和洪太尉写起,说洪太尉揭了魔盖,飞出一股黑烟,也就是三十六天罡七十二地煞,但这只是障眼法,金圣叹深知这是障眼法,在他的点评本中,就把原本第一回当成了楔子,将写高俅的变成了第一回,也就是把"王教头私走延安府,九纹龙大闹史家村"变为第一回。王教头王进是被高俅逼走的。还比如《三国演义》,为什么从桃园结义写起?是因在战乱时代,背叛比比皆是,义气就显得十分珍贵。再比如托尔斯泰写的拿破仑,是表明历史不是个人创造的,也不是领袖创造的。当然也不是民众,创造历史的是更深刻的力量。

作家不仅要有世界观,还要有宇宙观。

因为没有宇宙观,我们显得小肚鸡肠,而且忘掉了祈祷。我们只知道许愿、感恩,而我们感恩的对象又是那样渺小。我们要学会把任何一个题材,都拿到历史长河中去审视,这样才能让作品具有更深远的意义。

当我们用自己的眼光审视了生活,我们的门窗将会打开,门窗都有朝向。每个作家有每个作家的方向——我的意思是说,不要东打一头西打一棒,要有自己始终关注的命运主题。比如张爱玲关注的是:把支撑人类的虚荣和欲望拿去之后,人会变成什么样子?比如鲁迅关注的是:人性的幽暗究竟有多深?

苏东坡怎样做人

　　言说苏东坡，多爱说他的诗书画三绝，说他怎样酿酒，怎样做好吃的，怎样"上可陪玉皇大帝，下可陪卑田院乞儿"，总之是突出他才华的一面，旷达的一面，"仙"的一面。这都没错，都是苏东坡。然而，千载之下，苏东坡还像我们的邻居、朋友和导师，最根本的原因，不在其"仙"，而在其"人"。

　　中国能称仙的诗人，有两位：一是李白；二是东坡。比较起来，李白更像是天上来的。苏东坡自谓："天下之理，戒然后能慧，盖慧性圆通，必从戒谨中入。"他是有尺度的，有规矩的，不像李白，高兴起来就"仰天大笑出门去"，愁苦起来就"白发三千丈"。考察苏东坡的一生，尽管年少时即名满京城，却从没狂过，更没狂放不羁过。到晚年，他给侄儿写信，说自己旧日文字"高下抑扬，如龙蛇捉不住"，其实，那些文字虽纵论古今，但豪迈处也自有规约。就算苏东坡是仙，双脚也立于人间。所以我们不能以"仙"之名，将他简单化、符号化了。他是艺术全才、大才，这没有问题，但也不能因此无限漫延，认为他无所不通，比如酿酒，他儿子作证，只是试验过，而且喝了会拉肚子。

　　所以苏东坡重要的既不是仙气，也不是我们臆想的生活导师。

　　他是人生导师。

　　艺术创造、道德勇气、民间情怀，共同建构了苏东坡的生命热情，也是他人生的三大目标。在实现目标的过程中，他遭遇了常人难遇的生活磨难,体味着人之共有的精神痛苦,他伟大,是在痛苦和挫折中站立起来,成就大写的"人"。照林语堂的说法是,苏东坡的"人品道德,构成了他名气的骨干"。

认识苏东坡,可从四个层面:怎样做人、怎样做文人、怎样做官、怎样做臣子。现在我们来看看他怎样做人。

一　对事不对人

苏东坡人生的重大转折,起因于王安石变法。

该不该变,几乎是不必讨论的。宋朝的官员,比唐代超出十倍,宋代学者叶适称:"自古滥官,未有如此之多。"至宋神宗时,国库空虚,边塞不宁,土地兼并,民乱蜂起,神宗忧虑,力主变法。王安石应时而出。但对王安石的具体主张,司马光、苏东坡等,都深表质疑,极力反对。苏东坡第一个上书驳难,认为变法的实际效用,是损民力以补国力,如此与民争利,民心必失,而人心如木之有根,鱼之有水,农人之有田,商贾之有财,"失之则亡"。

对此,王安石三言以对:"天变不足畏,祖宗不足法,人言不足恤。"将苏东坡调离馆阁,不让他有接近皇帝的机会,可东坡继续发声,不讳己意,观点鲜明,言辞坚定,让王安石十分恼怒,派御史查访东坡过错。皇帝急于中兴,正需铁血手腕,对王安石鼎力支持,尽管查来查去,也没查出苏东坡任何问题——所谓"穷治无所得",但如此情形,苏东坡自知一番用世热肠,已无力回天,便请求外放。

这样,他离开京城,去了杭州,任通判。

从那以后,除短暂返回京师,苏东坡基本上都在流放途中,从北到南,从南到北,又从北到南,辛劳辗转,越放越远,直至海南儋州。

从事的角度，是王安石变法造成了他人生的灾难。从人的角度，是王安石造成了他人生的灾难——至少表面如此。

我们来看看苏东坡是怎样评价王安石的。

王安石去世时，已进入宋哲宗时代，哲宗对变法不满，起用司马光做宰相，王安石回到南京，骑驴闲游，郁郁寡乐，抱病而终。其时，苏东坡任中书舍人，即哲宗的御用秘书，他代表皇帝，为王安石追赠太傅作"制"："名高一时，学贯千载……瑰玮之文，足以藻饰万物，卓绝之行，足以风动四方……"

怎么看都不像给对手写的文字，而是对高山的赞美，对伟人的颂歌。

王安石配得上这样的赞美。作为权倾朝野的宰相，他不坐轿子，不纳妾，死后无任何遗产。文学上，他和东坡一样，位列唐宋八大家。他的改革，即使反对派，也承认"法非不良"，只是"所用非人"。当流弊日久，众人唯唯，王安石挺身而出，勇于任事，敢于担当。这是一方面。

另一方面——对今天的我们也是更加重要的方面，我们要问：如果我是苏东坡，面对造成自己一生劫难的人，能否弃一己之私，客观为文？能否正视事实，放下偏见，把最美的言辞给予对方？

再看苏东坡对章惇。

章惇是苏东坡的旧交好友，后来官至宰相，东坡落难时，他完全有能力搭救，可他不仅没搭救，还将其从广东放至海南，且阴使人追至海南，欲置东坡于死地。世易时移，徽宗上位后，轮到章惇被贬，贬所也是海南，而此时东坡已被赦免，正在北返途中，他要章惇的儿子转告他父亲，让他注意身体，多加保重。苏东坡说，他和章惇定交四十载，"虽中间出处稍异，交情固无增损也"。

这种对情谊的珍视,对他人的原谅,是出于深刻的理解。"因为理解,所以慈悲。"苏东坡当过皇帝的老师,章惇生怕皇帝想起这个老师来,召回京师,夺了他的相位。在苏东坡看来,章惇对他下毒手,不是人坏,是"事出有因"。而且苏东坡也记得章惇的好处,曾经,有人进谗言,说苏诗中有"蛰龙"字样,是对皇帝行诅咒,若皇帝听信,东坡将死有余辜,当时章惇为他说了话。

苏东坡晚年,非常喜欢陶渊明,把陶诗都和了一遍,认为古今以渊明为贤,因"贵其真也"。而"真"这个词,常常被误读为不加束缚,怎么想的,就怎么说,怎么做——这是最肤浅的"真"。"真"的深沉内涵,是指正面意义和正价值。因此:真,正也。这才是苏东坡喜欢陶渊明的本质。

在社会关系中,记人之善,忘人之恶,把事和人区别开,就是真,也是正。

顺便再谈谈苏东坡的同时代人。

最先发现苏氏父子的,名叫张方平,张方平怕埋没人才,要向文坛领袖推荐。那时的文坛领袖,是欧阳修,而张方平和欧阳修有很深的矛盾,"二人交怨,久未通问"。可张方平还是毅然给欧阳修写了信。我们知道,欧阳修大力提拔苏氏父子,特别是苏东坡,成为苏东坡一生敬重的师长。张方平并不因对方是仇人就不写信去推荐,欧阳修并不因是仇人推荐,就置之不理甚至故意打压。

司马光作为新法的强力反对派,与王安石闹到水火不容,在给皇帝的奏章中,司马光说:"安石……以为是则是,以为非则非。谄附安石者,谓之忠良;攻难安石者,谓之谗慝。"对王安石评价甚低。可是后来,司马光当了宰相,王安石死后,司马光担心势利小人趁机攻讦王安石,躺在病床上的司马光,以宰相之名下的最后一道命令是:

王安石人并不坏(如同东坡言说章惇),就是有些刚愎自用罢了,"死后朝廷应以优礼葬之"。这样才堵住了小人们的嘴。

王安石当初被称为"拗相公",性格孤傲,难以容人,对司马光、苏东坡等,恨入骨髓。但他并不禁止自家子女读东坡诗文,他自己也常读,每有人从南地来,就问:见到子瞻了吗?带来子瞻的新作了吗?

他们都是大写的"人"。或许政见不同,有时还矛盾尖锐,却都对事不对人。这种胸怀和境界,源于秉心至公。他们心里只有"事"。在认为"新法病民"的立场上,苏东坡和司马光是同一阵营,后来司马光主持国政,恢复差役法,苏东坡又认为这是恶法,不惜得罪司马,为民请命。

哲学家汉娜·阿伦特把人分为两种:消耗身份和塑造身份。当我们拥有了一种身份,为那种身份确立正直的定义,赋予具有光照的内涵,便是塑造,否则就是消耗,甚至是掏空。读书是为察己,反躬自省,我们有苏东坡等人的气量吗?我们很可能是反过来,对人不对事:人对了,事好办,人不对,万般难。我们可能根据与人的亲疏远近,轻易改变自己的立场,本质上是没有立场。

了解一下乌台诗案,苏东坡的人格光芒就更加耀眼。乌台,即御史台,因院内多植柏树,柏树上多有乌鸦,俗称乌台。苏东坡因言获罪,被抓进牢里,关了一〇三天。诸多事实证明,他所受的牢狱折磨、吃住粗陋和被无端审讯外,还受了毒打。作为心性敏感的诗人,肉体灾难同时也是精神灾难,是对自尊心的摧残。可即便如此,也未改其良善。面对深渊,他自己并没有成为深渊。

对人性,苏东坡有着深刻洞察。元祐初年,朝廷启用"旧党",其中多为东坡朋辈,但面对现实利益,即使数年交好,也即刻成仇。为此,苏东坡独自感叹:"人之难知也,江海不足以喻其深,山谷不足以配其险,浮云不足以比其变。"对人性幽暗,他心知肚明,只是不愿去做。我们可以设想,如果苏东坡也像别人,在利益面前丧失道义,丧失做人的本真,我们还会觉得他有这么亲近吗?还会让他长在我们心里吗?还会对他怎样酿酒、怎样做好吃的,津津乐道吗?冤杀忠良的秦桧,不仅是进士,还是状元,文采风流,善识古董,品鉴卓越,书法造诣深厚,自成一格,但今天我们不会去怀念他,只是唾弃他。

二　内视与反省

被冤枉,被抄家,被毒打,被流放,苏东坡从不怨天尤人。

如果怨天尤人,他就不会对伤害自己最深的王安石和章惇说那种话。他只是内视,只是反省。夜深人静时分,他检讨自己,觉得自己仗着有些才华,就才华外露,今后需改正才行。是否改正了,倒很难讲,比如刚从狱中出来,就又提笔作诗,诗成才掷笔感叹:怎么改不了臭毛病!比如一家人行船江上,突被兵丁围住,要抄家,妻子惶惧悲愤,边烧丈夫诗文边流涕责骂,怪丈夫管不住笔,让举家受难,可吟诗作文,终究伴随了苏东坡一生,证明没有骂醒。

文字和书画,是他的语言,是他活着的依据。他反省,真正的意义不是做不做,而是做得好不好。因为他做的,是他该做的,是受良知的驱动做的。他的反省贯穿了他的所有生活,比如他在密州做官,后被人代,他调任别处,代他的人名叫孔宗翰,孔宗翰来之前,寄诗相告,苏东坡答诗:"秋禾不满眼,宿麦种亦稀。永愧此邦人,芒刺在肤肌……"他认为自己没把密州治理好,让百姓受苦,心里愧疚,愧到疼痛。这样的移交词,恐天下罕有。

而史实告诉我们,苏东坡无论去何处做官,都躬身为民,政声卓著。治理西湖时，他挽着裤腿去现场，饿了，就与河夫同食。在颖州遇大水，一城惊慌，富人逃遁，他安抚民众，平息民心，亲赴抗洪一线，以其坚定和智识，保住了一座城和城中生灵，并改良河道，加固堤防，让灾难不再发生。到黄州和海南，他已不是官，最多称为"罪官"，可知道黄州有杀婴恶习，便致信官府，让他们富民以财，教民以爱，改变风俗；看到海南的山间田野，多有尸骨无人收葬，病人无药可治，饥荒无粮喂养，又是想尽办法，多方筹措，求官府朋友外，自己也捐钱，无钱可捐，就找弟弟苏辙要，葬浮尸，治医药，购米粮，让死者安息，生者安居。

他描述的密州景象，或许是事实，但绝非因为他不作为。

即便鞠躬尽瘁，没能让百姓过好，自己心里也愧，这就是苏东坡。

我们常常会谈论一个话题：如果没有王安石变法，如果没有在那之后遭受的一连串打击和厄运，苏东坡就不是现在的苏东坡了，在艺术上，他就远不如现在伟大了。这当然说得没错，而我们需要考察的是，当厄运到来时，苏东坡是如何成就了自己的伟大？

以他被贬黄州为例。

东坡诗文，名篇甚多，但以贬黄州后达到极致，文如前后《赤壁赋》《记承天寺夜游》，词如《念奴娇》《定风波》，书如《寒食帖》，篇篇精品。苏辙是个谨严寡言的人，平时不大表扬哥哥，但这时候也禁不住说：我哥去黄州后写的文章，就天下无敌了。这绝非虚美之词。拿出任何一篇，都流光溢彩，口口是肉，字字珠玑，掷之于地，能闻金石音。不仅文章，书法《寒食帖》，也与王羲之的《兰亭集序》、颜真卿的《祭侄文稿》，并称中国三大行书。

而那时候的苏东坡，刚从"乌台诗案"死里逃生，惊魂未定，前途未卜。他有很多冤,有很多怨,他有一万个理由去恨别人,去哀叹自己丢掉的官职和大好的前程。是的,他非常痛苦,拖家带口,住舍偏陋,钱不够用,就把每月的支出分成三十份,挂到房梁上,每天限取一份。这样也无以为继,就只能开荒种田了,握惯了笔的手,要握锄头和使牛棍了。

在《寒食帖》中,他描述了那种苦:……江水高涨要浸入门内,雨势来袭不见止息,小屋如一叶小舟,漂浮于苍茫烟水,厨房里空空荡荡,只能在破灶上烧着湿芦苇,煮些菜蔬……想回去报效朝廷,无奈君门深深深九重,想回到故乡,又与祖坟相隔万里。想学阮籍作穷途之哭,然而"死灰吹不起"。

心死了,不能复燃了。

果真如此的话,苏东坡就当真只能算个"才子"了。

但他是苏东坡,不只是才子,他要突破和超越。

他开始内视,开始反省。

《赤壁怀古》这首词,作为《东坡乐府》中最负盛名的杰作,大家都很熟悉,李一冰在《苏东坡新传》里说,读来如万里波涛奔赴眼底,千年感慨齐上心头。在苏东坡看来,无论是战胜者周瑜,还是战败者曹操,都绽放了自己生命的光辉,照亮了时代,也丰盈了历史,而唯独自己,光阴虚掷,"多情应笑我,早生华发"。

他感受到的,悬之于心的,不是官场得失,而是时间的压迫。

这才是他真正的痛苦。

痛苦有轻重:有的痛苦轻于鸿毛,有的痛苦重于泰山。

重于泰山的痛苦,也有泰山的伟岸和力量。黄州时期的苏东坡,正值人生盛年,怎禁得起这般浪费? 又怎能容忍自己萎靡不振、苟且偷生? 尽管"人生如寄",也需珍重和珍惜。他要"重新发现"——发现另一个自己,更加宽广丰饶的自己。

很多个黄昏和夜晚,他都带着儿子,驾着小舟,去赤壁之下,听疾风鼓浪。正是在这样的时候,被他疏远了的大自然,向他敞开,他尘封的灵性,渐次苏醒。原来,若着眼于物,心胸再大,也难免失落,可要是"将天下藏于天下",就无所谓失落了;要是将自己藏于天下,则"物与我皆无尽藏也","我"与天地,都有情有义,合二为一,虽身在此山中,也能破除迷障,识别真面目了。

海明威讲,做人,要"日日面对永恒"。

这是人之为人的最高尊严。

尊严,即塑造:塑造自己最饱满的生命。

而没有反省,就不可能有尊严,也不可能有塑造。

我们还可以再进一步。

苏东坡认识到了人是大自然中的一分子,但若因此就"顺其自然",卸掉作为人的责任,那又不是他了。中国的知识分子,往往习惯于在儒道之间自由转换,顺时儒,逆时道,主体精神还是明哲保身。而苏东坡不一样,他的骨架是儒家传统,小时候听来的范滂母子的故事,在他心里深深扎根。为人生和社会承担,是其核心内容——哪怕自己"处江湖之远",正被流放和打击。

真资格的知识分子的生活,说到底是心灵生活,这种生活形成人的事业和品格,其中最可宝贵的,是孟子所谓的"浩然之气"——至大至刚,配义与道。苏东坡有篇文章,叫《潮州韩文公庙碑》,其中说:"浩然之气,不依形而立,不恃力而行,不待生而存,不随死而亡矣。故在天为星辰,在地为河岳,幽则为鬼神,而明则复为人。"说得明白,他要做的,是"人"——大写的"人"。

当然我们也可以看看苏东坡如何面对具体困难。

流放途中，赤地千里，黄尘蔽天，一家人饿了，去一家小饭馆充饥。饭馆里只有豌豆，再无其余，儿子们都吃不下去，苏东坡便教育：一个人，须勇于忘记昨日的玉食，眼下景况，有豌豆吃，已很不易，要知惜福，并作诗曰："青斑照匕箸，脆响鸣牙龈。"不仅当成美食，还当成无上享受。

可是毕竟饿啊，有天，东坡读《战国策》，见其中有言："晚食以当肉。"高兴得笑起来。晚食，不是指时间晚，是说饿得不行再吃，这时候啥都好吃，菜羹菽黍，"其味与八珍等"。天下根本就没有不好吃的东西。

在黄州，自家的牛病了，那可是一大笔财产，没想到妻子竟会医牛，这让他乐不可支，在不同场合，对人说过好几回。他喜乐，不仅因为免去了损失，还与他的悲悯心有关，后来他见海南人杀牛治病，牛从广东运过去，牛上船后，哀鸣出涕，让他心碎，便写了柳宗元的《牛赋》，加上长跋，交给琼州一僧人，希望借他的手代为传布，以改变蒙昧而残忍的民风。

深入烟瘴之地惠州，没见苏东坡叫苦，却写出"日啖荔枝三百颗，不辞长作岭南人"，日子似好得让人嫉妒。当他这诗传到朝廷，章惇等人真是嫉妒了，心想，你还过得蛮舒服的？那好，继续流放，发配海南！可去了海南，他干脆把海南当成第二故乡，作诗曰："我本儋耳人，寄生西蜀州。"简直拿他没办法。

其实，海南自然比黄州更苦。一段时间，东坡终日枯坐，儿子跟新结识的朋友下棋，他分明不感兴趣，也看上好几个钟头。加之痔疮频发，疼痛难忍，通宵难眠，更让他苦不堪言。从他说"忍痛易，忍痒难"，我们还可以判断，苏东坡有严重的皮肤病。可在这之后，我们看见了他怎样筹措葬浮尸，怎样筹措粮食和医药，还教授民家子弟，培养出了海南第一个进士。我们同时看见了收入《四库全书》的皇皇十三卷《书传》；该书"明于事势，又长于议论，于治乱兴亡，披抉明畅，较他经独为擅长"。苏东坡得罪过理学家程颐，程门弟子因此与东坡如同水火，但也不得不承认《书传》的价值。

在苏东坡那里，希望永远大于绝望。

生活本身的力量，对他有无可比拟的滋养之功。

要说是仙，这是真正的仙。

要说是人，这是真正的人。

陈寿：为三国命名

一

四川南充玉屏山下，有个万卷楼，楼主陈寿（233—297），写过一本书，叫《三国志》。提及三国，中国不必说，日本、韩国和东南亚地区，也都熟知。那段历史，时间不长，名声响亮，且仿佛成了政治、经济、军事等各领域均可言说和借鉴的百科全书。只是这功劳，不能算给陈寿。《三国志》乃三国唯一信史，与《史记》《汉书》《后汉书》，并称"前四史"，但若对历史不抱特殊兴趣，大概不会读它。大家十之八九，读的是《三国演义》。二十世纪九十年代拍摄的八十四集电视连续剧，日本制作的众多影视剧和动漫剧，凡涉三国，蓝本都是"演义"。自从有了《三国演义》，《三国志》就活到阴影里去了，陈寿这个名字，布满尘埃。

这事很值得思考。《三国志》甫一问世，即获盛赞，说作者叙事精纯，有"良史才干"，说该书"明乎得失，有益风化"；后世学者，称其"笔高处逼司马迁"，是最低限度的国学必读书，毛泽东更将它作为枕边读物，众多哲言智语，如"书读百遍，其义自见""街谈巷议，必有可采""勿以恶小而为之，勿以善小而不为""国之有民，犹水之有舟，停则以安，扰则以危"等等，都出自《三国志》，可它为什么会全面输给千载之下的《三国演义》？

文字障碍并不存在，能读懂演义，大抵也能读懂志书。演义好看，当是首因。比如关羽斩了颜良，弃曹营，奔刘备，事情就结了，但在罗贯中笔下才刚刚开始，接下来，还有漫长的"过五关斩六将"。借东风、空城计、七擒七纵，根本就没有的事，却在演义里风生水起，巨浪滔天。

历史的想象力，输给了文学的想象力。

然而，首要原因只是表面原因。

深层原因在于价值观。

三国波谲云诡，几乎每天都有大事发生，无论是三十多万言的《三国志》，还是六十多万言的《三国演义》，若疏于剪裁，加十倍也嫌薄。剪裁的最高尺度，正是内在价值观。看演义，官场中尽奔走之士，朝廷里少尽责之人，战事频仍，草菅人命，但遗憾的是，我们听不到一匹战马的嘶鸣，也见不到它们垂死挣扎的情状，数百人众，除关羽死后一丝游魂有稀薄忏悔，再没有谁自省片刻；即使关羽，也是被动忏悔。通观全篇，喧嚣无以复加，生命却是沉默的。

回看《三国志》，乱多奸少，尤其曹操，"奸雄"二字几与之无涉。操有鸿鹄之志，乃盖世英杰。志愈宏者，为人愈多，为己愈少，因此王阳明说：能干大事业的人，自有其真挚的精神在。对曹操而言，挺立乱世、鞭挞宇内的气概自不必言，单是"各因其器""不念旧恶"，就非常人能比。

作文著史，皆是写是非，有境界者能超越是非。历史透彻的冷眼，往往于浊秽处观人情，并以此塑造民族性格。战国时期，心术臻于极致，三国反倒没那么复杂，《三国志》也没那么复杂，而《三国演义》复杂，并在心术上强力加持。这可算罗贯中最大的败笔。比较起来，鲁迅先生批其"欲显刘备之长厚而似伪，状诸葛之多智而近妖"，倒是小可了。人间所谓正道，在于你得到的，是你应该得的。凡让他人付出牺牲甚至巨大牺牲的得到，都不应该。而心术，恰恰是算计别人，获取"不应该"。如果本不应该却自以为应该，就是不可救药。

我们轻志书而重演义，除喜欢演义的故事，还有没有对厚黑的迷恋？

这是很值得认真去想的。好书之所以好，正是因为它能帮助我们看见自己。读书的目的或者说境界，也在于能从书里反观自身。

二

历史是国民的公物，梁启超由此倡导史学革命：变"帝王之学"为"为国民写史"。梁公一番苦心，但混淆了史与文。在史家那里，社会即政治。陈寿亦不免。然周旋于王公贵胄权谋干戈之间，能张望黎庶，抽出笔墨，记下"民垂泣""百姓大饿""民人相食""白骨交横于旷野"……已是"国民史"。相对于史学，文学对此应承担更大责任。社会在政治中消隐，文学的使命，就是要复活社会的生机与疼痛。但在《三国演义》里，它同样只是模糊的背景。

这是不是说，《三国志》好，《三国演义》不好？当然不是。《三国演义》不仅好，还差一点儿就变得伟大——要是罗贯中能写出人物的自我审视，能多一些生命情怀，他和他的书，该是多么伟大！不伟大，但照样好。苦难中出华丽，卑微中显巍峨，纷乱中见秩序，在罗贯中笔下都有，而且他贡献了众多符号性人物，比如说到诸葛亮，自然就代表足智多谋和公忠体国，说到关羽，即刻会想到绝伦逸群和义薄云天。更重要的是，他比较如实地表达了汉末至魏晋的英雄观：推崇功业，道德退隐。这种英雄观与儒家学说相悖，所以成了乱世。但它提供了另一种精神维度：注重个人价值的彰显。有没有这种维度，是不一样的。

作为史学家，陈寿对罗贯中的写作大概会不以为然。他或许认为，自己写的才是"真"的。然而，中国的史学与文学，都脱胎于经学，文史不分家这种又好又坏的传统，从《诗经》就开始了，到司马迁，成为集大成者。设若陈寿没有文学家的笔力，其同代和后世，根本就不会认他。

事实上，我们的许多史学大家，即使不说文深于史，也旗鼓相当，并会在某种场合，有意无意地展现自己的文学才华，孤傲如陈寅恪，也要来一本《柳如是别传》。历史之于中国，文学传播的力量大于史学，我们从《三国演义》去看三国史，从杜诗去看唐代史，从《水浒传》和《金瓶梅》去看宋代史，从《红楼梦》去看清代史。或许全世界都一样，不然，马克思和恩格斯就不会认为巴尔扎克《人间喜剧》所呈现的历史内容，如同镜子，"反映了整整一个时代"。这种"诗意"传播，使历史成为改造的和想象的历史，从而含混了真正的历史。

有真正的历史吗？

相对而言，是有的，比如《三国志》之于三国史。

《三国志》的可贵，于此尽显。

但陈寿若有在天之灵，他也不得不承认，罗贯中的《三国演义》，全面碾压了他的《三国志》。对此，他无力改变，只是在背后冷笑。

他有资格冷笑。要是没有我陈某人的《三国志》，何来你罗贯中的《三国演义》。这话不说绝对成立，也基本成立。"演义"借鉴了评书和话本，这是实情，但主体和源头故事是《三国志》给的。陈寿记录下那些故事，经千年累积和发酵，而有了《三国演义》。"三国"这个称呼，也是陈寿首创，至少是在书里首创。从王朝划分，本无"三国"之谓,其前段,属东汉,后段,属魏晋,但陈寿以"三国"命名,形象地昭示出朝廷暗弱、鼎足而三的分裂格局,且音节响亮,柔软的美学与坚硬的事实达成和谐。若改为《汉末晋初志》,一点儿劲也没有。

著作家能为事物命名且被普遍承认,是很大的本领,也是很大的功绩。

三

说陈寿,竟说了这么多书。这是故意,也是不得已。"故意"是因为,陈寿是个写书的,对写书者而言,书是其核心所在,是他最大的人格。说"不得已",乃因陈寿这人,实在没什么好说的,资料少,也普通。

史载,陈寿作蜀臣时,宦官黄皓专权,众皆趋炎,独寿不附。但怎么个"不附"法,并无可靠细节。他数次遭贬,似可旁证,贬烦了,做诗曰:"关山不似人心险,游子休歌行路难。"诗意中只是泛泛解说,少沉痛之感。哪像杜甫"国破山河在,城春草木深",一听就痛不可忍,且是"大我"之痛,是前之所谓满篇是非,却化是非于悲悯、于沉郁和忧思,因而不见是非。由是观之,陈寿被贬,也就是官运不济而已,命运中的深创剧痛,是谈不上的。

又说,陈寿搞"有偿新闻",时有丁氏兄弟,陈寿去对兄弟俩说:给我千斛米,我为你们老爹作传。谁知"丁不与之",陈寿也就"不为立传"。这事记于《晋书》,《晋书》和《三国志》一样,同属二十四史,是正史,陈寿的劣迹似乎板上钉钉。但考证起来,丁家"外无摧锋接刃之功,内无升堂庙胜之效",且结党营私,是晋之罪人,"不得立传明矣。"

还说，陈寿为父守丧期间，让婢女床前侍候。可那些天，陈寿病了，婢女是侍候汤药。真是没趣。

陈寿一生，其实是平淡的。

要从根子上了解这个人，还是只能去他的书里。

除《三国志》，陈寿还有《古国志》《官司论》等，要么失传，要么不显，所以还是从《三国志》说。

前面提到"英雄观"这个词，罗贯中给出了自己的英雄观，可我们读演义，其实看不到英雄，连关羽也不算，关羽有武士精神，有阳刚气象，这不简单，我们民族整体阴柔，所以渴望阳刚的先贤，才将阳刚列为"诸德之首"。然而关羽还称不上英雄。义和利，自然义高，但正如儒有"君子之儒"和"小人之儒"，义也有大义和小义，小义只服务于利益集团，大义才与英雄靠近。演义中人，都在利益集团中奔走，因此没有英雄。

《三国志》有吗？

有，比如曹操。

人言，陈寿作《三国志》，是晋统一天下之后，晋又承魏而来，因此陈便对魏（包括司马氏）多有回护。我不这样看。考察三国，魏确实气象更炽。魏是力的象征，蜀和吴都失于纤弱。诸葛、姜维北伐不息，所谓"匡扶汉室"，无非拿大话做借口，以攻代守才是实情。这本身就是弱。而且，《三国演义》虽打着"尊刘贬曹"的旗号，但曹操的诸多非凡之举（比如官渡之战后烧掉部将私通袁绍的书信），罗贯中一样也没落掉。我一直认为，罗贯中是以曲笔颂扬曹操。曹操重现实，但同时有理想，所以是英雄。彻头彻尾的实用主义者，不可能成为英雄。理想主义者不会为了利益突破底线，实用主义者没有底线。政治家和政客，也由此而泾渭分明。——毕竟，曹操最终也没有废汉自立。

在学者易中天看来，以曹魏为正统，是蜀汉人的政治诉求。当时的蜀地，分为三大集团：荆州集团、东州集团、益州集团。刘备所属荆州集团是外来者，益州本土集团并不欢迎他们的统治（当然，不欢迎，并不仅仅因为这个）。陈寿的老乡——光禄大夫谯周，竟用拆字的方式来预测未来，说刘备的备，意思是足够了，刘禅的禅，意思是让出去，曹操的曹，是广大而方正；几相比较，自然后者更有前景。

不过话说回来，陈寿毕竟是蜀汉人，中国知识分子，历来有家国情怀，就算当时注重个人价值的彰显和实现，这情怀会淡一些，也不可能完全消失，蜀国被灭，对陈寿来说，即使家没亡，国已破，他如何面对这一处境，又有着怎样复杂的内心世界，已无法揣度。可以一说的是，如果陈寿带着如此心境去回护曹魏和司马，就是他避祸的手段了。

我们不能对一个以曲笔和幌子自保的人置喙。

四

但对陈寿"史德"的怀疑，不止那些。

他说诸葛亮"连年动众，未能成功，盖应变将略，非其所长"。读者因此愤愤不平，并大搞人肉搜索，终于扒出陈寿父亲做过马谡参军，马谡失街亭，被亮所杀，陈父遭牵连，领受髡刑。髡刑是剃光头发。现代人听来，这刑法类同玩笑，但古人眼里，身体发肤受之父母，头被剃光，是大辱，所以陈寿在书里报复。至于陈寿赞诸葛亮乃"识治之良才"，堪比管仲、萧何，并费心撰《诸葛亮集》，读者也不买他的账。还比如关羽，陈寿说他"善待卒伍而骄于士大夫"，读者也大有意见。诸葛亮和关羽，都是神一样的存在，只有好，没有坏，哪怕你说了他们一万句好话，只要有半句"坏话"，你就是小人，就是居心叵测。

与之相应，陈寿对谯周评价很高，拿谯周去比急难之士申包胥、范蠡。须知，魏将邓艾险度阴平，后主刘禅出城纳降，鼓动刘禅举白旗的，就是谯周。此等妖言惑众卖主求荣之辈，只配遗臭万年，陈寿却说"刘氏无虞，一邦蒙赖"，都靠了谯周的谋划。再一搜索：哦，原来谯周不仅是陈寿的老乡，还是他的老师！

读者几乎忘记了，对亮、羽二人，你是从《三国演义》倒推回去看《三国志》的。你把人物的影子当成了人物本身。

对诸葛之用兵，他的对手司马懿有个评价："亮志大而不见机，多谋而少决，好兵而无权。"这里的"权"，不是权力，是权变。此可置之不论，连年征战，使蜀境凋敝，民生多艰，这是事实。所以当地百姓才不欢迎刘氏集团的统治。谯周极其崇敬诸葛亮，但十分反对北伐方略。如果你去过成都武侯祠，对近代名士赵藩的那副对联不可能不在意："能攻心则反侧自消，从古知兵非好战；不审势即宽严皆误，后来治蜀要深思。"当然，诸葛亮有他的苦衷，刘备三顾茅庐，仿佛离不了他，其实很长时间以来，他是被闲置的，以致"国家以蜀中唯有刘备"，刘备一死，"南中诸郡尽皆叛乱"，曹魏多人，都修书诸葛，劝其投降。因此诸葛用兵，除以攻为守的战略需要，也是宣示天下：蜀中并非无人。

关羽骄于士大夫，同样是事实。关羽失荆州，走麦城，与子并死，除史学家吕思勉指出的远因（刘备急于攻占成都），与关羽本人轻视知识分子关系甚巨：糜芳等正是被他轻慢，才抽了他底火，使他退无归路。

至于谯周鼓动刘禅投降，实是大势所趋。说他"卖主求荣"，可一国之内，谁为主？为一昏暗之主让一邦蒙难，就算忠臣？此可参照刘璋当年投降刘备,刘璋说:我父子在蜀地二十余年,无恩德加于百姓,不忍再让他们受涂炭之苦。且刘禅纵情声色,老早以前,谯周就上疏劝谏过,请后主减乐官,削后宫,挣脱物欲,修身崇德。刘禅不听,所谓"扶不起的阿斗"。谯周谏言中有句很厉害的话:"百姓不徒附。"你要老百姓拥护你,你得给出拥护你的理由,不可能糊里糊涂又莫名其妙地拥护你。结果,谯周本人首先失望了。

总之,陈寿置评,大抵是公允且妥帖的。

特别值得赞赏的,是他有历史眼光。

历史眼光也即未来眼光。

那些怀疑,非但没动摇我们对《三国志》的信心,还为它加了分。

包括有人说,《三国志》的重要缺陷,是只有纪和传,无表和志,而我恰恰认为,陈寿不拘泥《史记》和《汉书》开创的范式,正体现了他的创新精神。写清那段历史是他的终极目的,取什么体例,并不重要。他将"三国"分述,同样是创新。这种写法,既符合当年实情,又表达了一种尊重。

但也不是没有缺点。书中写出征,前面说一万人,写着写着忘了,说成三万了。写许攸叛逃袁绍,《武帝纪》称:"许攸贪财,绍不能足,来奔。"《荀彧传》里又说,许家犯了事,袁绍"收其妻子,攸怒叛绍"。写马谡的结局,有说被诸葛亮杀掉的(《诸葛亮传》《王平传》),有说马谡是下狱病故的(《马良传》),有说马谡逃亡的(《向朗传》)。这种前后矛盾处,还多。

不过,上述缺点可以原谅,笔误之外,某些事陈寿未必确知,只能提供可能性。但有种缺点不能原谅。比如他评黄皓:"操弄威柄,终至覆国。"言重了。黄皓弄权,其实没翻出什么大浪,实不该承担如此重责。前面说蜀国纤弱,将亡国之殇让一个宦官去背,足见其弱。岂止言重,还是对统治者的迎合:出了事,自己不担,就找个替罪羊。

当然,可能我也言重了。陈寿或并非迎合,他就是那样认识的。他的书再能穿透历史,毕竟他是将近两千年前的祖先了。以现代观念去苛责古人,是无道。

<h1 style="text-align:center">五</h1>

陈寿字承祚。祚者,福也。陈寿的确有福,他有个好老师谯周。谯周精研六经,通晓天文,为蜀之大儒,对陈寿的学业和人生,多有影响。陈寿还有个欣赏者张华。张华是学者,也是显官(晋惠帝即位后,太后委张华以朝政),对落魄中的陈寿多有举荐。可既为落魄,也见出无福。数遭贬谪,即是无福,正如谯周早年对弟子的判语:"卿必以才学成名,当被损折。"即是说,陈寿可凭才学扬名天下,但也会遭遇不幸。只是,谯周和陈寿本人,都没想到他遭遇的最大不幸,是千余年后出了个罗贯中,写了本《三国演义》,致世人忘了《三国志》。

其实不会忘的。追寻真相的读者,读罢"演义",自会生出念想,探究史实,于是去阴影深处,捧出他那部近四十万言的大书。

《三国志》和《三国演义》,彼此成就,陈寿到底是有福的。

陈寿的另一个福气,是公元 372 年,也就是他去世七十五年后,河东裴家生下了个裴松之。裴家乃士族官宦之家,裴松之幼即好学,博览群书,终成史学大家,其重要贡献,是为《三国志》作注。陈寿善剪裁,但有时剪得太过,加上离时代太近,某些事还看不清,就省略了,裴松之翻阅典籍,补充了许多珍贵史料和缤纷细节,前文所述官渡之战前曹操部将私通袁绍的书信以及曹操的处理方式,就是裴注补充的。因为裴松之的注,使《三国志》完整而丰富,从而成为真正的巨著,享有不可动摇的地位。当然,裴松之是陈寿的福,也是罗贯中的福。很难想象,如果没有裴注,罗贯中能把《三国演义》写得那样扎实、渊深和飞扬。

说陈寿,还不能不提另一个人:夏侯湛。此人貌美,与美男子的标志性人物潘安,均被时人呼为"玉人",若二人并称,则为"连璧"。神逸貌美的夏侯湛是个著作家,还不是一般的著作家,《晋书》称其"文章宏富,善构新词",赫赫有名的《昭明文选》,也收录了他的作品。我要说的是,《三国志》问世后,夏侯湛正作《魏书》,读了《三国志》,他就把自己的书毁了,不再往下写了。这举动让我想起李白。崔颢在黄鹤楼题了诗,李白去游黄鹤楼,也想题诗,可"眼前有景道不得,崔颢题诗在上头"。这是自尊,也是脸。我们往往很要面子,但常常不要脸,夏侯湛和李白都要脸:有伟大能识别,有优秀愿承认。

跨体裁写作：一个作家的文学疆域

——与法国作家施密特对话

在我们的阅读版图上，法国文学占据着重要山头，我们还是小孩子的时候，就读到拉封丹的寓言《乌鸦和狐狸》，念中学时，读到莫泊桑的小说《我的叔叔于勒》《项链》，然后，我们读到了莫里哀、普鲁斯特、福楼拜、雨果、加缪、梅里美、埃梅、塞利纳等大量杰出作家的作品，这些作家和他们的作品，对我们的文学常识、文学尺度和文学观念的建立，起到了举足轻重的作用，雨果更是用他的《悲惨世界》，为作家和伟大作家立定了界碑，他向我们指证：作家和伟大作家，不仅不是同样的等级，甚至还是不同的职业。今天，我们迎来了施米特先生。施米特先生写作的触觉，延伸到小说、散文、戏剧而且还做电影导演；我昨天还听他讲，他还亲自上台，演出自己的剧作。总之在文学的疆场上，施米特先生是全能战士。我们今天讨论的题目，毫无疑问正是受了施米特先生文学实践的启发。

关于跨体裁，我认为分内、外两个层面。

外部层面，就是一个作家像施米特先生这样，涉猎多种文体。事实上，许多大作家都有这样的文学实践和文学贡献，比如伏尔泰，既写戏剧，也写小说，当然更多的是写哲学论文，我们把它当成散文体；比如契诃夫，既写小说，又写剧本；比如鲁迅，既写小说，又写散文，还写文论。还有普希金、泰戈尔、郭沫若、老舍等，非常多。到中国当代，莫言既写小说，又写散文，还写戏剧。王安忆、阎连科等，既写小说,又写文论。阿来既写小说,又写诗歌、散文,包括相对独立的文体"非虚构"。毕飞宇既写小说,又写对小说的解析,而且写得极好,销量也很大。小说领域再细分,许多作家既写成人小说,又写儿童文学,施米特先生是这样,张炜等作家也这样。

我们感兴趣的是,一个作家,基本上还是有个主体身份,比如他是一个小说家、一个诗人,这位小说家或诗人,是受了什么样的指引和召唤,要脱离自己的主体身份,去从事其他文体的写作?如果是出于拓展文学疆域的自觉努力,那么我觉得,他首先要在阅读上拓展。不少作家,自己写小说,就只读小说,自己写诗歌,就只读诗歌,我相信施米特先生不是这样的,他一定有阅读各类体裁的广泛兴趣。阅读培育写作的感觉,凝聚起尝试的冲动。

其次,是受了生活经验特别是生命体验的内在驱使。形式不仅是形式,形式还是思维方式。写戏剧的思维方式和写小说的思维方式具有极大的落差,简而言之,写小说是先把话说给自己,写戏剧则是要把话说给别人,小说作家心中可以没有读者,戏剧作家心中,却不能没有观众;自从戏剧的主要功能是用来演而不是用来读,观众在作家创作之初就已经介入。所以它们是不同的写作形态。作家的内在,要有不同形态的存在和要求,没有这种形态和要求,也就不会也不能在各种体裁之间自由穿梭。

作家所面临的自我拷问,已不仅仅是写什么、如何写、为什么写、为什么这样写,还要加上一条:为什么选择这种体裁写。这里我们就发现一个问题,把各种体裁进行得驾轻就熟而且取得很高成就的作家,是很少见的,绝大多数不停转换文体的作家,都给人万金油的印象:都会,都不好。就像一个影视演员,喜欢书法,他的身份可能就变成了演员中字写得最好的,书法家中戏演得最好的,其实他是丧失了自己的主体身份。

所以我的观点是,好作家,大作家,他们的疆域是辽阔的,但辽阔并不等于无限,单就体裁而论,用什么体裁来写,虽然自由,但也不是没有考量、没有内在的规定性。即是说,一个作家,多种体裁的写作都做出了贡献,那是这位作家的光荣,但尝试多种体裁本身,并不构成光荣。

比如戏剧,戏剧为舞台而生,但最初的戏剧能搬上舞台的非常有限,所以戏剧作家们就像小说作家一样,先把话说给自己,不管情节多么张扬,内在底子是安静的,是用来读的,后来,搬上舞台和银幕变得容易,戏剧的主要功能,就是看,不是读,戏剧作品中能读的成分,变得越来越稀薄。这方面,已经有批评家指出过。我们比较一下曹禺的《原野》和莫言的《荆轲刺秦》,就会发现,前者能读,后者不能读,但并不排除后者能看。读是独享,看是共享,独享和共享在精神内部形成的反应,有很大差别。这与作家的才华无关,而是文学这种精神活动,也受着物质世界的制约。

这是从外部层面来看体裁跨界。

再从内部来看。

我几乎可以断定,在内部,除纯粹的诗人之外,没有一位作家不是跨界作家,我们读古典小说,读着读着,突然来一句:"有诗为证……"读《水浒传》,读《西游记》,来到一座高山、一条大河、一座古庙前,猛然跳出两个字:"但见……"下面就是诗或者赋。至于在小说中利用散文笔法,那更是常事。

一段时期,我们把体裁划分得过于清晰,像诗和词,诗歌和歌词,清晰得成了两种文体,而且认定,诗歌比歌词要高一等,要更具艺术性。这样清晰划分的直接后果是,诗人为了表明自己是诗人,比拼着让自己的诗歌晦涩,比拼着让别人看不懂。其实诗歌和别的艺术形式一样,包含着诸多维度,其中至少有一种维度,只要具有基本的文化水准,都应该看得懂,像李商隐的"锦瑟琵琶五十弦,一弦一柱思华年",我们即使不知道他具体写什么,但诗里面的时间感、命运感,是能感觉的;像巴尔蒙特的诗歌:"我来到这个世上,为了看看太阳。"懂吗?懂,全懂吗?那也不一定。好的艺术就是这样,懂,但又不全懂。

我的意思是说,一个作家创作具体作品的时候,体裁跨界不仅是允许的,而且是件好事。你在小说里边用了诗歌或戏剧的形式和思维,能达成更加宽广的自由度。我本人写小说,有时候也感觉到,小说这种形式过于陈腐。一段时间我还非常厌倦,甚至到了厌倦文字的程度,我问自己:写小说真的需要借助文字吗?当然后来发现,确实需要。不仅需要,还是唯一途径。我便也尝试着,在自己的小说里融入散文体、戏剧体等等,这样写起来的确舒畅得多。

而人正是在舒畅的时候需要反省。

关于具体作品内部的跨界,二十世纪九十年代我们是有过讨论的,几家刊物联合起来,鼓动作家实践。一般而言,实践的作家都是小说家,他们在小说作品里,融入多种文体,也就是说,这些作品的主体还是小说。到了 2000 年,某家刊物觉得,主体是小说,不依然是小说吗?他们要来一个彻底的颠覆,开了一个专栏,叫"无文体写作",鼓吹不要文体,没有文体。这样的实验,没过多久就进行不下去了,销声匿迹了。为什么会销声匿迹呢?大家开始听清了,这样的写作,发端于刊物的鼓动,而不是作家的自发行为。作家们内在的心理冲动和美学冲动,并不强烈。也就是说,那是策划的,不是自然生长的。

而且,文体一旦形成,就有了各自的法度。

文体的法度来自两个方面。

一是文学精神。

我们发现,不管在文体上如何花样翻新,文学精神并没有长进;非但如此,还有倒退的迹象。你在写作上自由了,但自由背后的承担呢?自由和承担,本质上是一个词,没有承担的自由,与自由无关。

二是与读者达成的契约。

你写的是小说,读者就以小说之眼来读你。你在小说中融入诗歌和戏剧等,不是不可以,但诗歌和戏剧只能是完善、丰富和补充小说的表达,而不是瓦解小说这种文体。老实说,我们读古典小说,有些诗歌是好的,必要的,有的诗歌真的不必要,而且是坏的。

这当中还有一个问题:我们在没有到达之前,就轻视了一个地方,在没有成就之前,就轻视了一种文体。我们时常会听到这样的议论:文学死了,或者说,小说死了。这样说话的,不只是读者,还有作家。比如他是一个小说作家,他说小说死了,动机并不是怀疑自己的小说,而是否定别人的小说,否定所有的小说,相当于看见别人富了,就以这样的方式来均贫富。

怀疑是好的,恩格斯在写给考茨基的信中,说过一句话,叫"永恒的怀疑",他充分肯定了怀疑的价值。没有怀疑,真理就不会产生,世界就不会进步。但作为小说家,我们在怀疑小说这种文体的时候,要问另外一个问题:我们是否把小说写到了最好,写到了极致。同时,怀疑的背后,还得有一种笃定。恩格斯肯定了"永恒的怀疑",但另一种说法似乎更有意义,叫"高贵的怀疑",意思是怀疑本身呈现不出价值,怀疑的目的,不是为了破坏,而是为了建立。怀疑最深沉的考验,是你是否具有建立的愿望和能力。一味怀疑和一味相信,在精神质地上最多打个平手,都是被捆绑,被奴役。

回到上面的话题。现代派文学之所以产生，与社会变化、国际格局和人类的根本处境有着巨大关系，但还有一种关系不能不谈，那就是面对雨果和托尔斯泰这样的作家，我们感到无能为力，他们所成就的浪漫主义也好，批判现实主义也好，高入云端，我们站在他们面前，已经看不到天空，于是从他们身边绕开，另辟蹊径。这当中已暗含了我们自己的脆弱和无能。承认自己的无能还有救，用贬损大师的方式来掩盖自己的无能，就不仅是无能，还是悲哀，是绝望。

另辟蹊径的文学，确实成就了文学的另一片天空，在这片天空底下，我们照样发现一个事实：小说还是小说，诗歌还是诗歌。文学需要回到常识。或许正是在这个意义上，我们才有这样的格言："经正而后纬成，理定而后辞畅。"巴赫金也才说："体裁才能保证文学发展的统一性和连续性。"

乡土文学的历史观

一

《谁在敲门》这部小说,是我唯一没在刊物全文发表就出单行本的长篇,其中的四万多字,以《倒影》为题发在《人民文学》上,那是小说写到将近半数,掐出一段给过去的,小说写完,直接就交给出版社了。有记者采访时谈到这话题,说先在刊物亮一下相,既是惯例,也确实能起到一定的宣传作用,我回答的是顾及篇幅太大,刊物不好处理。但这只是借口,当时有两家刊物索稿,表示一期发不完,发两期,我都没给,事后稍稍有些后悔,因为损失了一笔稿费。不过后悔很浅,我的另一个目的似乎比稿费更重要:检验这部作品的自我生长能力。

所谓自我生长能力,是指作品能否成为种子的能力。

许多作品出版的同时,生命就告终结,或许出于某种因由,销量不错甚至可观,却也并不能改变那种命运。那是因为,它是石头,不是种子,不能在土地里生根发芽。每一位读者都是一片土地,好的文学,被读者"吃"下去后,会开出属于它自己的花朵,同时也是属于读者的花朵,所以好的文学,能让读者从别人的故事里看见自己的故事。读者没有对自我故事的发现,文学作品的诸多功能,就只能停留在理论层面。这里的自我故事,不是指人生经验的相似或重叠,而是情绪、情感特别是隐而不彰的内在渴望。

人的某些渴望，自己了然，但更多的是埋在幽暗深处，若不被发掘，别人不知道，自己也不知道。文学将其请到阳光底下，让它"存在"。

连罪大恶极者，也有对美好的渴望。狄更斯谈人物塑造，说写坏人也要写得让人心疼，我想他的意思，除了因为坏人也是父母所生，也吃五谷杂粮，更重要的在于，坏人对美好的渴望没有被导引和确证，因而既不知晓美好，更不能成就美好。再坚强和自觉的人，也需要确证。阅读那些伟大作品，当人物的美好被作家如同挖藕般从淤泥里拔出，亮出它的白，我们会深感欣慰：原来我也有那样的白，原来我也是如此纯洁。一旦认识到，就会形成目标和观念。另一些渴望，很可能不是白，而是比铁还黑，也比铁还硬，被我们看见之后，会悚然一惊，从而引起警醒，并把自己作为对象，加以审视和修正。

生命的富饶和高贵，就是这样培育起来的。

二

从作家的角度，我向来不太赞同以题材、地域之类去界定小说，在我看来，小说只有好坏，没有新旧和类别。但从批评家的角度，不进行区分，便无法言说整体性的写作景观。照批评家的说法，《谁在敲门》当属乡土小说。

鲁迅先生在《中国新文学大系·小说二集导言》里谈到，乡土文学是一种"侨寓文学"，作家书写的对象是乡村，但作家本人已离开乡村，与乡村保持着空间上的距离感，是对乡村的回望；这种回望姿态，既针对空间，也针对时间。它不同于农村题材小说，农村题材小说是"融入"的,消弭了时空距离。由于此,后者热烈,前者安静;后者多作政策法规的印证,前者带着审视和乡愁。

但事实上,距离只是外因,观念才是根本。《谁在敲门》是一部离当下很近的作品,这类作品如何把握时代本质,确实有天生的难度。其中的关键,我认为是写作者必须具有历史观。没有历史观去书写时代,只能触及时代的皮毛。

这部小说写了四代人,重点是第二代和第三代。

"父亲"那一代,也就是第一代,刚出场就落幕了,对"父亲"葬礼的铺排,是对过去时代的敬意,也是对逝去的生命的敬意。幕布落下,是为了开启,"父亲"还活着的时候,就已经展开了不属于他的舞台。但在这个舞台上,留存着他的精神因子,因此可以说,他还以另一种方式活着。千百年来,乡村都是血缘结构,第二代分享着这种结构的福荫,也担承着它带来的拖累,但拖累得再狠,再无力,再有怨言,也没想过逃避。其实是不能逃避。命定的关系深入骨髓,仿佛那就是生活本身,与"承担""义务"之类的词,都挂不上钩。

早年的开疆拓土,聚族而居,血缘之外,形成地缘。历史上的几次大移民,那些迁徙的民众,走了千里万里路程,到一个新地方,自由组合,或被政府指定,从此落地生根,繁衍生息。《谁在敲门》里的燕儿坡,就属于这样的村落。瘦瘠的土地,贫薄的出产,阴晴不定的日子,自由来去的风,养育出勤劳、坚韧、沉郁而又乐观的品性。"风在吹啊云不息,云在走啊天不息,人在吆喝牛不息,牛拉辕轭犁不息……"燕儿坡的人,正如这首民歌所唱,以为世世代代,都会在那个位于山腰的村子里过下去,直到地老天荒。

可到小说中的第二代,事情已悄然变化。他们人到中年,不得不被动地处理自己与祖居地的关系。由被动而迟疑,由迟疑而顺应。以前，他们相信一方土地养一方人，后来慢慢相信了一方土地养不活一方人。所谓养不活，并非吃不饱穿不暖，而是在对比中照见了自己的窘迫。于是也跟随年轻人，纷纷外出打工，把自己最饱满的生命献给城市，并在对祖训的回味中坚信汗水的力量。

他们很快就老了，偷偷地改了身份证，让自己在数字上变得年轻，可是腿脚不行了。这时候，他们首先想到的，是回到故乡，拿出辛苦挣来的积蓄，把故乡的板房变成砖房，平房变成楼房。这些事情都做得很顺利，但奇怪的是，家境殷实了，住房改善了，却再不能像以前那样住得踏实和安稳。

这是因为，他们对土地的感觉变了。在第一代人心里，即在"父亲"这辈人心里，土地和农人是原生关系，是鱼和水的关系；"父亲"到镇上的大女儿家，空调开得再热，天然气火炉开得再大，他也感觉不到暖和，非要回到燕儿坡，或他小儿子的新居拐枣坪，烧上柴火，才觉得世界又回来了。是他的心回来了。空调、天然气与柴火，在"父亲"那里是实实在在的体察，在小说中则是隐喻。到第二代，类同"父亲"似的体察依然存在，"隐喻"却渐次失效。

拿出积蓄在故乡修一栋房子，就把他们对故乡的依恋耗去大半。十年二十年的打工生涯，他们已经认同了另一种生活，再在老家长久地待下去，心里便有了焦躁，关于余生的去向，半推半就的迟疑之后，终于由被动变成主动：主动地离开村庄。故乡的房子没人住，但并不叫浪费，那栋房子成了对故乡最后的念想，时不时回去照管一下，顺便照管一下祖坟，就算是对自己的交代。

到而今，常年留守村庄的是极少数人，大多数人去了镇上，甚至县城，更有甚者，是跟随儿女，去了遥不可及的地方。其中还有人，比如《谁在敲门》中的"我"，刚进入青年就考上大学，远走他乡。我写

《饥饿百年》时,用过几首古歌,古歌里除了说"一寸土地一寸金,田土才是命根根",还说:"我父亲的坟头长着这里的荒草,我父亲的尸骨肥着这里的土地,亲亲儿啊,这里就是我的家!"歌声里的旷世深情,已成为埋在时光深处的苍凉回响。

说它苍凉,是因为没有了应答。

不管多么强调血缘的命定性,它与地缘也是生在一根藤上的,地缘慢慢解体,血缘也必将随之淡化。当然最根本的原因在于,如恩格斯指出的那样:"劳动越不发展,劳动产品的数量、社会的财富越有限制,社会制度就越在较大程度上受血族关系的支配。"反之,当劳动产品日渐丰富,物质有了充分保障,血族之间的相互依存和支撑,就不再显得那么重要了;与之相应,血缘纽带本身,也会松弛下来。

血缘淡化了,地缘瓦解了,乡村伦理只能重新建立。

而在真正建立之前,一切都茫然无序。

这就是《谁在敲门》中第三代面临的处境。

三

读者和批评家对以"父亲"为代表的第一代,带着普遍的认同和肯定态度。这是自然的,"父亲"的勤劳、善良、任劳任怨,尽管基本上来自儿女辈的转述,但也是具有"标志性"的描述;就连他的懦弱,也是善良的附属物,因而能引起深刻的同情。对以"大姐夫""大姐""我""兄弟"等为代表的第二代,作为重点和正面呈现的群像,就不能这样笼统言之,只能个别评判,不过,有"大姐"在,便足以承续"父亲"的衣钵,尽管比"父亲"复杂得多。而对第三代,也就是以四喜、李志、秋月为代表的那一代,则基本上是否定的。

第三代有着含混不清的世界观,甚至没有世界观,要说有,也是唯我独尊,为我所用,高悬头上的指挥棒,只有目的论。当目的论成为最高统率和绝对权威,所有手段就都是正当的。四喜欺骗亲人去做传销,弄得个个血本无归,接着诱骗女大学生和自己同居,并千里迢迢随他奔赴爷爷的丧礼;秋月不仅和表姐的男朋友勾搭,还对表姐刻毒詈骂,如此等等,都显得那般理直气壮。

他们是这样的"不争气"。

电视剧《人世间》热播期间,原作者梁晓声接受采访时说:"现在的年轻人与我们那代人差别太大了。我当时大学毕业,有留校任教的机会,但是父母年岁已大,还有残疾的兄弟在家,因此放弃了留校机会,恳请领导让自己回了东北老家。类似的选择在当时很普遍,现在的年轻人能做到吗? 有这样思考过吗? "

言外之意,也是对"现在的年轻人"的质疑乃至否定。

难道真像《风波》里的九斤老太所说,"一代不如一代"?

当然不是那样简单。

《谁在敲门》里的第一代,社会有着稳定的道德、伦理和价值观,第二代长大成人后,那些观念已有所动摇,但基石还在,小时候播下的种子还在,到第三代,各种关系已呈现出撕裂的面貌,风南来北往地吹,他们眼神迷茫,看不见来路,更看不见去向,同时脚下也没了根基。正是在这个意义上,那是最让我心痛的一代。他们表现出的迷惑与混乱,很难说不是一种呼求、一种抵抗。

上辈和上上辈,都经历过物质生活的困境,到第三代,困境解除了,解除后才发现,那些格言、家训、谚语、圣人的教导,大多是在物质匮乏时发出的声音,且多把物质和精神对立起来,当物质不再匮乏,艰难累积的精神文明,仿佛突然失去了依据。当西方价值观涌入,崇尚个人主义,对固有的集体主义思想便随手抛弃,完全不顾及两种文明的不同成因。农耕社会所耗费的人力,是狩猎社会的许多倍,中国作为古老的农耕国家,通力协作是自然选择。

但并不能因此指责他们。到他们这一代,生产力和生产关系发生了改变,农耕社会的特质,已显著弱化,各种观念的杂糅和冲突,也让他们无力判断。而且我前面说过,人都有对美好的渴望,尽管对"美好"一词有不同的理解,但其中分担和分享的含义,一定是最本质的,也是最为动人的。第三代所受的文化教育,普遍高于一、二代,他们非常明白其中的道理,但整体格局的喧嚣,很难要求他们迅速而自觉地从迷乱走向清晰。他们好像有许多选择,其实已丧失了选择。正因此,需要重塑和再塑的,不仅是他们自身,还有他们呼吸的空气、站立的土地。

大环境如此,小环境也要考究。

两个月前,我们几人跟一个领导聊天,这位领导的年龄,如果纳入《谁在敲门》的代际,属第二代,谈到年轻人,即小说中的第三代,他很感慨,说:"为什么他们成熟得那么晚?我二十多岁就当厂长了。"这样的感慨不止他有。我还听一个领导讲过,他刚满十九岁就当了厂长,厂里职工过万,对当下年轻人到而立之年还像个孩子,说起来直是叹气和摇头。他们天赋异能,不去比,就是普通民众,也深怨儿女辈的晚熟。莫言写过一个《晚熟的人》,虽与这里的话题无关,但"晚熟的人"似乎可以作为标签,贴在第三代人身上。

我们这样说的时候,忘记了他们多是独生子女,尤其在城市。独生子女很珍贵,即使有超生,头胎过后的生育权和生命权,是钱买来的,因而同样珍贵,在他们成长的初期,父辈和祖辈,往往以爱的名义,剥夺了帮助他们成长的风雨雷电。没有一种生物只需要阳光,哪怕是温暖的阳光,如果只在温暖的阳光里生长,长大了也只会索取阳光。然而,这群只会索取阳光的人,肩膀上还没沾过一粒尘埃,就被告知,他们将以一人之力,赡养两个甚至多个老人。

力不能任,于是逃避。

同时,手机的普及,网络的发达,都被这代人赶上了,他们与实际社会若即若离。如果这代人是农民工,已没有了上辈人的艰难奋斗,尽管融不进城市,但城市给予他们的印象,远不是第二代感觉到的凌厉和疏离。他们喜欢上了城市。喜欢归喜欢,还是融不进。同时因为喜欢城市,就不愿意回归故乡。

他们已经没有了故乡。这并不可怕,可怕的是,也没有他乡。所谓"却把他乡作故乡"或"误把他乡作故乡",对他们都不存在。

这是从整体论、从外部论,但历史趋势和社会环境,不应该成为个体精神撤退的全部理由。生活会教育他们的,迟早。他们迟早会懂得李嘉诚的这句话:鸡蛋从外面打破,就是食物,从里面啄破,就是生命。每一代人都有自己的困惑和责任,因为困惑而放弃责任,也就放弃了自己。

他们的子女,即小说中的第四代,还是天真烂漫的年纪,充满无限可能。

四

《谁在敲门》写一个家族的命运。当然,家族只是出发点,是长河的源头。家族小说的志向是万川归海。"家族"本身,就是发展和不断发展的历史。原始群落杂交时期,不可能产生家族,到母权制氏族公社,家族诞生,因生产技术的进步和婚姻关系的确立,母权过渡到父权,并形成父系家长制大家族。中华人民共和国成立后,从经济基础上消灭了私有制,大家族解体,分割为以单纯血统结合而成的小家族。以后呢?到小说中的第三代,血缘和地缘都已淡化甚至瓦解,多为独生子女的身份和生育率下降的现实,"家族"会不会也成为历史?从时代叙事的层面,《谁在敲门》会不会是最后一部家族小说?

时代的浪头漫过,被打散的,既有传统家族本身,更有传统风俗和伦理。所以在小说中,对这些都下了重笔。意在记住。"记住",是文明累积的前提。但不是挽留,连挽歌也说不上。这部小说在获得《当代》"长篇小说五佳"的时候,贺绍俊老师撰写颁奖词,其中说:"作者……演绎了几代人的生生不息,在厚重的历史氛围中表现出对时代发展和文明进步的充分理解。"

因为理解,所以顾惜,所以疼痛。

如前所述,家族只是出发点,是叙事的核。写一朵浪花的故事,是为了写一条河流的故事。诸多评论家把《谁在敲门》称为长河小说,长的不是叙述时间,那不过几十天,而是细节背后的纵深,是我们来时的路。同样是贺绍俊老师撰写的颁奖词:"长篇小说《谁在敲门》在致密的细节和饱满的文字里,深藏着作者宏大的艺术野心,他代表新兴的城市和悲壮的命运频繁敲击时代之门,并以这种方式向沉默的土地和伟大的传统致敬。"

乡土一直是喧闹的,可也一直是沉默的,因其喧闹和沉默的强烈冲突,才吸引了众多作家的注目,并努力表达其中的对立、交错和延伸。八十多年前,茅盾在论述乡土小说时,说乡土小说要呈现我们共同的对于命运的挣扎,因此乡土小说的作者,须是一个有世界观和人生观的人。说得好。如果不是这样,乡土小说就成了类型小说,别的类型小说有人看，乡土类型恐怕难觅读者。

在我的观念中，长篇小说的可贵处，是能把握民族情绪。无论乡村还是城市，那种情绪都在基因里流淌。在中国，因其个性鲜明的地理特征，源远流长的农耕历史和天道哲学，乡土成为捕捉民族情绪的最佳场域。

《谁在敲门》出版后，不少读者说，这是写他们家乡的事，而那个"他们"的家乡，可能在湖北，可能在山东，也可能在广西、海南或河北。这些人，有的出生在乡村，有的出生在城市。这正是我需要的效果。我说检验小说的自我生长能力，也是希望达到这种效果。还有的读者，拿小说中的人物与他们生活中的人物对号，"大姐夫"像谁，"大姐"像谁，"我"又像谁……所谓像，同样不是指人生经验的相似或重叠，而是指他们的品性、渴望和梦想。

所以，乡土小说的历史观，既指社会史，也指心灵史。

巴尔扎克所谓小说是民族的秘史，"秘"就"秘"在情绪和心灵。

如果社会史还有特殊性，心灵史则具有广阔的共通性。当我们把人心里的千沟万壑摊开，发现其实并没有什么秘密，我们都从茹毛饮血的道路上走过来，虽然因为不同的地缘，发展出了不同的文化，但彼此经历的痛苦和忧伤是一致的，内在的美好和局限是一致的，渴望的真情和感动是一致的，对高于人间尺度的仰望也是一致的，我们对英雄的定义是如此相似，我们的鞭挞和批判以及对未来的展望，都指向同一个方向。文学因此成为桥梁。

中国人的心灵史，从很大程度上讲，埋在人情世故当中。"人情世故"这个成语，据百度词条上讲，产生于宋末，出自文天祥《送僧了敬序》，但事实上，这个成语产生之前，它所蕴含的方法、道理和经验，早就融入了我们的血液。所以要写好中国人，方法大抵有两种：

一种是通晓人情世故；一种是打碎人情世故。前一种能奉献厚度，后一种能抵达天真。

抵达天真的小说，可遇而不可求，金圣叹盛赞《水浒传》，盛赞李逵那个人物形象，天真并且天真到烂漫，是重要的评判标准。但这样的小说不能强求。多数小说还是从"通晓"二字着力。毕飞宇曾说，人情世故是文学的拐杖。《红楼梦》被喜欢，张爱玲的作品被喜欢，故事和语言当然是原因，但不是根本原因，根本原因是对世态人情的微妙体察和准确书写。"世事洞明皆学问，人情练达即文章"，曹雪芹的这句话，证明他行文之先，就有了深刻的自觉。

上海批评家黄德海、北京批评家李云雷等，都说《谁在敲门》让他们想到了《红楼梦》，称其为"乡土《红楼梦》"。我想，这除了因为两者都有对盛大场面的铺张扬厉，都塑造了光焰般照人又灼人的人物（《红楼梦》里的王熙凤，《谁在敲门》里的"大姐夫"），都采用了"草蛇灰线，伏脉千里"的写作手法，更重要的是对世态人情的深度关切和把握。

当然，世态人情或者说人情世故，只是表象。比如"看破不说破，面子上好过"，其深沉背景是儒家文化培育出的耻感。耻感和罪感，美国学者鲁思·本尼迪克特在其名著《菊与刀》里有专门论述，本尼迪克特认为，耻感是对他人批评的一种反应，罪感则是一个人即使在无人知晓自己的不端行为时，也会为罪恶感所烦恼。有学者说，中国是面子文化即耻感文化特别发达的国家，儒家文化的基石就是耻感文化，其积极意义，是能成为强大的约束力，规范人的社会行为，但人在独处时，也就是社会性暂时消失的时候，耻感文化的约束力便也随之退隐。

写世态人情，要写到这个层面。

但还不够。小说不能陷进世态人情的泥淖里。相当一部分世态人情，是对人的局限性的妥协，而小说的意义，不是深陷其中不能自拔，而是揭示并修补人的局限性。因此须有飞升和超拔，须有一束遥远的光。

《谁在敲门》在意那束光。小说的结尾，"大姐"死了，自杀死的。一次分享活动上，有读者说："你不能让大姐死，你必须再写一部书，把大姐写活！"那位读者爱"大姐"，不少读者都爱"大姐"，那是一个地母般的人物。我的回答是：我不能把她写活，否则，这部小说就没有光了。那位读者若有所悟。

有位署名"苏蘇酥不甜"的读者，在"微信读书"上发表对这部小说的评论，说："永远有植物记得自己的使命，就像永远有写作者记得自己的责任。好的写作者横眉俯首，写自己更写时代；他们把作品写在纸上，写在地上，让世世代代来审判、发问，自我观照，以及反思。"反思本身，就是一束光。

那束光是我们心灵史的一部分，而且是非常重要的部分。

关于这部小说的主题，有人说是写新城市人的乡愁，有人说是写新的城乡差距，有人说是写乡村政治的解体与重建，有人说是写与我们日日面对的人生命题……作为作者，我似乎没有权利多说什么。但我将主题的多解，视为这部小说的荣耀。到目前，这部小说已获得过很多鼓励：中国小说学会年度好小说、《扬子江文学评论》全国文学排行榜、《当代》长篇小说五佳、《长篇小说选刊》金榜领衔作品、《中国出版传媒商报》十大好书、《收获》十大长篇小说、《亚洲周刊》十大华语小说……这些鼓励固然重要，但归根结底，还是要回到作品本身。我继续期待它的自我生长能力。

无非是常识

　　有一种小说，一旦翻开，就像坐上过山车，让你不断尖叫。但那是假的，那只是重复。前一两次尖叫可能真心实意，后面再尖叫，你自己都会觉得无趣。虽如此，那样的小说还是受欢迎的，就像过山车受欢迎一样：给你一点刺激，又让你平稳着陆，毫发无损地去过习惯了的生活。

　　托尔斯泰不让你尖叫，只引领你，一步一步地，走向丰饶和辽阔，走向你自己从未光顾过的精神内部，帮助你找到"诞生性"和生长点。不止托尔斯泰，十九世纪那批经典作家，总是教我们理解生命、尊严、宽度、深邃这样的词语。

　　这样的词语正受到挑战。

　　有人主张，泛文化时代的小说，应该去深刻化，否则会失去读者。从现实层面看，好像是的，但恰恰因为这样，我觉得，没有哪一个时代像今天这样更需要深刻的小说。好小说的使命，本就不是供人消遣。即使艺术起源于游戏，发展到今天，也早就超越了游戏，早就有了自己的承担。

　　深刻的含义，既指深度的内心感受，也指抵达事物的本质。

　　做到其中之一，都非常艰难。

　　我们已无法真正理解"劝君更尽一杯酒，西出阳关无故人"，同样不能真正理解"君问归期未有期,巴山夜雨涨秋池"。那种苍茫的时空感,以及由此生发的惆怅、孤独、怀想、无常……在古人心里连血带骨,于我们,却被科学轻轻松松化解了。科学为人类解除了诸多痛苦,速度把天涯变为了比邻,但同时,也让我们遗失并退化了刻骨铭心的感受能力。在艺术领域,没有感受,就算不上理解。这也是为什么众多作家去体验生活,却少见写出优秀作品的原因。

抵达本质,同样以感受能力为前提;艺术不是哲学,不是思想,艺术是在对情感的梳理和对细节的发现中,表达思想。

小说的核心在人物。优秀小说的核心,是奉献了有说服力的人物。至少到目前,这观念还没过时。我们以前谈论小说,也多是谈论人物,那些人物不仅陪伴在我们左右,还介入并构建我们的生活,成为我们生命的"第二起源"。我们谈论关羽、林冲、林黛玉,同时也是谈论英雄气概、忠肝义胆以及有关孤独和悲剧的命题。而今,很多作家放弃了对人物的塑造。观念性文学,曾推开多扇文学的窗口,却也消解了文学撞击胸口的力量。我们已很难发现一个文学人物的歌哭悲欢能让读者感同身受,更难发现一个文学人物比真实人物还要真实。

既然是艺术,当然有技术,但技术把玩过盛,艺术就撤退了。

西美尔这样论述生命:既然是生命,就需要一种形式;既然是生命,就需要比形式更多的东西。将这话套用过来:既然是文学,就需要一种形式;既然是文学,就需要比形式更多的东西。小说的出发点,是要表达一个想法,还是要讲述一种生活,区别甚巨。想法一旦被识破,就可能毫无吸引力,且在某种程度上还会成为笑柄;而在生活的山川里,一波一浪,一草一木,都有滋养之功。

世相纷纭,特别是当今,本来像是非常确定的事物,变得完全不能确定,本来像是归顺了的大自然,又回过头,强行干预人类生活。如此,作家没有宏深的洞察力,却想要从中提炼出"这一个",塑造出典型性,难。所以有时候我想,作家不是放弃了对人物的塑造,而是实在心力不足。

除了时代的复杂性,心力不足还有别样的原因。

想起一段掌故:齐白石去找人刻印,被拒绝。那时候的齐白石,正式身份是木匠,木匠刻什么印?这件事常被翻出来说,意在表明那篆刻家势利且有眼无珠,不知前来找他的是未来的一代大师;还想以此激励后来者——齐白石画画,不能没有印章,别人看不起他,不给他刻,他就自己刻,结果不仅成了绘画大师,也成了篆刻大师。这两层意义都被接受,但我看到的是另一面。

那个拒绝齐白石的人,是个有职业尊严感的人,是个有尺度、有规矩的人。那时候的齐白石,确实是木匠,他没有义务预测你将来会成为画家。待你成了画家,再去找他不迟。这当中没有任何势利的因素。反正是刻印挣钱,说什么势利不势利?如果齐白石后来去找他,他也高高兴兴地接手,你不能因此就指责他说:齐白石是木匠时你拒绝,是画家甚至是大师的时候,为什么就刻了?这还用问吗?以前不刻,现在当然要刻,他就是为书画家服务的,同时,他要让自己的篆刻艺术和书画艺术水乳交融,彼此提升。他不仅是个有尊严的人,还是个自觉维护高标准的人。单凭这一点,就让我们心怀敬意。

身为作家,我们有他那份自尊和骄傲吗?只要有钱,有足够多的钱,我们拒绝过不值得写的书和文章吗?即使拒绝,有他那么彻底吗?

作家是职业,也是身份。汉娜·阿伦特曾在一本书里,以不经意的笔调谈到身份,说某些人消耗身份,某些人塑造身份。这话给予我很大的警醒。当我们写了一些作品,挣得一个作家的名号,就看见了顶着这个名号的各种表演。任何一种表演都是对身份的消耗,除非他是演员。一个官员,比如一个县委书记,掌握着县里的最高权力,却不利用权力为民谋福,就是对县委书记这个身份的消耗,如果还肉身沉重、欲望如炽、贪污腐化,直接就扒空了这个身份的肚肠;反过来,另一些人,如焦裕禄等,不仅恪尽职守,还以其情怀和精神,赋予"县委书记"更加饱满的内涵,就是对身份的塑造。

作家对"作家",也是如此。

"精神"这个词,常被解说得很玄乎。其实,所谓精神,就是超越于弱点之上,或者说超越于局限之上。人都是有弱点和局限的,认识到自己的弱点和局限,并努力克服,人就有了精神。

诱惑,则是对局限的扩大。

肉身层面的自我会不加节制,而精神层面的自我,前提就是节制。唯节制才能反思。反思是自我的基本构件。反思确立存在意识。自我存在,才能打通与他者的通道,与世界的通道。从"人"的意义上讲,只有肉身层面,这个人其实并不存在。从知识者的意义上说,对大众的启蒙,首先是对自我的启蒙。

启蒙,多么古老的词,又显得多么高高在上,可正是这个词,确立了知识者的使命,自然也是文学的使命。每当我们发现以十万、百万、千万计的盲目的围观者、愤怒者、应和者、欢呼者,就深切地感觉到,在当今,启蒙不仅没有过时,还是十分迫切的任务,同时也感觉到鲁迅的强大穿透力。鲁迅开启了他的使命，却没有完成使命。鲁迅和所有伟大人物一样，不是孤峰，而是呼唤连绵的山体。作家的写作，至少部分作家的写作，至少最好的那部分作家的写作，除了高入云端，投下光照，没有别的路径。

是他们，成就了作家和文学的尊严。

作家的全部尊严，都在于写出好作品。

经验、才华、识见不论，主体性在场，是写出好作品的必备条件。

而主体性只能在寂寞中开花。摒弃喧嚣，身边的一切才会产生意义，也都会产生意义，一件家具、一声鸟鸣、光线的浓与淡、穿街而过的叫卖声……也都会奇异地与你的命运联结起来。

你考察这些，书写这些，也就是在考察和书写你自己。你的文字，因此有了活力和价值。对作家而言，这是孤独寂寞的真正内涵。

作家有了主体性，笔下人物才可能具有主体性。主体性丧失，就是丧失了所有。我们见惯了"丧失所有"的文字，回避生活的千沟万壑，把写作当成放礼花，一声令下，天空绚烂，这是一种。另一种是，时兴什么就写什么，千人一面，万口同腔，观点是别人的，痛感是没有的，连造句的方式，也生怕跟别人不一样。

这是"超市化"写作，是文学的自戕。

视角和语言，是作家安身立命的地方，就像作家的家。没有一个家是随便搭建的，在农业社会，家靠近水源，世上的古老文明，都起源于大河之畔。人们恋土重迁，若非遭遇重大天灾人祸，不会住几天就搬，即是说，称为家的地方，都埋着我们的血缘和地缘，在那里，既有祖先的尸骨，也有我们自己的岁月，以及在这岁月里的生活细节与梦想之光。简单地说,埋着我们的传统和希望。每个作家都有每个作家的传统,作家要获得独立视角,首先是珍视自己的传统。

但问题在于,任何一种传统都不再具有密闭性,都被卷入了潮流,我们讲述的故事,已失去了天然的独特本质。如果闭着眼睛讲故事,当把眼睛睁开,会发现轻舟已过万重山。但遗憾的是,那是别人的轻舟,而你,只能遥望烟波,甚至被拍在沙滩上。所以,讲故事之前,先得把眼睛睁开。

比如眼下正大力提倡的乡村题材写作。

过去说到乡村,更多的不是空间或地域概念,而是伦理概念,与乡土、乡情以及与此相关的生活方式和思维方式相联系,到而今,乡村演变成了经济概念。以前的乡村是自足的,现在则是局部的,与城市有着深刻的融合。"经济"本身就意味着流通和融合。融合不是消解,恰恰相反,是变得主动了,乡村以主动的姿势站到了前台,不再作为背景存在,不再是城市的后花园。

这种变化是革命性的,认识不到它的革命性,还抱着老眼光和旧视野,就不可能奉献有价值的乡村表达。但这样的作品堆山填海,这样的作品依然以城市之眼看待乡村,却不知那双眼睛已经黯淡,甚至消隐。身份感觉、社会形态、生活方式及心理结构,城乡之间的那堵墙正在拆除,某些地方已经拆除,可我们视而不见,惯性化地把城市作为对抗力量,去写早已消逝的经验。

另一种更没出息,脱离自然生长,缺失生命投注,对乡村革命性变革的理解只依赖社会性逻辑,并志得意满地认为走了一条绝对安全和无上荣耀的道路。

每次变革,都牵涉万千个体命运,都是创作的宝藏,但要是没有对生命细节的观照,没有把体验到的生活与作家的经验、感受、思考和个性熔为一炉,没有找到特定的角度和语言,就无力构成文学表达的时代与生活。

高悬的瀑布只是景观,春风化雨才滋生万物。当我们以"敲锣打鼓"的方式去描述乡土,其实是对乡土的遗弃。艺术是强调不来的,也没有几样东西禁得起强调,一经强调,便成为规范,走向狭窄。我们对乡土文学包括对现实题材的理解,不能越来越窄、越来越简陋。

世间的所有事物,若不能引发疑问,就很难谈到生命力。作家的使命,正是对疑问的注目和探寻。在有审视力量的作家眼里,任何时代都不是全部,而是时间长河里的一个环节。当然我们首先要考察的,是写作与时代的关系。

这种关系暗含几层意思:

一、写作要跟上时代。这是一个毫无价值的立论。从观念上讲,写作不是跟上时代,而是要超越时代;从题材上讲,没有谁规定只能写自己的时代。

二、作品要有时代气息。这是对的。好作品无论多么久远,都与当下发生着密切的联系。好作品不仅超越时空,也超越政治。文学脱离不了政治,作家也脱离不了政治倾向,但文学大于政治,文学从社会和人本身出发,寻求真实性、真理性和可能性,并尊重个体生命的感受和归宿。

三、我们在时代里看见了什么? 通常,你看见的,是他人言说的。写作者要写自己看见的,关注时代,从关注自身开始,尤其是自身的缺陷。

四、优秀的写作者,不会轻视时代的重要命题。他们在充分尊重个体经验的同时,对时代命题加以内化,提炼本质。优秀的写作者拒绝没有志向的写作。

何为有志向的写作,各有解说,但毫无疑问的是,写作要问心,问良知。不虑而知,称为良知,那是我们天赋的人性与道德,也是我们对天赋德行的保卫。其次要有整体观。卡夫卡说:"我们之所以有罪,不仅是由于我们吃了智慧之树的果子,而且也由于我们还没有吃生命之树的果子。"他是想表达:我们太聪明,太省心;为了省心,我们可以把生命简化为器官,作为供品。

这是极其严厉的揭示。

不过,有那么严重吗?

似乎也未必。

我们今天的焦虑,卡夫卡的时代有,十八世纪有,十八世纪之前的若干世纪也有,可经典照样产生,到十九世纪,更是爆发式产生,至二十世纪,又有了新的作为。这是不是可以说,经典作品在当今,包括在当今的中国,依然在产生?速度挤压了空间感,但在时间的纵深处,小说大有可为。爱默生认为人的所有问题都是心理问题,小说在人心的深渊里,大有可为。

可对读者来说,就会面临一些困扰。泛文化时代的进步性,是把选择权给了读者。精英文化时代,是别人为你选择,你摸着石头过河就行。现在没有供你摸的石头,即使别人提供给你几块,也可能只是商业行为,与本身的品质无关。所以,选择权是个好东西,但对读者的要求也更高:它要你能慧眼识珠。

同时我们要问:读者果真行使了自己的选择权?

对此我曾经是非常怀疑的,但有时候去网上查阅一本好书、一篇好文章,我常常惊讶地发现,那本书、那篇文章,已被众多读者查阅过。

这是从好的方面说，困扰带来的丧失，或许才是主流和真相。

至少存在两种丧失：一是丧失精品。如前所述，我们总是哀叹当下无精品，而事实上很可能只是我们没有耐心和能力去识别。久而久之，人固有的惰性得以强化，把无力识别变成不愿识别，只想舒舒服服地躺在泡沫里。二是丧失对一部书的深入理解。"泛"的重要特征就是多，这与我们贪多的心理正好契合，于是东抓西拿，生怕错失了什么。我们有能力一个月读十本书，却没有能力把一本书读十遍，更没有能力让书里的文字，内化为我们的某种教养和精神。

一个时代的文学，是作家和读者共同成就的，所以，作家和读者都得努力。

捍卫与创新

前不久,《文学报》发过来十二个题目,他们请了一些人,要这些人参与讨论。十二个题目的中心词,是"小说革命",认为当下小说,尤其是年轻作家的小说,没有新气象。什么是新,该怎样新,并未作阐释,但我觉得这个话题很有意义。小说确实进入了一个自我消耗和彼此消耗的阶段,我们读若干篇小说,感觉是在读同一篇小说,小说的腔调是相似的,连句式也长着同一张面孔。这些表象底下,反映出的是视野的狭窄,视角的平庸,更深层的原因是:

对时代缺乏真正的表达。

这不是从数量上讲。数量很多,只是,大多数表达时代的小说,跟报告文学一样,题材是指定的,主题是指定的,甚至书写的对象也是指定的;社会变革出现在小说中,也和报告文学一样,只看见旗帜飘扬,没有对具体而微的生活细节的关照,没有对生命和命运的关照,作家下去体验生活,没有把体验到的生活与自己的经验、感受和个性融为一体,从而无力构成文学表达的生活。作家们都太省心,太依赖于政治逻辑和简单生活逻辑的安全路径,而且变得越来越天真——天真地以为,只要书写了正确的题材,呈现了正确的主题,古老的文学评判尺度,在自己面前就通通失效。前些年有个底层文学,批评家们口诛笔伐,说底层文学作家倚仗的是政治正确,相对于而今的许多小说,底层文学其实是政治错误,这一点,仿佛还没有批评家指出来。应该指出来才好。

现在,很多地方奖励对重大题材的书写,好像题材重大了,作品也就跟着重大起来。关注重要事件,确实是作家们的责任,但对文学而言,所有生命都是重要的,我们无法说《边城》写了一个爱情萌动的小女孩,就不重要,也无法说《孔乙己》写了一个迂腐得令人心酸的知识分子,就不重要。文学史上,既有写重大事件的经典,也有写日常生活乃至卑微生命的经典,比较而言,后者贡献的经典更丰富,因为它们从低处出发,展现了一个时代的气息、生机和忧患。如果作家们都奔忙在书写指定的重大题材的路上,如果对重大题材的言说方式,都是文件和媒体的方式,如果对重大题材的观察和思考,都与写作者无关,那么文学的"场"就已经不存在了,在这样的背景下谈论文学的发展,只能是空谈。

因此在我看来,其实这不是革命的问题,是捍卫的问题。

捍卫文学的自然生态,捍卫文学的立场、文学的标准。即使叫作革命,也并非所有革命都是朝前走,有些革命是向后看,向常识的底部看。

当然同时也有个创新的问题。

首先时代是新的。只是新的时代波澜壮阔又雾障重重,很难看清,所以波特莱尔才把表现当下的画家称为真正的英雄。小说家也一样。而今的小说家和改革开放之初那批小说家比起来,上几代作家有表达时代的激情,这倒不能证明当下作家比上辈差,而是,那个时代的任何一点儿风吹草动,都与个体休戚相关;从方向上讲,那个时代虽然还有很多的不确定,但万木逢春的时代征象,是可以轻易辨析的。现在就难多了。然而,我们似乎又什么都清楚,什么都明确。这才是最看不到生长点的地方。世间所有的事物,如果不能引发疑问,就很难谈到生命力,小说家的使命,正是对疑问的注目和探寻。小说家关心这个国家,热爱这片土地,热爱这片土地上的人民,唯一可行的、道德的方式,就是质疑和憧憬。小说家的完美时代,不是在过去,就是在未来,因此一方面是质疑的,另一方面,又对这个世界深怀感激和希望。如果小说家把时代当成全部,而不是纳入时间长河,并当成时间长河里的某一个环节,就必然丧失审视和洞穿的力量。

创新还有个形式问题,包括语言。形式和语言的探索,从本质上说也是对内容的探索,对生活复杂性的探索。如果承认传统文学和网络文学这种分野,在我看来,两者要拉开得越远越好。传统文学不是迎合一种阅读方式,而是塑造一种阅读方式。传统文学要承认小众,不惧怕小众,尤其不要因为小众,就认为它没有价值和意义。而且,要警惕形成创新的焦虑。新并不代表一切,更不代表好。

第三辑

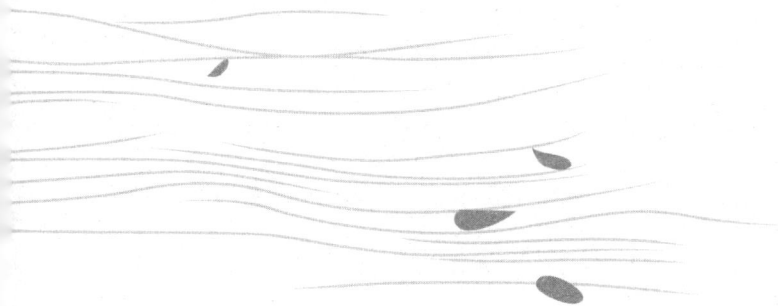

一切文本和想象都需根植于大地

李黎：在《隐秘史》的最后有两句话，代表两层意思，让人特别有感触。一句是"消息的来源，并不是我们村，而是在清溪河对岸，我从没去过、也从未听说过的村子。奇怪的是，在那里发生的事，与我小说里的几乎如出一辙"，另外一句是"一时间，我恍惚起来，不知道什么才叫真正的现实。也不知道自己今后还敢不敢写小说"。前一句指向现实，尤其指向被很多书写所忽略的乡土，那里的精彩程度可能超出人们想象，并且与都市上演的故事有千丝万缕的联系，第二句则是对虚构的某种怀疑——但这句话依然出自虚构作品，与其说是怀疑，不如说是加强了虚构的魅力。罗老师您个人对现实，以及虚构与现实的关系怎么看待？

罗伟章：现实有很多指向，但我更愿意把现实看成是一种状态：倾情打开的状态。作家们只要有足够的敏感和愿望，它都不会向你关闭，都会给你。就是说，现实为作家提供了广度。广度是指它的开放性和选择权。你不能在浩瀚的烟波里抓出几条鱼来，说那几条鱼才是现实，别的都不是，这是对现实的不敬。

虚构则是索要深度。对深度的渴望，是对事物核心的渴望。作家们在向核心挺进的途中，逐渐看清了什么才是真正的现实。深度成就于个体视角，"个体"缺席，就不可能对现实作文学表达，也不是现实主义。

我们习惯于这样去界定虚构,就是认为虚构是再造现实,把颠覆现实的"理所当然"当成虚构出发的地方,这种看法会出现两个问题:一是把现实这个宏阔深厚的概念表面化了,风月宝鉴、真假悟空、人变甲虫,都是逼近现实核心做出的努力,并非重造现实;二是抽掉了虚构的根,好的虚构都有着对日常经验的高度把握,都有植物特性,即自然生长的特性,否则就是失效的。

李黎:前沿科学与科幻领域一度流行一个"平行宇宙""平行时空"的概念,并为此做了大量的研究与表述,但好的小说其实就是一个虚拟的平行世界,那里一切都有,令人向往,对现实世界构成了冲击乃至颠覆。《隐秘史》等三部曲,就有这样的阅读感受,它让一个隐秘的甚至原本不存在的世界清晰起来。而"隐秘"二字,似乎也揭示了这样的意图,相对于具体的"声音""寂静",隐秘二字是否也更多承载了您对小说这件事的理解和期许?

罗伟章:写作者都会有这样一种体验:某件事,某个人,本来像明镜一样清晰,可一旦进入书写,就变得雾蒙蒙的了。你发现到处都不确定,到处都是破绽。这当然是美妙的发现。这和文学语言的模糊性刚好达成同盟,写作的激情和意义,也从这里诞生。当你停下来整理,那些人和事,都从时间上让开,成为过去时。作家们因此得到仁慈的恩赐,让他们对眼前事物保持审视的距离。

分明看见的,而且还可能是非常熟悉觉得本该如此的,为什么会有那么多破绽?这证明了生活本身的不完整,证明了在破绽之下,一定埋藏着"隐事实"或"暗事实",由此探望和侦察,虚构就开始了,那些原本不存在却可能存在的东西,会慢慢显现出来,成为"深度现实",也可以说是现实的深度存在。你说的"清晰起来",不是不存在事物的清晰,而是现实本身的清晰。

"隐秘"二字确实承载了我对小说的理解和期许。世界充满了隐秘,科学家和艺术家之所以能讨到一口饭吃,很大程度是因为他们对隐秘的着迷,而着迷于隐秘又是人的共性,因此愿意付钱给那些有能力揭示隐秘的人。不同的是,科学家把揭示隐秘工具化,艺术家把揭示隐秘人文化,但都是恪尽职守。

李黎:《声音史》《寂静史》和《隐秘史》三部放在一起,构成了一个关于当代城乡深入交融与快速转换的三部曲。这个构思是最初就有的还是逐步形成的? 三部曲中您最想传达的是什么?

罗伟章:不是最初就有的。《声音史》写到一半,我才想到还应该写一部《寂静史》,后来就写了。《寂静史》的篇幅只有《声音史》的三分之一,是个中篇。《声音史》从"事实"的角度,《寂静史》从文化的角度,但我还需要一个人心的角度,于是又有了《隐秘史》。当然,这些都不是截然分割的。

三部小说各自传达了什么,合起来又传达了什么,我想阅读到的朋友自有判断,但有一点我想说说。显像和隐形的主题之外,我特别希望奉献生命的颂歌。当我写到一棵树、一只鸟、一个人……我知道自己正看见他们,正在书写他们,那时候,我的生命和他们的生命,都充盈、完整而独立,并且深具意义。在我的写作中,非常强调大地的观念。大地不是风景,我很不喜欢"风景描写"这种说法,大地是生命,有生命的强韧、脆弱和歌哭悲欢,而且每一种生命都有突破自我拘束和物种界线的深沉意愿及潜在能量。三部小说都注目于大地和人心的孤寂,却又洋溢着江河般奔流的生命,那些生命彼此对抗,又彼此交融、理解、怜惜和欣赏,共同构成大千世界。这可能是我做得最好的地方。揭示了什么固然重要，而我所赋予的生命的丰赡，更令我自己感觉愉悦和充实。

李黎：关于乡村、乡土文学，您个人有什么新的理解和突破的野心？

罗伟章：在中国，乡村正在变得和已经变得面目不清，以前只需用行政区划就能准确界定的事物，现在不可能了。作家和读者，自然也包括批评家，再也不能那样偷懒了。在这个意义上，"乡土文学"这种表述还成立吗？

其实我一直觉得，批评家创造概念并加以阐释，是职责所在，也是才干所在，作家却不能躲在概念之内。任何概念都是栅栏。说鲁迅、沈从文、福克纳等是乡土文学作家，我不知道他们认不认。我觉得不会认。

这是个文学视野的问题。作家的志向也好，野心也好，都受制于视野，以及将视野所及转化为作品的能力。许多时候，谈论野心只是对平庸的掩盖或彰显，所以请允许我不谈自己的野心。

李黎：您目前生活在成都，一个热火朝天的大都市，但这份热烈离不开周围的乡土。它不像一些新兴的城市，建立在商业和资本的助推之上，而是扎根在大地上，甚至严重依赖周边地区的供养，并由此出现了一种所谓民间性。您在成都的生活大致是怎样一种状态？是否如人们想象中的那样舒适，或者如李白、杜甫、苏轼等人那样，身在西南而心怀天下？

罗伟章：你对成都的认知非常到位。所谓"天府之国"，最初也是因为遗世独立的都江堰，使成都大平原"沃野千里，民殷粮富"，是归结到农业上的,农业是它的根本。但正像前面说的,连乡村的乡村性也在流失以致消失,更别说将近两千万人口的城市。不过成都的民间性依然活着,这里有八千多家茶馆,很多是小街小巷里的"坝坝茶",坐在同一张茶桌上的,既可能有亿万富翁,也可能有领低保的。喝"坝坝茶"的客人走了,老板在半小时内不会收茶碗,是为环卫工人留着,甚至为乞讨者留着,他们渴了,可以免费喝上几口。

我在成都的基本生活就是上班和下班,下班后读书、写作、跟朋友们喝酒。这就是一个正常的状态,与舒适不舒适似乎没多少联系。每当听外地朋友说成都舒适,我反倒有些突兀。但成都的确又是舒适的。除了都江堰的滋养,它还是一座移民城市,"戚友相逢问原籍,现无十世老成都";在迁徙地扎根的民众,包容、自信、分寸感和享受生活,都是自然品性,既然享受生活,当然讲究舒适。我本人很可能是分享着成都的舒适却不自知,这真是不要良心。

不过话说回来,作为一名写作者,而且是上着班的业余写作者,又能舒适到哪里去呢?如果这个写作者还像那些文学上的高僧远祖,身在西南心怀天下,又怎么可能舒适得起来呢?一笑。

李黎:您在小说中,包括最新的长篇《谁在敲门》等,都有着对人物内心的深度挖掘,几乎到了近似科研的程度,同时,当下的阅读其实是较为碎片化、强情节和表面化的,小说在当下全部阅读的版图中,可能处于一个特别核心但极其狭小的地带。对此您有没有焦虑,以及对策?

罗伟章:在这方面我大概是个没心没肺的人,我从不为此焦虑,相反我说过这样的话:在阅读碎片化浅俗化快餐化的时代,小说家有义务写出更加辽阔和深邃的作品。小说家需要有一种"抵抗"精神,抵抗速度,抵抗表面,抵抗单一。《谁在敲门》是一种实践。你说对人物内心的挖掘到了近似科研的程度,我喜欢这个说法,科学与艺术,许多时候殊途同归,许多时候也走着相同的路径,比如实证精神,比如想象力。至于读者,不必担心的,我始终坚信,读者一直在呼唤好作家,就看作家们争不争气,能不能成为好作家。

既然小说在阅读版图中处于特别核心的地位,就不怕狭小。核心都不会占据太大空间。

李黎:很少看到您对小说发表见解,似乎您更在乎小说本身,而非谈论小说,更在乎"小说家",而非周边身份。对此您个人怎么理解?

罗伟章:是的,是这样的。如果人非得有个身份,小说家是我最想要的身份。有些人只能有一种身份,身份多了,不仅让自己觉得可疑,还失去了专注力。发不发表见解,首先要取决于是否有见解,其次还有个性格因素。世上的某些作家,既能写出伟大作品,又能发表精深见解,他们做了自己能做的事,也做了更多的事,我们吃着他们的奶。当然,世上也不乏说东道西、指指点点却不会写小说的小说家,他们倒是也有存在的意义,就是让人引以为戒。

李黎:回顾小说写作的历程,您觉得有哪些地方是值得自我肯定甚至得意的? 哪些地方存在遗憾?

罗伟章:自我肯定的地方好像我前面已提到过,偶尔也真有得意的时候,比如《声音史》《寂静史》《隐秘史》这三部小说,最近我把它们梳理了一下,是想它们各自独立又形成一个整体,梳理的过程中,我知道有些情节是我才能想到的,有些句子是我才能写出来的;比如《谁在敲门》,我知道对人物细微心理的把控,对这个时代的概括,我进入了某个深度上去;比如《世事如常》,我知道语言直接推动故事的动人力量……这时候,我就会表扬自己一声。

表扬一声也就够了,哪可能一直得意呢? 清醒,是对作家的高要求,但也是最基本的要求。前年春节我去看望马识途老人,那时候他105 岁,他说:"因为我活的年龄大,他们就把我叫大家,其实我的作品流传不下去。"马老今年还在人文社出了本书,创作生涯达七十余年,却说出那样的话来,不管他的话是出于谦逊还是别的,他能言辞恳切地对一个晚辈这样说,他就是高山大河。

得意是偶尔,是瞬间,遗憾却无处不在。每个作品写完,都觉得还没达到我想要的,都有遗憾。所以我认为每一部书都是一种遗憾。这跟人生同理。不过这也好,它督促我进行下一部小说的写作,并力争写得更好。人的自我修正,自我建设,自我成长,是一辈子的事。能够一辈子成长,又是十分美好和神奇的事。比如马老,他今年107 岁了,但我觉得他还在成长,这真不简单,真是神奇。关于生命的内涵,在这里得到了最充分和最饱满的解说。

李黎:您刚刚出版了一本报告文学《下庄村的道路》,并且入选了中宣部 2022 年重点出版物和中国好书七月榜单,这背后的问题是,一个严肃小说家,怎么才能在写作的题材、方式上进行较为顺畅的切换? 您之前长时间关于乡土的小说创作,是不是为这本正面书写脱贫攻坚题材的报告文学打下基础?

罗伟章:你说写作题材和方式的切换,方式是指体裁吗? 题材不必说,创作不同体裁的作品,很多作家都有这种经历。当然,小说和报告文学之间的跨度比较大,在某种意义上,甚至超过了小说和诗歌。就我本人而言,切换得并不顺畅。其中的难点,首先还不是这两种文体的写作本身,而是在于我愿不愿意。对于一个长时间进行小说创作的人,虚构不仅是一种思维方式,还是发自内心的热爱,在我心目中,小说是最具张力的文体,它给予我的,既是现实之中的,又是现实之外的,是已知的,也是未知的。未知充满无限可能。对可能性的探索,说到底,是对"应该"的探索——世界应该如此。所以,虚构能为写作者建立一种精神秩序,在这个秩序王国里,一切充满"信"的力量、"真实"的力量。

通过虚构得来的真实,有个艰难的求索过程,但报告文学不一样,它先把一个"真实"交到你手上,你的任务变得很直接:证明它。证明真实和求索真实,完全是两种思维。但我变换过来,不仅写了《下庄村的道路》,还写了《凉山叙事》。是因为我发现,我对大地上的事情有了隔膜。而无论多么瑰玮的想象,都生发于大地,否则会因为无根而变得廉价。我需要了解,不是道听途说和走马观花似的了解,是深入现实肌理,把自身命运置于时代命运中去考量。

如果从文体层面讲,我是写了两部报告文学作品,从创作走向上讲,我是为今后的小说写作积累素材和积蓄能量。

文体之间当然会相互哺育。把小说对主休性的要求用于报告文学是十分重要的,就是说,一个"真实"摆在那里,你也不能只是被动地证明,你要有变被动为主动的能力,否则,你和你的书中人物,就只能工具化,这样就很难谈到价值。再就是,报告文学的题材,具有公共性、共有性。比如脱贫攻坚,举国行动,政策和做法都大体相当,投身于书写这项工程的作家,车载斗量,如何写出独特性,是一个很大的挑战。这时候,小说对视角的考究又会帮上忙,视角变了,变得是你的了,就自然而然地有了新的发现,让你不至于只能写出公共的和共有的部分。此外,小说写作对结构的要求、对人物塑造和语言的要求,都会让报告文学生辉,也为报告文学的文学性正名。

李黎:关于《下庄村的道路》一书,有一些对它的介绍我特别认可,也感同身受,例如"毛相林和他的村庄,在广袤的中国大地上,只是一粒草芥"。这种描述在我的少年时代就有了,只是很难说清,少年时代我生活在南京郊县的一个村庄,丘陵里、长江边,整个世界就是半个行政村、三五个自然村和小学校那么大,去一趟镇上,在之前之后都会兴奋不已,如果能去一趟南京的话,整个人就恍惚了,当然,在恍惚中也感受到了渺小。虽然渺小,却有无数人的一切。但另外的一些表述我有些疑虑,就是把脱贫描述为"人定胜天",这个似乎有些武断。我不是对您的写作,或者关于这本书的定义有所质疑,而是这个问题本身确实会让人两难,在发展经济和生态保护之间,在脱贫致富和情感道德之间,似乎都存在很难平衡的问题。下庄村是不是也一样面临这个两难问题?您在《下庄村的道路》里怎么处理这方面的矛盾?

罗伟章:在《下庄村的道路》里,我所表达的,不是人定胜天,而是人如何战胜自己,是否有勇气战胜自己。人定胜天这个成语,有广义和狭义两解。广义上,是指人力能战胜自然,狭义是指人通过努力,能改变自身命运。我取狭义,是因为人类对自身和大自然有了深入了解之后,发现"胜天"这种说法,不仅仅是无法完成的任务,还严重损害了人与自然相互妥协和"商量"的关系,是对自然伦理的否定性描述。但人改变自身命运却是可以的,也是应该的。

你说得对,的确存在两难。比如我说人可以改变自身命运,在改变的过程中——特别是在下庄村那种地方,只有通过改变自然结构才能改变自身命运,矛盾和两难就出现了。但我们要明白的是,讲生态保护，不是说一切都要维持原生态，那太浪漫主义了，大家都要茹毛饮血去了。生态保护是指，要充分认识到生态的独立性和脆弱性，尊重自然并善加利用。

遗憾的是，人并没有做到。人性之一便是得寸进尺，欲望一旦打开，就可能成为潘多拉魔盒，魔盒中的"灾祸之源"，贪婪是排在第一位的。人类因为贪婪和恶性竞争对大自然犯下的罪，已十分深重，因此无论怎样强调生态意识，都不过分。哪怕像下庄村那样，一个天坑似的村子，四面大山围绕，出入举步维艰，动不动就摔死人，病人也经常死在送去医院的半道上，他们为了生活，要在悬崖绝壁上修路，仍然被质疑是否会破坏环境，同样是可以理解的。

但我们依然要说，顺应自然，不是说在自然面前无所作为；顺应和改造，在最深层的意义上也并不矛盾。而且，下庄人从1997年开始，以最原始的工具，问天要路，历时七年，伤过所有人，死了六个人，在陡峭山崖上抠出八公里，这种悲壮是难以想象的，因而深具力量。他们在与命运抗争的过程中凝聚成的"下庄精神"，其价值内涵已远远大于修路本身，那种造福子孙的情怀，排除万难的勇毅，自力更生的骨气，不胜不休的信念，不仅在脱贫攻坚和乡村振兴中光芒闪耀，在世界百年未有之大变局中，也是非常具有穿透力的。

李黎：您之前说过："好的虚构都有着对日常经验的高度把握，都有植物特性，即自然生长的特性，否则就是失效的。"如果用这个标准衡量您的"尘世三部曲"（《声音史》《寂静史》《隐秘史》），包括《谁在敲门》，似乎给人掌握了方法之后豁然开朗的感觉。但我们在谈及日常经验的时候，其实也容易陷入泛滥或者动摇的状态，似乎一切都是，又似乎一切都不是。如果一切都是，那么日常经验就失去了可以对比参照的事物,等于失效,如果一切都不是,日常经验又成了难以企及的因素。作为处理日常经验的高手,很想听听罗老师在这方面的看法。

罗伟章:这当中有两个概念:一是经验;二是经历。经历是个体性的,经验是共通性的。所以我们在谈论经验的时候,心里装着历史,装着时间,装着族群,大一点,是民族、国家,再大一点,是人类、世界。千千万万年的实践,我们形成了一些共同的规范,共同的情感、心理和价值判断,这些都是经验的范畴,尽管不恒定,但在相当长的时期内,既有丰富的参照物,也能比较准确地把握住。所谓能被把握,就是能被理解。它们已经成了常识。

我说好的虚构具有植物特性,是强调对常识的尊重,也是强调从种子萌芽到长成参天大树的内在逻辑——是逻辑,而不是过程。虚构的广阔空间,正蕴含在对过程的捕捉、截取、省略、倒置以及对可能性的想象当中。卡夫卡让人变成甲虫,虽不合常理,却有深沉的内在逻辑;《聊斋志异》里的诸多篇章,也是从内在逻辑出发的。内在逻辑不成立,就不可能逼近真实。《西游记》里的真假孙悟空,我们之所以觉得有深刻的真实性,就在于作家体察到了人性逻辑。

但这当中有个问题,逻辑没有裂缝吗?是不可以改变的吗?如果有裂缝,也可以改变,由此生成的经验,用于写作中还有效吗?当然有效。这几乎不需要举例,遍地都是例子。你说自来水不干净,不能直接喝,手也不干净,不能直接拿东西吃,可是用自来水洗过的手,就可以直接拿东西吃了——从逻辑上讲,这是有问题的,但是大家都遵守。遵守就有效。反过来,对断裂的审视,对习以为常的质疑,是文学对日常经验的另一种处理,并构成另一个维度。

总之我是觉得,所谓日常经验,不只是已经获得的,更不单指那些合理的、正确的,它有广阔的内涵。

"尘世三部曲"里面的经验处理,和《谁在敲门》明显不同,前者想象的成分重,后者根植于大地,是一寸一寸推进的。两种方式各有妙处,也各有难度。它们的共同点,是都遵从事物的内在逻辑,也都对内在逻辑深表怀疑。

李黎:《隐秘史》是您最新的长篇小说,它参加了首届"凤凰文学奖",印象中在评奖过程中得到了一致的好评,很多专家评委都不吝用"惊艳""无懈可击"等来形容。我个人也觉得,《隐秘史》把乡土小说往前推动了一大步。和以往那些优秀的甚至恢弘的乡土小说相比,《隐秘史》没有写乡土的巨变和其中的命运,没有戏剧性冲突,没有城乡的撕裂,没有离乡返乡的大命题,而是写了一个相对静态的乡村。在《隐秘史》里,乡土,包括它的自然环境、风物、作息规律等等,终于从人声鼎沸的现代化大潮中摆脱出来,成为主角。人也是主角,但不是唯一,只是乡土上的万物之一,必须遵循乡村自身的规律。乡土具备了衰败和兴盛两个方面,衰败的是人造之物,最具代表性的是坍塌的房屋,而兴盛的是动植物,是从早到晚的一天、从春到冬的四季,还有人的精神世界。"英雄光环"从《隐秘史》中彻底消失,普通人,甚至不如意的、"不重要"的人的内心世界,成了正面书写的对象,也成了某种庞然大物。个人感觉,《隐秘史》可能还有一个承上启下的作用,一方面是经济大潮之下相对落后停滞的乡村图景,一方面是重新重视乡村建设发展时人的巨大能量,而且,和二十世纪七十年代末、八十年代初的乡村不同,现在的乡村应该是见过世面的,就是每个个体的人,可能都从当年的集体情绪变成了对自身的反思探索。不知道在《隐秘史》出版近半年后,罗老师对它的看法有哪些不变的和变化的?

罗伟章:你说普通人、"不重要"的人,成了《隐秘史》这部小说中的庞然大物,这话说得好。当我们怀着尊重生命的态度,每个人都可以成为"庞然大物"。不仅人,万物皆然。《隐秘史》包括《声音史》《寂静史》,里面的一株小草、一颗露珠、一片云彩,都是自主而坚实的存在。

过去我们谈论乡村,身后有一个巨大的背景:城市。作家们写乡村,不说全部,至少大多数,是以城市之眼看乡村——城市后花园似的乡村,或者跟城市二元对立的乡村,自带张力,自带陌生化效果。现在不一样了,城市和乡村已有了深度融合。讯息的发达,让乡村不再闭塞,开到乡村去的超市,让乡村与城市具备了形式上共有的生活资源,特别是,几十年的打工潮,乡村有两三代人都去城市摸爬滚打过,他们怀着以下就上的心态,毫不设防地接受着城市的观念,然后把那些观念带回乡村。作为弱势的乡村文化,完全禁不起这样的冲击。

这样一来,就有两种理解乡村的方向:一、乡村与城市对立的资格彻底丧失,彻底沦落为城市的附庸,即是说,从乡村坍塌下去的,绝不只是久无人居的房屋;二、乡村从背后站到了前台,与城市一起成了主角。

《隐秘史》就是这种背景下的小说。它截取一个"静态"的瞬间,在那个瞬间里,人仿佛从喧嚣当中退出来,关注到了身边物、眼前物,而这些东西以前是被忽视的,或者说不是被当成自主的生命而存在的,现在,微小如蚂蚁,如蜜蜂,也呈现出自己生命的丰饶。人在注意到这些的同时,也注意到了自己的内心。沉睡的被唤醒了。这种苏醒,显然不是以前的那种乡村视角,而是"人"的视角。从内心层面,包括情感层面和精神层面,你无法界定《隐秘史》的主人公桂平昌是个乡村人。他就是人——是他自己,也是我们所有人。他凝视着自己的幽暗,也寻找着自己的光,并在反思中去确立自身的存在。

小说出版将近半年,如果你问我对小说本身有什么看法,简单地讲,就是我更加坚信了这种观察和探索的意义与价值。

李黎:您自己对"尘世三部曲"(《声音史》《寂静史》《隐秘史》)的评价是:"三部小说都注目于大地和人心的孤寂,却又洋溢着江河般奔流的生命,那些生命彼此对抗,又彼此交融、理解、怜惜和欣赏,共同构成大千世界。这可能是我做得最好的地方。"可以看到,这个系列的写作,一方面超越了一个故事、一个人物这样的基础的小说范畴,另一方面似乎也可能因为相对抽象流入"观念先行"的过度虚构之中,您是怎么平衡这两者关系的? 现实因素在三部小说中都有着重要比重,包括大量写内心的《隐秘史》,这是不是您最为看重的?

罗伟章:我刚才讲到"静态"的瞬间,这样的瞬间是极其珍贵的。有时候我想,我们之所以觉得匆忙、疲惫、焦虑,就是没有那样的瞬间。是自己不给自己那样的瞬间。一旦给了,生命的丰富性就奔流而来。"尘世三部曲"里,那些不起眼的生命让尘世显得美,显得可爱,显得生机勃勃又有情有义,并因此值得拥有和留恋。在这一点上,三部小说鲜明地显示了在当时小说中的特殊性。人依然是主角,但不被单独表述——人是一个大的体系中的主角。

我不太欣赏观念小说。观念一旦亮出来,要么被接受,要么被反对,总之会形成比较简单直接的判断,而小说需要生活的葱茏,是生活中那些如意和不如意,是生活中那些你喜欢的和不喜欢的,共同养育了你,所以小说是湖泊、是江河,而不是递到嘴边就喝的水。

无论是"尘世三部曲",还是《谁在敲门》,包括我之前的作品,都不存在观念先行和过度虚构。《声音史》里的杨浪,能从声音里听出寂静,从寂静里听出声音,不仅有现实依据,也是我上面说的,是基于内在逻辑的经验想象;《寂静史》里的林安平,她眼里的世界,带着某种创世色彩,她与大自然的亲,她对万物的注目,有力地化解了她所经历的人世,并从中获得生命的宽度,这个小说有很强的哲理意味,但与生活依然是沉浸的关系。《隐秘史》里的桂平昌,对他有大量的内心描述,可你很难讲那是内心世界还是生活本身。

　　当下小说有太多的生活故事,而没有生活。那些故事因为没有生活的五味杂陈、泥沙俱下,显得千篇一律,叙述视角不说,连叙述腔调、叙述面孔、造句方式,都害怕跟别人不一样。小说因此变得很小。

　　李黎:我个人理解,作家不是那种恒定输出的机器,都总是在面对一个叫做"阶段性"的问题。在连续创作了"尘世三部曲"、《谁在敲门》和《下庄村的道路》等作品后,您觉得是否来到了一个特定阶段?而在这个阶段如果再回望写作之处,写出最早的一篇或者几篇小说的时刻,两相对比您觉得有什么得失?

　　罗伟章:你说的"特定阶段",在一个作家的写作生涯中,大概都不会只出现一两次,一般过那么几年,就会有一次。每当出现这种情况,就会有一个深刻的自我怀疑:我这样写行吗? 还有更加绝望的怀疑:我再也写不出什么来了。印象中,大约十年前的有段时间,我非常厌恶写作,因为我找不到一种突破的方式,我甚至都疑心写作是否非得借助于文字。这当然是很疯狂的想法,证明那种怀疑已深入骨髓。厌恶它,却又天天想着它,后来我发现,这事情还得从头计议,心平气和地,老老实实地,把自己梳理一下。然后又发现,你最可靠的导师,依然是生活,你对生活的侦察、理解和思考,决定了你是否辽阔,是否高远,至于突破,不是"想"就能做到的,要"做"才能做到。

这当中的关键,是要诚实地面对自己,急躁不得,更焦躁不得。复归宁静,回顾自己为什么喜欢写作,又为什么愿意把这件事当成自己终生的事业。这么想清楚过后,又重新上路了。经过怀疑和审视后的自己,重新上路的自己,是再一次塑造后的自己,和以前的自己已经不同。

最初写作的时候,有一种鲁莽气息,不管不顾,勇往直前。写到后面,就有了顾虑,顾虑的原因,是在文体上考虑得更多了。既然是艺术,当然有技术,后来在技术上就会非常注意。其间的得失是显而易见的。技术上成熟了,讲究了,但可能丢掉了那种粗粝,那种力量。比如我第一个正经写出的长篇是《饥饿百年》,现在来看,那种力量感还是很强烈,很动人,但也存在着对素材的浪费以及其他的一些问题。艺术不只是需要力量,技术也终归不是艺术,所以一个作家在技术成熟之后,如何保持对世界的激情,如何保持心灵的强度,就显得异常重要。

李黎:以前人们常说"体验生活",似乎是作家必需的方式,后来人们对此表达反对,意思是什么生活不是生活呢,不存在需要去体验。这种反驳也有道理,但实际生活中,我们还可以发现,一些生活确实很难叫做生活,比如忙于高强度的工作,或者沉溺于某些享受。如果缺乏和具体人的交流交往,生活可能会空洞和虚妄,相信罗老师对此也有所理解,无论是虚构的杨浪、林安平、桂平昌,还是真实的毛相林,应该都是这片土地上活生生的人。还有哪些人让您印象深刻?顺便问的问题是,下一部作品有没有开始酝酿?

罗伟章：在文学领域，我们说的生活，不是通常所谓的人的各种活动，而是能够进入文学书写的生活。进入文学书写的生活，就有特殊要求。比如你说的高强度的工作，或者沉溺于某些享受，如果是处于麻木的、无心的状态，就天然地失去了书写的价值——文学中对这类生活的书写非常多，但不是那种生活的在场者，而是审视者。再比如作家下去体验生活，如果仅仅知道了某种生活的流程，获得了一些知识性的东西，照样不能进入文学书写的生活；作家在体验生活的时候，要能够感受生活，能"感受"，就把对象跟自己联系起来了。如果能达到命运联系的深度，那种生活就会成为笔下的源头活水。所以这还不只是跟具体的人交流交往的问题，而是要保持与世界的健全关系，以信任唤醒信任、交换信任，你考察的对象，不管是人，还是自然界，都必须与你真实的个人相符合。

让我印象深刻的人很多的啊，我读了那么多，自己还写了那么多，同时也在生活中接触过那么多。

正像你说的，写作有一个"阶段性"，下一部作品必定写，但还没有写。

文学的美妙，是可以再造时间

漂泊和无根，是一代乡村人的命运

罗昕：《谁在敲门》是这两年很受文学界关注的一部长篇，它的主线是一个家庭，但辐射开的是几代乡镇人物群像，一个人物引出另一个人物，一个事情牵出另一个事情，像摆龙门阵似的。我想这是不是也隐含着你对人物塑造的某种理解：在细节与人物关系中塑造人？

罗伟章：你说得很对。这种写法或者说观念，也是慢慢形成的。我以前的小说，比如《饥饿百年》《太阳底下》《大河之舞》，有大的情节走向，人物命运也有比较大的起伏，但到了《声音史》《世事如常》《谁在敲门》，就由细节掌控了，小说结构也由"透视"变成"网状"。我也想过这种变化的原因，艺术追求是一方面，但最根本的，还是时代景观。

当下被称为百年未有之大变局，但具体到个体命运，又不是动荡似的悲欢离合，起伏和嵯峨，都分解到了日常和细节当中，而数据化和快捷化时代，偏偏又忽视甚至藐视细节。于是我把细节呈现给你，让你品味细部的温润和汤汤水水的活气，从疲惫的"内卷"中慢下来、松弛下来、镇定下来。事实上，人与人之间的关系，多数情况也只是细节上的关系，是毛细血管的关系，仿佛不起眼，却构成彼此真实的生活。这种写法需要耐心、感受能力和发现人物内在价值的能力，还有静水深流地概括和表达时代的能力。批评家们也这样认同，觉得这种写法更考验作家。当然，同时也考验读者。

罗昕：能不能这么理解，写作是一门需要慢下来的手艺？

罗伟章：是的。调整呼吸，不急不躁，把生活多看几眼。看还不行，还要观，《说文》里讲："观，谛视也。"谛视就是凝神看、认真看，直看到心里去。没看到心里，写不出好作品，而一旦看到心里，行文的节奏就会和呼吸的节奏相应和，从而形成专注力。有了专注力，就有了你自己的"时间"，你这个"时间"之外的焦虑和恐惧，就都不存在了。所以这里的"慢"，不只是个速度概念，还是态度和心境。

罗昕：我记得我看《谁在敲门》时，开篇就有好些个地方很打动我了。有一句印象最深，是说父亲年纪大了，往后的人生就像是熟透的果子离了枝条，不用懂得牛顿定律就知道它的去处："对我父亲来说，过的每个生日，都是一股刮向那枚果子的秋风。"感觉传神又传情。你有没有想过自己的语言感觉来自哪里？

罗伟章：语言在情感和思想之后，情感有了，思想有了，语言就跟着来了。但训练是必不可少的。只有语言天才才会出手不凡，比如鲁迅，我就总是疑惑他的语言感觉是从哪里来的，起手就那么精纯、厚实。但所谓天才，很可能也有着深藏水下的苦功，我念大学的时候，读到一篇写托尔斯泰的文章，说他到八十岁还在像小学生一样练习造句。

《谁在敲门》写到将近半数，我摘出四万多字给了《人民文学》的徐则臣，取名《倒影》。那四万多字刚好略作处理就能独立成篇。则臣对这个小说很赞赏。后来碰到主编施战军，战军说你那个小说我正要看，他们都在说写得好。这也算是投石问路。小说写完，直接就交给出版社了。社长罗财勇读了，特意打来电话，说除了丰厚的社会内容、民族内容和人性内容，我还特别欣赏你的语言，你的语言不是写出来的，是自己长出来的。小说出版后，众多专家和读者也谈到了它的语言，阿来老师认为这部书解决了一个长久以来没有解决的问题，就是方言如何自然地、无须注解地融入叙述流，从而丰富语言本身。

罗昕：你在不同的小说里写过"门"，包括"敲门""开门""出门""关门""锁门"，除了"现实的门"，也有"虚构的门"。在你笔下，"门内外"好像不仅仅是两个位置空间，有时也意味着可供延伸与想象的两个世界。"门"对你而言是一个特别的意象吗？你为什么喜欢这个意象？

罗伟章："门"应该对所有写作者都会构成一个意象。对我个人而言，"门"变得那么重要，似乎又与小时候有关。放学回来，或者去山里割牛草回来，见门关着，就特别的沮丧。沮丧是因为饥饿，饿得不堪承受。我们那时候，一天只吃两顿，而且每顿都没吃饱过。如果见门开着，就证明大人回来了，即使还没做饭，也准备做饭了，胃会因此得到安慰。我恍惚记得自己曾写过一篇文章，说世上之所以有门，就是为了开的，大概是幼年和童年的渴望让我写下了这句话，其实是很片面的，门之存在，也是为了关。一开一关，构成了人世间。

罗昕：如果说《声音史》《隐秘史》关注人世间留在乡村的少数人，《谁在敲门》更看到那些出去的人——在镇上、县城、省城以及更远方的乡村同辈与后代。你怎么看待今天这个时代下乡村的割裂与破碎？

罗伟章：最初的情形好办些，青壮年离开土地进城打工，但心里有根，城市吸引他们的，只是钱。现在就变得复杂多了，乡村的年轻人已经习惯了城里人的生活方式，再让他们回到乡村扎根，与土地和庄稼打交道，就变得非常困难了。再者，上辈和上上辈农民，接受教育的程度普遍不及现在的年轻人，因此对如何实现人的自我价值，没有那么多考量，考量就意味着选择，城市当然具有绝对优势。第三，也和第二有牵连，农村的活，忙碌三四个月，就有大片空闲，旧时农民把这大片空闲用来睡觉、打牌、吵架，总之是时间的空闲，也是意义的空缺，现在的年轻人因为有实现自我价值的愿望，不想那样，可不那样又能怎样？我所了解的川东北乡村，没有企业，没有恒常的劳动与收获，即使有一两家企业，比如制衣厂、制鞋厂，也是小作坊，设备简陋，效率低下，毫无竞争力，随时可能解散。

乡村的割裂与破碎由此而来。脱贫攻坚解决了一些问题，但最根本的人的问题，并没解决。我调查过不下五十个村子，共同点是：百分之八十五以上的收入，来自进城打工。某些老板有下乡投资的想法，比如去种猕猴桃，但进村一看，只有三几个老人坐在墙根下晒太阳，没有任何劳动力，于是转身就走了。不仅没有劳动力，也没有生气。以前还有孩子留在村里，现在村小早已撤并，孩子都去镇上读书，稍有行动能力的老人，就去镇上陪护，所以村里除了微弱的咳嗽声，很难听到别的声音，鸡鸣狗吠也快成为历史。

中央电视台随时播放的一个宣传语是："民族要复兴,乡村必振兴。"自上而下的脱贫攻坚,可以快速见到成效,乡村振兴却是漫长的系统工程。特别是乡村伦理的重建,更需要时间。许多地方都制订了"乡规民约",但老实说,那些完全抄袭传统的条款,早就不适应了,可好像大家都没发现,都认为那是万古不变的法宝,都觉得伦理不是在生活中建立,而是制订出来的。

罗昕:说到伦理,在你的乡村书写中,"死"是很重要的一部分。《谁在敲门》在某种程度上也是一部描写死亡降临与离场散场的小说。小说写到了一个点,是说村里有关死亡的礼俗越来越简化,被"简"的会慢慢消失,我们也可以想象那些老人家曾经看重的东西到了他们的第三代、第四代是无法延续的。对于这样的"无法延续",你个人是一种怎样的态度?

罗伟章:《谁在敲门》对葬礼作了盛大铺排,有这样四个原因:第一,那是塑造人物的舞台,小说里关照的人物,都在葬礼上露面,我能将他们一网打尽,并呈现他们之间的关系。第二,葬礼文化是传统文化的重要部分,我借这个机会,写出传统文化庄敬与庸俗的两个侧面。第三,当一个人变成了死者,活人围绕死者做一系列仪式,这当中就有了超越常规的对话,生与死的对话,人与神的对话,过去与未来的对话。第四,写这部小说的时候,我告诫自己特别要有历史观,葬礼因此带着某种寓意,那是告别,与一个生命,也与一个时代,所以草率不得,我必须满怀肃穆之心。

但在我个人的观念里,一切仪式感太强的东西,我都不是很往心里去。

罗昕：前面我们说到现在进城打工的青壮年和最初的情况很不一样了。过去对土地亲近的人或许还会有一种"有根"的感觉，而今打工的人越来越多，种地的人越来越少，你会怎么理解年轻一代的"无根"呢？他们的身心的困境是否也与"无根"有关？

罗伟章：一定是有关的。他们回不去了。农村的家还在那里，而且房子比以前漂亮，可是心回不去了。这代人的父母，靠打工挣钱，可也因此没有陪伴孩子，就是说，这代人是在缺失父母陪伴的境遇下成长起来的，本来就有一种漂流感，对父母的感情也没有那样深。当他们自己进城打工，又感受到了城乡差距，因此先是可回可不回，后来就不愿回。我前面说，他们习惯了城里的生活方式，那只是浅表，他们往往是结伴出来，结伴在某一个工地上或厂房里，圈子就是从村里带出来的圈子，整个思维模式，依然是村里的，因此也融不进城市。但他们以为是城里的，把城里人吃的穿的、玩的乐的当成是整个城市的文明。

漂泊和无根，由此成为他们的命运。有些研究农村问题的专家说，应该把户口彻底放开，打工的农民能迁进城，就会有归宿感。我相信在一定程度上会达到那种效果，但可行性何在？城市真的能够容纳他们吗？城市自身的失业者该如何处置？当农民工的身份改变之后，就得依照城市的规范，他们的自我定位也会发生变化，单是就业压力以及对这种压力的抵抗与屈从，就会成为不可承受之重。何况还有更加重要的土地问题和粮食安全。

真正两全其美的即时性方案似乎并没有出现。乡村振兴是一种方案，但那需要时间，当下的农村年轻一代，很可能错过这个时间。

所以，他们的处境正像你说的，陷入了无根的状态，身心迷困，焦虑不安。又因为这种不安，对整个社会而言，就会成为一个问题。

罗昕：之前和一个青年作家聊天，他也写了一系列乡村题材作品。我问他怎么看待乡村的萎缩和消亡，他说如果明天他们村立刻拆迁，村民都住进楼房，分到让自己从容生活的补偿款，那他希望乡村立刻消失。这个回答特别真实。我也想知道你会怎么看待乡村的萎缩和消亡？

罗伟章：古往今来，已经消亡了那么多东西，再消亡一个，似乎也不必过分在意。但问题在于，当这个东西不是别的，而是"乡村"，麻烦就出现了。

长江浩浩荡荡，流了六千多公里，但如果没有唐古拉山脉主峰格拉丹东雪山上的那股细流，长江就在源头上被掐断了。这种比喻并不恰当。长江奔流到海不复回，而作为人类文明，出发地往往也是归宿地，哪怕只是心灵上的归宿地。从社会发展史上讲，乡村是出发地，是开端。我们往往觉得起始和开端都很粗陋、落后，基本不去在意开端因为方向的不确定，从而有了更加辽阔的指向，也不去在意开端因为对世界的茫然，从而有了对更高尺度的敬畏。辽阔和敬畏，都能帮助我们识别和修复。土地之上，日月之下，毫无遮拦地面对自己的喟叹和忧伤，修复才会真正成为可能。即便祖祖辈辈都生活在城市，对乡村没有实际的情感和需要（包括不去考虑有没有粮食喂养饥饿），可有没有乡村的存在，心理感受和生命质量也会很不一样；学者杨无锐说，对开端的思考，是"对某种绝对义务的重申"，说的是义务、是责任，而义务和责任是生命质量的核心。

另一方面,你刚才说"这个回答特别真实",其实也不是那样简单。要说真实,也是表面真实。人有短视的局限,有惰性的局限,有实用主义的局限,在这方面是真实的;然而,人还有对主体性的渴望,有对族群的渴望,有在诚实的劳动中建立尊严的渴望……在这方面就不真了。而且,一旦不能满足上述渴望,就必然伴随着各种焦虑。

罗昕:通过你的小说,我们也能看到你对古今碰撞、地方文化留存种种思考。对于"古人的遗物""老祖宗的遗产"如何存在于当下,你对现实是有不满的? 你心目中是否存在着一个理想状态?

罗伟章:不满说不上。前面说了,古往今来,我们遗失了太多的东西,包括太多的好东西。这不是现在才有的感叹,孔子就开始感叹了。遗失一定有它的正当性。人是向前的,铁一般的已知无法改变,但对未来是期待的。话虽如此,却不能遗失了文化的根性。根性就是主体性。对种子的遗忘,对根性的背叛,在本质上是对特定生命的背叛。转基因食品不能产生种子,是生物界对文化界的警示。但如果种子不能突破自身,不能开枝散叶,不能汲取新鲜的阳光雨露,就只能在地底下窒息。因此主体性并不是封闭性,以主动的姿态借鉴世界上一切优秀文明成果,是主体性的重要内涵。这应该就是我心目中的理想状态了,按费孝通先生的说法是:"各美其美,美人之美,美美与共,天下大同。"

对完整的书写,对破碎的探视

罗昕:我发现《谁在敲门》里的父亲许成祥也在《声音史》里出现

过,只是一笔带过,能不能说燕儿坡也有千河口的影子?

罗伟章:当然能的。我说过,名字只是外在符号。你读得那么细,作为作者,真是心里暖和。

罗昕:继《声音史》《寂静史》之后,去年你的第三部以"史"冠名的小说《隐秘史》也出版了。和《声音史》一样,《隐秘史》的故事也发生在大巴山深处的千河口,那里有东院、中院、西院三层院落。《隐秘史》开篇就告诉读者,《声音史》的主人公杨浪又出现了,只不过这次是作为一个背景存在。《声音史》写于 2015 年,那《隐秘史》写于什么时候?两部小说的写作隔了多长的时间距离?

罗伟章:写完《声音史》,我差不多就开始《隐秘史》的写作了,其间的间隔,很可能只是看过半本书,跟朋友们喝过几场酒。这是因为两部小说有着深度联系,好像把《隐秘史》写完,才算真正完成了《声音史》;反过来说,《声音史》是《隐秘史》的院落,是可以让客人尽情观赏的部分,是进入"隐秘"的前庭。

罗昕:桂平昌和苟军这一对邻居"弱与强"的冲突在《声音史》里有过寥寥数笔,但这一冲突在《隐秘史》中变成了叙事的关键。你说两部小说的深度联系,我也有一种感觉,《声音史》是更正面地去写现代化进程中日渐孤寂的乡村,但《隐秘史》好像找到了另一扇门,这扇门在更阴暗的角落,我们推开它,看到的是乡村变化下更细腻、幽微的人心世界。

罗伟章：你提这个问题，我就感觉到你已经发现，《声音史》是最完整的书写：尽管村庄一天天败落下去，村庄里的声音一天天湮没下去，但留守在村庄里的杨浪，却是一天天回望和修复着自己的内心，并因此变得完整。完整的前提是主动。杨浪以前的生活，完全是被动式，连对他的称呼，也不遵循父母赐名的天然秩序，而是被命名——不叫他杨浪，叫他"那东西"。他被言说和被遗忘，都取决于别人。现在，也就是村庄的声音被记录的时候，已经或即将成为"史"的时候，杨浪成了自主的生命。他身上的光，不仅是对万物的情怀，并因为这种情怀而通灵，还有那种由内而外的生长。小说最后，内心伤痕累累的夏青不再叫他"那东西"，而叫他杨浪，是杨浪完整性的证明，也是夏青对自我完整性的渴望。

到《隐秘史》，情况变了。《隐秘史》是对破碎的探视。两部小说的故事，都在千河口发生，可一个完整，一个破碎。这正是事物存在的辩证法。我写《声音史》，写到桂平昌与苟军这对邻居时，发现了一处"裂缝"，可《声音史》要走的是另一条路，我不能在那条裂缝边缘作过多停留，因此只是寥寥数笔就丢开。我对那条裂缝说：你等着，待我走完这条路，再回来凝视你。好在我没有食言。我想说的是，对裂缝的凝视需要一种强韧。如果裂缝很浅倒也罢了，如果很深，深到深渊，就成了对深渊的凝视，那更需要强韧。刚开始写作《隐秘史》，我并不知道那条裂缝的性质，我跟随主人公桂平昌，试探着逼近，然后伸长脖子，然后弯下腰，然后蹲下去，结果发现，这样做根本就不够，于是腰系悬绳，坠下崖壁，既惊恐又期待地去触碰那个谷底。

罗昕："坠下崖壁，触碰谷底"的说法真有意思。《隐秘史》的写法确实很不同于《声音史》，它有悬疑、凶杀的元素，更直接以人物的

"内心戏"推动故事的情节发展。为什么想这样去写"裂缝"？

罗伟章：选择一种写法，与题材有关。我们说内容决定形式，有它的道理。但也绝不是真理。对形式的选择，同样会左右内容的走向。形式内在于内容，内容又何尝不内在于形式。就《隐秘史》而言，既然是对"裂缝"的探望，证明不显形于外，"深入"自然就成了关键词。阿来对这部小说有个评价，说"上及审美的天空，下及生活的暗流"，上和下，都是"深入"，而"深入"是有企图的，就是对"真实"的好奇与索取。

对此，阎连科先生站在现代文学和世界文学的视野去谈论："《隐秘史》超越了我们所说的事实的真实、可能性的真实、可验证的真实，抓住了灵魂的精神的东西，提供了'无法验证的真实'，这是它的了不起之处，有了这本小说，我们可以讨论中国的小说了。"

阎老师的赞美我当然很受用，但我更多的是从受启发的意义上去看待，比如"无法验证的真实"，就是一个文学的美好概念。在作家眼里，真实不是一种，而是有很多种。同时也可以帮助我回答你的问题：我之所以想这样去写那条"裂缝"，就是要提供一种真实，尽管它无法验证。某些谷底，我们知道它在——或许在，却是永远也触碰不到的。

罗昕：这样的写法有哪些难度？你也说到，对裂缝的凝视需要一种强韧。

罗伟章：用"内心戏"推动故事，首先难在得找到那个逻辑。所有内心都有逻辑，包括潜意识。无意识呢？同样有逻辑。所以弗洛伊德才提醒人们注意对方的口误,口误当中有言说者没有意识到的深层逻辑,或者意识到了却希望隐藏,是极不情愿的暴露。作家的本领,不在于放任混乱,而在于对彼此相关性的捕捉、挖掘、清理和表达。这是一方面。

另一方面,我说对深渊的凝视需要强韧,那是因为,作家凝视深渊,自己却不能成为深渊。无论进入多么巨大的黑暗,作家的心里都要有一束光。这并不容易做到。你没有过乡间生活的经验,不知道铺天盖地的黑暗是怎样把一束光轻轻松松吞噬掉的。如果作家本人被黑暗吞噬,出路就被堵死了。我们去读《悲惨世界》,惊诧于它的苦难和黑暗,更惊诧于那束永不熄灭的光。像《发条橙》那类作品,不是写得不好,但整个给人囚禁的状态。

罗昕:那么在写《隐秘史》时,你心里的那束光是什么?

罗伟章:那束光很难被定义。我用个例子来说明。十年前,我去重庆三峡库区的云阳县,一个广场上摆放着许多石头,这些石头是从长江里打捞上来的,三峡建成,水涨数十米、上百米,那些本来凸出于水面的石头将被淹没,再也看不见,于是打捞上来;当然不是见石头就打捞,而是因为这些石头上有古人刻下的符号。古到什么时候?古到文字诞生之前。我在那些石头前站了很长时间,想象着数千年前甚至上万年前的那个或那群祖先,会以什么样的姿势和心情,不辞辛劳地在烈日炎炎或凛冽寒风中留下了这些符号。那一刻,我心里就有光。是因为祖先心里有光,他们心里的光穿越时间的迷雾,照到了今天,照到了我心里。我们的渴望和梦想,我们对另一种生活和另一个世界的想象,都可能成为光。特别是《隐秘史》这种小说,主人公被梦魇和心魔纠缠,一路破碎下去,但内心是多么向往完整。对"完整"的向往,也就成了光。这不仅是人之常情,还是文学的伦理。

罗昕:《隐秘史》并非你第一次写凶杀,《万物生长》同样讲述了一个村民杀死另一个村民后的心理变化。你的小说一直关注人物的心理。这些年,你对人物心理的揣摩与书写有了哪些新的体会?

罗伟章:新体会倒也很难讲。如果说有,也来源于对复杂人性的更深把握。有时候,我真是对人性感到失望,从古至今,从中到外,人性几乎没有什么改良,它就像一块花岗石,千千万万年就那样。我们所有的变化,似乎都是借助于物质,借助于科技,但把物质和科技掩盖下的行为摊开,又与那个人性的核相遇:没有任何两样!如果安娜的年代有手机,她在卧轨自杀前给伏伦斯基打个电话,发泄一通,情绪得到暂时的释放,是不是就不会死?我读《安娜·卡列尼娜》时,在旁边有过这样的批注。但从根本上讲,这有意义吗?你把安娜的健康码变成红码,让她出不了门,出不了小区,更不可能走到铁路上去,这有意义吗?人们的精神困境依然在,内在的局限性依然在。我们在谈论爱的时候,往往认为爱是由对象构成,而不是由爱的能力构成,弗洛姆的这种揭示,在安娜的时代适用,当下照样适用。所以我经常说,人的自我建设,不是对人性的放纵,而是对人性的克服。鉴于这种认识,我在揭示人物心理时,会比以前多一些宽博。宽博不等于原谅,而是呈现更多也更隐秘的逻辑。

罗昕:确实,《隐秘史》正是这样一部作品,它也可以说是一部有关"良心",有关"救赎"的故事。在"罪与罚"这方面,中国与西方也很不一样,你怎么看待中国人的罪感与救赎?

罗伟章:你前面提到的《万物生长》,发表的前夕我去北京开会。当时李敬泽先生任《人民文学》主编,也在同一个会上,有天午休的时候,我们讨论了这部小说,讨论的话题,与你的问题有一定联系。

犯罪与救赎,都代表了对某种准则的认同,如果不认同,或者准则有了改变,两者就都谈不上。这当中牵涉到一件事,就是前面提到过的更高尺度,是否真有这样的尺度? 当然有,你说的"良心"就是其中一种——它不是基于被"看见",而是自己内心的审判。在我们的日常中,骂人很厉害的一句话是:"这人不讲良心。"可是好像谁也说不清良心是什么,是天生的善良? 还是对是非善恶的判断? 若是前者,很难指望得上,若是后者,又弹性十足。这就可能还需要另一种尺度。这种尺度我们也是有的,比如"举头三尺有神灵"——有个神灵在。遗憾的是,这个神灵并不稳定,常常被"需要"左右。不稳定就等于不存在。因此我们的救赎有天生的难度。

在另一种文化环境里,同样有难度。有个韩国电影叫《密阳》:一个名叫申爱的女子,儿子被绑架且被杀害,凶手进了监狱,她自己皈依基督,期待以信仰的力量战胜悲伤和痛苦。震撼我的一个镜头是,她去监狱见凶手,凶手竟然非常平静,因为他已经向上帝忏悔过了,上帝原谅他了,他的罪恶感因此解除了。申爱由不解到愤怒。很多人批评申爱,说她混淆了世俗法则和信仰法则,她依然希望把宽恕的权力掌握在自己手上。但我不这样看。表面上,他们的神灵非常稳定,可也呈现出稳定的霸权。霸权式的了结,算不上救赎。

或许,"致良知"真的是个好东西。

罗昕：是的。《隐秘史》后来写桂平昌返回山洞，向那具他以为是苟军的白骨袒露心迹，很动人的一笔是他还抱着白骨哭诉心里的孤寂和即将消亡的乡村。怎么想到加上那一笔，而不只是写桂平昌的灵魂拷问？

罗伟章：我们可以先去设想一具白骨的孤寂，它被关闭了所有的门窗，再不能与任何人和任何事物对话。庄子跟白骨对话，但主动权在庄子而不在白骨，庄子离开，白骨也就沉默。这意思是说，丧失主动权，是世间最大的孤寂。桂平昌于想象中完成了对自身软弱的"处决"，但在他那里，早就混淆了真实与想象，早就把想象当成了真实。他貌似获得了人生的主动权，而事实上，他是向自己的心魔投降了，并因此陷入更加不可救药的被动，他向白骨诉说自己的孤寂，正是对自己灵魂的深层拷问。他也说到即将消失的乡村，因为这片土地是他和白骨共同的源头和舞台，舞台一旦消失，他连自我救赎的机会也没有了。

罗昕：《隐秘史》最后的两则附录在虚实之间增加了许多意味。为什么用上了这两则附录？

罗伟章：这个得感谢黄德海。先是没有附录的，德海见了小说，说你这个作为长篇，太短了，写长点吧。故意加长当然没意思，我也不会那样去写小说。可是有一天，我发现这个小说根本就没完成，是一层非常重要的意义没有完成，就是你说的救赎，也是我说的那束光。这种文学的古老信念，提振了我的激情。于是有了两个附录。附录一与正文的互文关系，你一定注意到了；附录二虽然短，对小说却是一种照耀。托尔斯泰曾说：一部杰出的长篇，当有两束光，第一束光出现在第一页，它照亮小说的前半部；第二束光出现在最后一页，它照亮小说的后半部。我自己当然不能说《隐秘史》是杰出的长篇，但确实是被照耀的。

罗昕：两则附录是否也承载了你关于虚构与现实关系的一些思考？

罗伟章：附录与正文，打破了现实与虚构的壁垒，可你又很难说清哪一种是虚构，哪一种是现实。单纯从叙述人称和语调上看，正文和附录一是虚构，附录二是现实，可那个名叫冉冬的作家，分明是从虚构里走出来的，他就像挂起来的一幅画，某一天有了呼吸，走下墙来。他仿佛成了对虚构的解构，其实不是，他是虚构中的虚构。但虚构的目的，又是为了逼近更深的现实。在艺术领域，没有深度的现实，不能抵达真实。归根结底，虚构是现实隐秘的部分。对写作者来说，技术性的设计固然重要，但主旨是对真实的探查，是对文学价值的追求。当然，何为"真实"，又是另一个深远的话题了。

罗昕：你有没有这样一个心愿——构建一个名叫"千河口"的文学版图？

罗伟章：可以这样说吧。事实上，每一个作家都在构建自己的文学版图。既是文学版图，就要有文学的标准和宽度，也就是说，叫不叫约克纳帕塔法不重要，叫不叫高密东北乡不重要，叫不叫千河口也不重要，重要的是作家呈现的文学品质和精神谱系。

孤独那种东西，越温暖越孤独？

罗昕：三部以"史"冠名的小说，《声音史》《寂静史》《隐秘史》，江苏凤凰文艺出版社出成了合集，名叫《尘世三部曲》，构成了一个全新的小说。这证明了几部小说的深度联系，人物的联系，环境的联系，命运的联系，还都和"声"有关。不仅《尘世三部曲》，你的小说经常充满了各种各样的声音，语言动人，连对"无声"都有细密的感受。我首先好奇一件事，在你的所有感觉中，听觉是最灵敏的？你什么时候发现自己对声音别有感受？

罗伟章：是的，是这样的。在我六岁的时候，我知道了声音对我的意义。我在别处也说过，我母亲在我六岁那年去世了。别人有妈叫，而我没有了，别人叫妈的声音就对我形成最深的伤害，也引发最深的渴望。后来我发现，相隔几匹山梁，我也能听见别人叫妈，声音渺茫，却异常清晰。久而久之，另外的声音也加入进来，比如阳光的声音。母亲去世后，我就喜欢独自一人，上学，干活，都如此，钻进莽莽林子，四野无风，山川肃穆，鸟鸣终止，只有阳光穿林打叶的声音，当太阳被云层遮没，那声音就消失了。再比如蜜蜂飞舞的声音，它们不在近处，是在远处，但能听见。《寂静史》当中，我写林安平听见蜜蜂在苍茫群山里振动翅膀，那时候的林安平，就是我。声音里有性格，有呼唤，有诉求，有悲和喜，有表露和掩藏，有既往生活的刻痕和不知道方向的远方……因为听得见这些，所以在我这里，万物没有分别，微物也可成神。

罗昕：批评家程德培有一个评价："罗伟章的小说，与其说关注的是声音，还不如说关注那日渐逝去的声音，接近沉默的声音。"这句评价在我看来很动人，因为我觉得你的小说有一种"复活"的努力，想要打捞那些已经消失或者近乎消失的东西，包括人、物、风土、故乡、情感等等。《声音史》中杨浪向两个光棍兄弟模仿各自女人声音那里是整部小说的"高光"时刻。对你而言，写小说是否意味着一个"复活"的过程？

罗伟章：未知未来，已知已矣，但文学的美妙，是可以再造时间，像《隐秘史》里的那具白骨，由白骨变成尸体，由尸体变成活人。这确实是个"复活"的过程。复活不是恋旧，也不是唱挽歌，而是对生命的怜惜。一段时期，所有生命都令我悲伤，哪怕这个生命正生机勃勃。因此德培先生是点到了我的心坎上。

当一个声音日渐逝去、接近沉默，里面就蕴含着两种信息——生命信息和死亡信息，就有了张力十足的边界感。但悲伤地去看待世界，毕竟不好，对我自己也不好。我很可能意识到了这当中的不好和无力，便下意识地做出调整，比如不能让母亲复活，便在作品里先让母亲不存在，对此我自己完全就没注意过，更没有刻意过，是有回陈思和先生评论我的小说，说我好几个小说的主人公，母亲都是缺失的。《隐秘史》里的附录一，冉冬的母亲虽然活着，但抛弃了他，抛弃了那个家，去了茫然不明的世界，这是比死亡更加锐利的缺失。

罗昕：确实如此。就我自己的阅读感受而言，三部以"史"冠名的小说读下来都很伤感。里面的主要人物大致分成两种：一种因天赋异禀而成为现代社会的边缘人，比如杨浪和林安平；一种普普通通，要么生活在荒僻的乡村，比如桂平昌，要么在城镇生活但身处主流之外，比如在县文化馆工作的"我"。边缘、少数、主流之外……这些人物确实都接近沉默，也非常孤独。对于这些人物，你会有一种"他们就是我们"的感觉吗？

罗伟章：我对《尘世三部曲》最初的命名，就叫《孤独三部曲》，这说明你的阅读感受与小说气息高度契合。你前面提到杨浪向两个光棍兄弟模仿各自女人声音的那段，是刻骨铭心的孤独，也是孤独当中的温暖。可是孤独这种东西，越温暖越孤独。写到那一段时我真是进入了忘我。我写作不喜欢熬夜，但那天凌晨两点过还毫无睡意。其间听见楼下饿猫叫，就拿着粮食下去找它，却没找到，把粮食放在一个地方，上楼接着写。天亮后，儿子起床，我对他说，我写出了一段绝唱。儿子瞥我一眼，没回话，然后他妈妈起床，我听见他对他妈妈说：老爸疯了。他的意思是我怎么会突然那样吹牛。

忘我不是超然，而是融入。是的，他们就是我们。各人的外在处境可能不同，内在的歌哭悲欢，却有着同等性质。正是在这个意义上，人与人有了相互理解和关切的可能。

罗昕：作为小说家，你会感到孤独吗？

罗伟章：会的。许多时候，那种情绪说不出来由，就会骤然泛起。但孤独是消耗型而不是生长型，它让人与世界割裂并且丧失信任，这里的"世界"，也包括自己在内。所以我多次发现，当我深陷孤独时，根本就写不出一个字。只有与外部世界达成和解，有了内在的循环和交流，思路和文字才有水汁。"和解"完全是心理上的，哪怕身处荒野,百里无人烟,也可以感受到彼此的亲近。写作真像是一场孵化,需要温度,且要适度,温度高了不行,低了也不行。这取决于自己。《声音史》《隐秘史》里的杨浪,《寂静史》里的林安平,尽管他们孤独得割人,但都懂得至少在某些时刻,毫不设防地把自己交出去。我觉得自己应该向他们学习。

罗昕:什么样的人物格外能唤起你的写作冲动?

罗伟章:应该就是你说的边缘人吧。"边缘人"这个概念其实是很可疑的,但又确实存在。人人皆可能成为边缘人。同时我也相信,极少有人天生就想做边缘人,是超越他们能力的不可抗因素,让他们成了边缘人;或者在某个人生的关口,他们没走那条路走了这条路。这当中就有了潮湿和阴影,就会滋生各种生命。这些生命很难见到阳光,许多时候,还拒绝阳光。所以就有了隐秘,有了裂缝,有了发现和书写的必要和可能。

在我住的小区旁边,有条河,我上下班途中,经常见一个流浪女,二十多岁年纪,穿得很干净,身边大包小包的东西,在河畔廊道的凳子上一坐,就半天甚至整天,且从不看人,只看手机,面带微笑。她是怎么回事?还有一种人,表面上不是边缘人,其实也是。我多次在大街上见一个五十来岁的男人,骑辆电动摩托,一路吹口哨,吹得确实好;我住在城西,有回我去城东办事,竟看见他穿过窄小的巷道,吹着口哨远去。也就是说,他是满城都吹口哨。还有人,比如一个四十余岁的妇人,在公园里跳舞,那腰肢,那身手,分明是有童子功的,但她只能把公园当成舞台了。诸如此类的,都令我好奇。当然不止于好奇,还有深浅不一的痛。痛到深处,说不定我就会写成一篇小说了。世上最好的小说,都与痛有关。

罗昕:你笔下也有不少喜欢文学的人物,他们做着普通的工作,过着烦琐的生活,唯有文学可能带来了安放自我的时刻。在某种程度上,这些人物也是你的自我投射?文学编辑是你现在的工作,你会把"文学工作"与"文学生活"做一个区分吗?

罗伟章:完全可以这样说。文学给了我恩惠,如你所说让我能够安放自我,我就希望有更多的人在彷徨无依的时候,进到文学的房间里。文学工作和文学生活确实是要区分的,文学生活是自我生活的一部分,建立在自我喜欢、自我建设、自我成长的基础上;文学工作却不同,比如我做编辑,就有鲜明的公共性,有些作品我根本就不喜欢,但它可能昭示了某种趋势,符合了某种要求,照样会发表。另一些作品我喜欢得很,却由于各种因素,不能发表。

罗昕:因为书写了生活底层的人物,你可能被贴上"底层写作"的标签。你怎么看待这样的标签?

罗伟章:对标签——我是指任何一种标签,我开始还有些计较,后来不计较了。写作品是你的权利,言说你的作品,是人家的权利。我不计较的更深刻的原因在于,一个写作者,如果你真是有本事的,难道不就是突破限制和边界吗?如果你是露珠,人家拿一口碗去接你,简直是把你高看了,但如果你是瀑布呢?所以作家要做的全部工作,都在于写出好作品。

文学的启蒙，先是生活的启蒙

罗昕：接下来我们从你的作品聊到你的经历吧。你的家乡在大山里，村子里三层院落。能隐隐感觉到你的大部分小说都有家乡的影子，那三层院落可以理解为你"文学的故乡"吗？

罗伟章：小说的地理设置很重要，这个地理应该是写作者特别熟悉特别亲近的，哪里有条沟，哪里有块石头，哪里会发出什么气味，根本不用去想，自己就扑过来。这样写小说，就会赋予小说生活的质感。所以那有着三层院落的家乡，完全可以写不尽，是因为不断有新的想法、新的人物进去。那里就像个舞台，上演着不同的戏。我衷心感谢我的家乡，她确实是我文学的故乡：不仅是我文学的源头，还允许我不断带些新人进去，尽管这些新人只写在我的书里。

罗昕：你的文学启蒙是什么样的？

罗伟章：文学的启蒙先是生活启蒙。生活肯定是最有力量的启蒙老师。你过得不好——不管是物质上的不好还是心理上的不好，就想改变，但"改变"这个词含着未来性，而未来是不可预料的，并因为不可预料变得异常强大。于是又想，没有别的途径吗？不可以通过想象和书写造就一个自己想要的世界吗？这种启蒙是根本性的。

罗昕：你是什么时候离开了家乡？

罗伟章：我是念高中时离开的，去县城读书，一年只回去两次。

念初中虽然也离家了,但是在一个半岛上,周围都是农田,而且辖区就在我们镇上,算不上离开。

罗昕:你对中学时代有着怎样的记忆?

罗伟章:初一到高二,现在回想起来不是特别愉快,总有一种阴雨天的感觉。这五年我对未来非常迷茫,回去做个农民?家里哥哥姐姐多,我寒暑假回家他们也不让我参加田地里的劳动,所以我对农活很生疏。不做农民就只能考大学,但我也没认真想过,当年考大学的人特别少,能够考上的更是凤毛麟角。

到了高三,我突然有了明确的目标,就是考大学。因为这个目标,生活开始变得阳光灿烂。每天吃过午饭,我就上街买份报纸,然后走到校外的河边把报纸读完,再回教室,伏在书桌上午睡十来分钟,接着开始下午的学习。高三要比其他年级多上一节晚自习课,说来也辛苦,但那时候我心里安定光明,不觉得苦。所有科目里我就数学差些,那一年我就全学数学,好多难题别人不会做,我竟然能做出来。结果那年的高考数学题特别简单,我专攻难题又没学通,简单的题反而被我搞得很复杂,120分的卷子,只考了70多分。但我的总分挺高的,除数学拖些后腿,别的都很好,有些科目只差一两分就是满分,所以总分远远超出重点大学录取线,只因为那年第一次实行师范院校首批录取,凡志愿上有师范院校,他们就有资格先录,因此我才读了重庆师范学院。老师很为我沮丧,把我的录取通知书抛几下才递给我,说:不是重点大学,通知书都要轻些。我进的是中文系。

罗昕:那时的中文系怎么学?

罗伟章:跟现在完全不同。这些年我有时去大学包括回母校做讲座,感觉学生们的课特别紧。我们那时候课少,很多时间是让学生自己进图书馆。你不想去图书馆也行,只要考试过关。大二那年,我和两个写诗的学友想办一份报纸,就自行出校,满地界找便宜的印刷厂,最后在川南隆昌县找到一家。我们出去了十来天,老师也不过问,就这么一种读法。

中文系还有一群人,我同年级的、高年级的、低年级的,总共十来个,有个不成文的周末之约:每到周末晚上,就去学校中心花园草坪上,轮流念自己的新作,其他人听了点评。点评根本不讲情面,"写得太差了""你怎么好意思读"……什么话都说得出来。但也会彼此欣赏,碰到好东西,由衷地佩服一句"我是写不出来"。我们每个周末都这样度过,有时甚至是一个通宵,经常还碰到路灯下的其他同学,弹吉他的,学英语的。

也会去校外活动。当时重庆文化馆会邀请文学青年包括大学生文学社团参加 Party,还搞得挺文艺的,不要灯光,只要烛光。一个卡座三四个人,自由组合,想和谁聊,就坐过去,然后再换下一桌。活动结束经常也到深夜了,我们就结伴走回学校。去是坐车去,赶时间,回来不着急。这一走也是好几个钟头,等我们到学校,天都亮了。

我的大学四年就是这样过来的,不像现在的学生,似乎总有上不完的课,写不完的论文。

罗昕:你们那时毕业也包分配吧?

罗伟章:包分配。毕业前夕,我感受到了变化:大学四年无忧无虑,到分配的节骨眼儿上,就要面对社会和人性的复杂。当时我们全校两千人,中文系人多,我们年级就上百人,两个班,我是二班,还有一班。一班的整体氛围就和我们班很不一样,他们大多比较踏实,能适应社会节奏,不像我们班,有很多像我这种"莫名其妙"的人。

当时有两种分配方式:一种叫"直分";一种叫"统分"。直分就是直接分配到某个单位,统分则可能不断分解,比如把你分到某个市,那个市再把你分到某个县,那个县再把你分到某个区乡。因此直分属于优待。当年重庆还属于四川,我大一时参加四川省首届大学生征文比赛,一篇5000字的小说得了第一名,还是马识途老人给我颁的奖——他那时候就是个老人了,到而今还是个耳聪目明思维敏捷的老人。因为那个奖以及大学文学社、广播站的经历,学校给我的就是"直分"。我被分到了达竹矿务局,是个省属企业。

结果还是想得太简单了。达竹矿务局总部在达州市内,但下面有好几个矿,刚毕业的都要下矿,于是又把我分到了金刚煤矿。这个老矿区是周恩来批准开采的,距达州市区七十多公里。我去金刚煤矿的中学部教书。当时中学部只有初中,没有高中,但矿务局在市里有一个自办的重点中学,叫达竹矿务局第一中学。坐公交车去金刚煤矿时,要经过那所中学,我看着围墙里面漂亮的教学楼,就告诉自己:一年后我要回到这里。

在金刚煤矿教书,其实有很美好的回忆。每到周末,我和另外几个老师会带着学生在山野上步行六七个小时。老师没有升学要求,学生也没有升学压力,他们可以读技校,考不上技校还可以下井,做一个煤矿工人。我和他们都合得来,生活也自在。

那年分去金刚煤矿的总共六个大学生,四个男的。那是个文凭比脸和钱重要的时代,矿区人觉得本科毕业生不得了,有女儿的人家就天天站在自家窗口，看着我们来来往往的，看上谁，就请媒人出动。怕不稳当，经常上午说给这个，下午又说给那个，我们几个晚上小聚，就会大呼："找你了？也找我说了！"很有趣。

一年后，我如自己想象和要求的那样，调到了市区的第一中学，在那里教高中。教了四年，三年都教毕业班。学校是新办的，很有理想，升学率很高，考北大清华的都有。煤矿当年效益也好，所以全国各地都有老师愿意来。后来市里的广播电视报招考，我考上了。学校最初不愿放人，我有大半年时间就两头做，这边做编辑，那边当老师。但实在太累了，最后我和学校说通了，还是决定去报社，这一干就是六七年。

罗昕：这是你职业生涯的第二个阶段，从老师变成媒体人。

罗伟章：那六七年我和各种各样的人打交道，几乎天天喝酒。大学期间我基本靠稿费维持生活，毕业了，有工资了，加上天天忙——忙事、忙喝酒，渐渐就不写了。毕业后我只在《长城》等刊发过很少几个短篇小说，再就是写了部长篇，叫《饥饿百年》，当时也出不了。

酒局太多让人心里空，我还是想写作。

我就记得 2000 年 8 月的一天中午，我一个人坐在办公室，同事都回去吃饭了。我突然听到一个声音："罗伟章，再不写你就老了。"非常清晰的一个声音。然后我看到一束阳光正好照在了我的办公桌上。我想都没想，抓过本子，写了辞职报告，下午上班就交了。当时走完辞职流程能得到一笔费用，但我交了辞职报告也不等批准，第二天直接走人了，因此领不到那笔费用。或许这也不叫决心，就是冲动、简单，完全没想过可能要面临的生之多艰。

罗昕：所以你在新世纪第一年开始了一段全新的生活。再后来呢？

罗伟章：我就来成都了。我想换个环境，没有熟人，不用应酬。我感觉哪怕是在金刚煤矿那一年都是有意义的，而不是虚度光阴。我爱人原本也在达竹矿务局第一中学教书，她看我辞职了，很快也辞了职。那时我们的儿子在读幼儿班，我们就带着他来了成都。

到成都后，把之前所有的积蓄拿来买房，即便如此也不够，要借。小孩上学讲户口，进不去公立学校，只能找私立，一年一万多，又是一笔巨额开销。那时候我理解了捉襟见肘这个词，拮据到一块钱在我们眼里不是一块钱，而是五个馒头。我投稿要发邮件，但没钱在家装网线，当时是八十元一个月，我记得很清楚，我们付不起。好在我爱人有个朋友，她单位有网，我爱人就走路去朋友单位帮我把稿子发出去。她都舍不得坐一块钱的公交，宁愿走一个多小时路也舍不得花掉五个馒头的钱。甚至理发费也要省，有次我干脆刮了个光头，结果我儿子完全不适应，上下学坚决不要我接送。他从没见过我刮光头的样子。

我爱人也是中文系毕业的，也爱写作，她就开始给《家庭》和《知音》写稿，当时它们的稿费要比纯文学杂志高很多。那两年全靠她养家，我写的小说都没人要。有一次她跟我提议，说家里这么穷，你也跟我一起写些能赚钱的文章吧。这件事我都不记得了，她还记得，说我当时很生气，她也很后悔，觉得不该那样要求我。其实是我自私了。

当时成都有家报社的副主编喊我过去上班，我也去了。那天是下午两点左右去的,他给了我一些稿子,叫我编,我一直编到六点。我在那里的每一分钟都在骂自己:你不是辞职来写作的吗?怎么又上班来了?而且还比以前更忙呢……这样骂到六点,我就跑去和副主编说我有别的事,不能来,他还问是不是哪里怠慢我了。

然后我离开那栋报社大楼,一下子身轻如燕,是又一次被解放的感觉。可当我回到小区,抬脚上楼,又感到腿像铅一样沉。我想起了家里的窘迫。

罗昕:所以虽然你到成都后可以专心写作了,但那时也会焦虑,毕竟生活上的压力是扑面而来的。

罗伟章:是的。写起来的时候不会想,但中途休息时,那个压力就扑面而来了。也会自我怀疑,这样真的可以吗?但也是休息时怀疑一下。那段日子我很难睡着,经常凌晨三四点去街上乱转。当年的成都跟现在很不一样,我住在金沙遗址附近,现在是很中心了,但当年不是,小区旁边还有菜地。大半夜的,我能听到大雾深处有一些零零碎碎的声音,有时是赶早市的菜农挑担摇响的声音,有时是一条狗跑过的声音。我会走出很远,经常走到天大亮了才回来。回来后心里就又定了。

罗昕:你果然对声音特别敏感。

罗伟章:现在回想起来,那些都是非常珍贵的感觉。我们住的小区附近有条街,是成都比较有名的美食街。我和我爱人出去转路时看到街两边全是好吃的,彼此感叹,说这辈子还有可能进去吃一顿吗？说的时候并不苦，还笑。

村上春树也过过苦日子，负债累累，艰辛度日。寒夜里冷得慌，就搂着家里的几只猫睡，相互取暖。他后来说了句话："总算心无旁骛地度过了这段艰苦岁月。"心无旁骛这个词，很可能就是对天才的定义了。只要心无旁骛，即使苦，也没那么苦，说不定某一处还开着花。

罗昕：我想你到成都后发表的第一篇作品肯定让你印象深刻吧？

罗伟章：《天涯》《江南》等刊比较早地发我的散文随笔，小说则是2003年，我在《当代》发了个中篇，六万多字。几乎同时，《青年文学》也发了我一个中篇。

我还记得在小区收发室收到《当代》用稿通知的情景。我出去转路，回来看到有一封写了我们家门牌号的很薄的信。我赶紧打开来看，上面说小说写得好，准备哪一期发。正好接近正午，阳光从小区树叶中漏下来，就像是花一样开在地上。我感觉我是踩着这些花回家的。当时我爱人正在做饭，她听说我要发小说，勺子碰锅的声音都要清亮些。

我就想起之前有一次，我在卫生间无意间听到我岳母向我爱人抱怨。我们家有个卫生间正好对着外面的楼梯，母女俩刚买菜回来，我听到岳母说我在达州好好的工作不要，来成都有人给机会也不去上班挣钱。然后我爱人就说了一句话，到现在我都记得。她说："妈你不要说了，你永远不懂得一个追求精神生活的人是怎样生活的。"

罗昕：在世俗生活中遇到一个理解你精神生活的人，真是非常幸运。

罗伟章：是的。我马上跑出卫生间，不让她们知道我听见了，但这句话我记住了。

罗昕：有了第一次发表，后来就越来越顺利了？

罗伟章：我也很感激《人民文学》。2004年，《人民文学》看了我一个中篇《我们的成长》，一个星期后就决定用，还是头题。再后来我发的就多了。2006年发得特别多，还因为中篇小说《奸细》得了人民文学奖，四川省作协就想把我调进去。但我和组织没有关系，怎么调呢？他们想了个办法，让我先去考了达州市文化局下边的创作办公室专业作家，一年过后便调进了省作协。

文学的种子，与托尔斯泰的鼓舞

罗昕：我也好奇，你有意识地写小说是从什么时候开始的？

罗伟章：我大学毕业后写的长篇《饥饿百年》，后来也发表了、出书了，已经去世的评论家雷达先生对这部书评价很高。但我觉得我有意识地写小说还是到了成都之后。

罗昕：还记得你来成都后写的第一篇小说吗？

罗伟章：一个小长篇。几年后，越来越多的地方开始约稿，之前发不出去的也陆续发了，但这个小长篇我从不拿出来。它并非一无是处,里面那种混沌和焦灼特别符合我当时的心境。前两年有家出版社听我闲聊时说起,就想要去出单行本,我看了看,还是没同意。小说感觉和语言虽然还可以,但整体显得啰唆,我要把它改得不啰唆,自己都觉得费工夫。

罗昕: 那你什么时候发现自己想写小说? 大学?

罗伟章: 我觉得更早,初三左右吧。当时班上同学订了很多文学刊物,有一二十种,包括《苏联文学》,大家交换着看。我读初中那个半岛上的学校,有个高中语文老师是个作家,我们班有人把他发表的作品借来,我看了觉得他写得好好,暗暗在心里崇拜。

我很想知道他怎么批改作文,高中老师的办公室在另一幢楼,有一天我就悄悄溜到他办公室门口,一看门开着,里面也没人,马上就进去了。我早就知道他坐什么位置,看到他桌上恰好有学生作文本,立即翻看上面的批语,有一篇的批语我至今记得,他说:"看了你的作文,我除了兴奋还是兴奋。等我抽完一支烟,再来告诉你我为什么兴奋。"他并没有写为什么兴奋,可能还没来得及,但是我被这句批语震撼了,我觉得这个腔调太神奇了。

这就算埋下了文学的种子吧。加上我二哥是远近闻名的优等生,爱读书,作文好,他虽然就上到初中,但他能给初中语文代课,代了好几年,教得很出色。他没继续升学,不是他成绩不好。我读小学的时候,他就经常给我读他的作文,自己得意得很,我也受到了熏陶。

罗昕: 你的小说里经常写到一个读书狂哥哥。

罗伟章: 对。这么写的时候,我心里就会想到他。

罗昕: 你的童年是一段怎样的时光?

罗伟章: 童年我住在一个半山上,冬天里,树枝和水槽到处挂着冰柱子,冷得不得了。那时候穷,没的穿,所以经常觉得冷。我对童年的印象就是特别的冷。这当然也与母亲早逝有关。母亲在时我们家生活挺好的,母亲一走,我们家的顶梁柱就塌了,生活便一落千丈了。

我父母的婚姻是时代的产物。母亲是地主的女儿,父亲则一直贫苦,后来参加了朝鲜战争,立了功,当了个小军官,转业后上头就让他去一个区当区长,结果当了两天他就不干了,要回来分土地。就因为又穷又参加过朝鲜战争,他娶到了地主的女儿,地主的女儿还觉得是自己高攀了。但在生活中,对土地的管理、生活的规划,我母亲都比父亲有想法得多。

罗昕: 你的父亲是一个什么样的人?

罗伟章: 母亲在的时候,父亲什么都听母亲的,母亲一走,他就靠自己啦。也是这时候,他表现出了惊人的韧性,而且特别会看人。他虽然从小受穷,却也念过八年私塾,到老还能背诵《孟子》里的《离娄》《告子》。我是家里老五,兄弟排行是老三,从读书成绩来讲,我在家排第二,二哥排第一,针对我们兄弟俩,父亲说过这样的话,说我家老三我是不会给他修房子的,他将来是公家人;我家老二最聪明,但我要给他修房子,因为他没想法。

这里的"想法"可以说成是"理想"。我二哥是这样的,他就爱看书,冬天很冷的时候也不愿意坐在火塘边,是怕受打扰,他就一个人在一个很冷的屋子里静悄悄地看书,一本《古文观止》都被他翻烂了。但他从不觉得生活需要改变。他也不会把书中世界和现实世界衔接起来,不会用书中世界来映照和修正自己的世界,他没有这个想法。

这是我后来发现的,而父亲早就看明白了。

罗昕:那你呢?你从小的阅读经历是怎样的?

罗伟章:当时能读的书很少,很多书没有封皮,都不知道书名,没头没尾的,但反正遇到字就亲切,闻到油墨纸就香。小时候跟着大人去镇上,事情做完了大人说去谁那里坐一下,也是讨口水喝,过去后看到人家那里有份报纸,我就很想把那报纸拿过来看。

那时我能读到的整书多是哥哥姐姐的课本。再就是我二哥会去合作社买书,他看完了我也看。我第一次读来备受震撼的书是巴金的《寒夜》。母亲去世后我一直觉得生活很苦,别人都有妈,就我没有,我想不通,以为自己是世上最苦的人。看了《寒夜》,我才知道还有那么多人活在苦难之中,才知道世界是这么大,对痛苦、对世界,都多了一分理解,有了一种打开自己的感觉。所以巴金去世那天,我专门从书架上把《寒夜》拿出来,看上几页,我以这种方式悼念他。

罗昕:小时候有人给你讲故事吗?

罗伟章:倒没有谁专门给我讲。但我们那属于巴文化地区,其中一部分就是巫鬼文化。在我们那，人死了不是死了，是变成鬼了，小时候我们经常听大人讲这些，讲鬼怎么跟人一块生活，然后鬼又是怎样吓人，怎样帮助人。有时一群小孩就围着一个大人听鬼故事。我们那有个人特别喜欢吓小孩，他把小孩吓到了，自己高兴得很。那个圈往往一开始围得比较大，后来越变越小，最后大伙都挤到一块去了。

罗昕：哈哈。后来通过求学慢慢往外走，又遇到了哪些令你难忘的文学作品？

罗伟章：如果说谁的作品对我的成长特别重要，那还是托尔斯泰。我最先读的是他的《复活》，那时我念大二，感觉托尔斯泰就好像面前的一座高山，你必须要读。我就从图书馆借来这本书，读了，感觉似乎没有想象中那么好，也有点无知者无畏吧。

我感觉我真正理解托尔斯泰是到了成都之后，那几年真是每天都刻苦读书。因为睡不着觉，我就在书房弄了个地铺，休息、看书、写作都在那里。我看书经常看到很晚，好不容易躺下了，睡不着，又开灯起来继续读。我尤其感觉《战争与和平》和《安娜·卡列尼娜》教育了我，我想托尔斯泰不是以写出一部好作品为最大成功，他是以探讨人的定义——"人如何成为人""人应该怎样生活"为真正追求，他指出了一个好作家应该走的路。

罗昕：我们说不同年龄段可能会喜欢不同的风格，仰慕不同的作家，但有一种作家是你随着年龄的增长愈加喜欢的。托尔斯泰对你而言也是这一种？

罗伟章：是的。托尔斯泰是那种人，你越读他，越能发现他的精神宽度和力量。我现在还在读《安娜·卡列尼娜》，还说什么时候写一本专门讲《安娜·卡列尼娜》的书。日常生活里，有些人你其实不想见，但出于某种原因见了；有些饭你不想吃，但最后你吃了，这种时候你会觉得自己处于一种"下降"的状态。遇到这种情况，我回到家，首先就拿起托尔斯泰的书，读上几页，或者几个自然段，感觉我又是我了，才能安心。

鲁迅我也喜欢，喜欢他的穿透力和暗藏的幽默。

还有一本是梭罗的《瓦尔登湖》，当时也给了我很大震撼，震撼于一个人可以如此宁静地面对大自然，如此宽阔地与大自然对话。文学词典里有个"景物描写"，但作家往往把景物当配角，写景物是为了凸显人。托尔斯泰和梭罗他们不是，他们把自己融入大自然的生命中，他们写景物的文字不叫景物描写，根本不应该那样去定义，他们就是写生命。

还有毛姆的《月亮与六便士》，能让人的精神沉渣轰然解体。之前说到那时候穷，但我在书摊上看到很好的译本，尽管家里有，还是忍不住又买了。我爱人以前不是经常去朋友单位发邮件嘛，我就想把这书送给那个朋友，送去之前，我在扉页上写："某某跪读"。

罗昕：跪读？

罗伟章：对，她到现在还记得，说收到书时特别惊讶，内心嘀咕："怎么叫我跪读？"

罗昕：哈哈。你有没有喜欢的诗人？

罗伟章：我会读诗，包括古典诗词，但读得比较随意。我最近跟随王国维《人间词话》评点的词人，找来他们的作品，看看到底写得怎样。但我没有特意下工夫去读谁的作品。

在生活中拥有纯粹，记得自己为什么出发

罗昕：这两年你也出了很多非虚构作品，比如《凉山叙事》《下庄村的道路》。你觉得写非虚构和写小说有哪些不同？

罗伟章：这其中的不一样还很重。我想非虚构是从事实中寻找真实，而小说是从虚构中寻找真实。非虚构首先给了你一堆事实，你是不是能分辨它们？能不能从中升华出真实？我觉得这是非常考验人的。

就我自己来说，还是更喜欢写小说。写小说我能进入到个人的世界中去，有不被束缚的大快乐。另外就是，我觉得现在很多非虚构是主题性压垮了文学性。但是如果不这样做，似乎这个作品又是不合格的。从文学本身来说，人物没有主体性，被事件拖着走，才是真的不合格。作家们还特别爱去阐释事件的意义，其实意义在那里，明明白白，不需要你阐释，你应该做些真正有意义的事。我也会看国外的非虚构作品，我记得有一部是写乡村医生的，写得非常好，我觉得那是我们应该学习的榜样。

罗昕：就你个人而言，《凉山叙事》和《下庄村的道路》的写作是否也带来了启发？

罗伟章:这两本书的写作对我个人的意义还是蛮大的,虽然我会对非虚构写作现状提出一些批评,但我也认为非虚构写作对于小说创作是有帮助的。很多小说家对时代其实是隔膜的。我们生活的大地正发生着什么?为什么会发生?走向会是怎样的?……对于这些,不少人的判断依据是多年前的经验,是时间深处的经验,没有当下性和现代感。

我到凉山走访,然后去下庄村那些地方,看到了好多事,好多奉献者,他们真是值得歌颂的。我在《凉山叙事》里提出了一个观点,认为脱贫攻坚精神根本没有被纳入我们的精神谱系中,或者说没有真正进入我们的精神内部,形成一种力量。我们还是把脱贫当成"别人的事情",或者是"农村的事情",但其实是我们自己的事情,比如精神贫困,就是每个人的事情。我们对很多东西的简单肯定和否定,其实都是精神贫困,因为我们没有思考,没有思考就是精神贫困。如果说脱贫攻坚是一种精神财富,那么这种财富还没有被我们真正拥有。

罗昕:你现在基本上就在城市生活了。这些年的乡村走访,是否也唤醒了你的一些乡村记忆?

罗伟章:现在的乡村已经和我记忆中的完全不一样了。过去我们理解的乡村是一个伦理概念,比如说家人之间的关系、村民之间的关系,还有人和土地的关系,这些是伦理概念。现在的乡村很大程度上变成了经济概念。人与土地的原生关系瓦解了,土地在人们心目中的神性没有了,土地成了资产,且只是资产,能卖多少地,地里能出产多少粮食,我们仅仅是用这样一种眼光去打量土地。但是以前面对土地,你会觉得它是一个源头,不仅供我们吃穿,还有很多精神性情感性的元素在里面。所以我们现在还怎么谈论乡愁?都变成经济概念了,哪里去找乡愁?真正的乡愁一定是有情感、有伦理的。

罗昕:这里面其实也有一种你前面说到的"精神贫困"。

罗伟章:对。我们总把时间的演进当成进步,有时候确实是这样的,新的就是好的、对的。但是我们没有想到,有一些根性的东西是永恒的,它就在那里,就看你愿不愿意去回顾,去承认。我刚才讲的人与土地的关系、与故乡的关系,就是这样的存在。

中学时我放假回家,老远就能闻到家乡那种草香,随便一块石子也能给我极其绚丽的感觉,我看到一种颜色,一下就会想到家乡的某一种花也是这个颜色,顿时心尖颤抖。所以我想,写乡土,包括一切写作,一定是写你心里的东西,能与你的呼吸合拍的东西。

说到乡愁,记得王干先生讲过一句话:"乡愁是雾化的,不用留,挥之不去。"虽如此,却越来越不敢有乡愁了。在《谁在敲门》里,许春明也不敢有乡愁。前些日我在山东,与诗人和翻译家树才、散文家庞余亮谈起这事,他们也不敢有乡愁。不过,说"不敢",意思是还有、而且有时候非常浓烈,浓到心里疼痛。但你"愁"得没法时,回到故乡去,最多三天,就想逃离了。你无法承受故乡的凋敝是一回事,故乡人以另一种眼光看你,你融不进他们的生活,也满足不了他们对你的想象。

罗昕:你会和你的儿子聊起家乡吗?他的一些反应和说法是否触动过你?

罗伟章:会的。他先是听我聊起家乡,然后才真正见到家乡,我嘴里的家乡和他眼里的家乡,一定有着巨大反差。但他小时候还是很喜欢,见到牛要去骑,见到猪大呼猪八戒,总之一切都很新鲜。他也分不清家乡的那些秩序,我老家叫罗家坡,全村除了一户姓李,其余都姓罗,而姓李的那家跟罗家有姻亲,因此彼此有严格的辈分,但儿子分不清,见了白头发就叫爷爷,可按照辈分,很可能别人该把他叫爷爷。长大后,他爱摄影,回去最主要的事,就是背着相机到处拍,古老的火塘、废弃的石碾、垮掉的房屋、沧桑的老人……都被他记录。他只认那个相机里的家乡了,真正的家乡对他的意义,恐怕只是填写"籍贯"时需要的一个地名而已,而且还只是县名,村庄的名字并不需要。现在我偶尔还会向他聊起家乡,他通常是一言不发,只低了头听,也不知这哥们儿听出了啥,心里又想些啥。

罗昕:你的叙事语调让我感觉你对乡土是保持一定距离的,这个感觉对吗?你书写它的厚重与美好,却也从不避讳它的蛮横与势利,有眷恋但不是一味地颂扬,有怀疑但不是简单地批判。此外你笔下也没有绝对的好人和坏人,比如苟军是恶霸,但他善待小孩,桂平昌老实,但也有过坏心思。你对乡土以及那里的人,怀有一种怎样复杂的感觉?

罗伟章:你的感觉非常对。这里牵涉到两个概念:乡土小说和农村题材小说。鲁迅先生首先提出乡土文学的概念,说乡土文学是一种"侨寓文学",也就是写作者生于乡村,却已离开了乡村,是对乡村的回望。这本身就会有距离感。空间距离、心理距离,都有。农村题材小说却消弭了这种距离。我在写作的时候，又特意强化了与书写对象的空间感，是为了审视。没有审视的文学，是没有意义的。我们所谓的宽容，同样从审视中产生。对乡土和乡土里的人，在我这里首先是触动我深沉情感的元素，然后是我审视的对象。情感是在写作之前，一旦开始写作，我就不愿意让情感太干扰我，所以你说有眷恋但不是一味地颂扬，有怀疑但不是简单地批判，因为他们是人，跟所有人一样，有光芒也有局限。

罗昕：大家谈起你的写作，会说这两年你一直有作品冒出来。似乎2006年是一个高峰期，现在又是一个，有没有想过为什么会这样？

罗伟章：碰到有人这样说，说我越写越好，我就跟他们讲，以前我也写得很好，只是你们没看见。这是半开玩笑了。写作者本身也是要进步的。托尔斯泰给我一种教育，就是我们总要从人的角度去理解写作，所谓人，不光是你笔下的人，还包括你自己。写作者也要不断地给自己定义。所以写作上的进步于我是责任，也是义务。

事实上，人容易自设牢笼，不愿让自己的内在世界扩张出去。但人应该变得越来越宽阔，这看上去很难，其实也是一个很自然的过程。江河流到海里就宽阔了，就那么简单。

罗昕：你现在生活在成都，对城市生活本身是否也有一些反思？

罗伟章：我在城市生活的时间确实挺长的了，包括在重庆的四年大学，都可以算城市生活，我来成都也有二十多年了。但是我觉得，我对城市的理解还是很肤浅的，没有达到那种真正的，像我对土地的那种深度。城市的灵魂是什么？我现在还给不出勉强成立的解释。

我们这辈人，在成长过程中，会觉得好多东西是进入血脉里的，和骨头一块长起来，包括前面说到的对土地的感情。但现在长不进来了，大多是外在的了解。我都不说"理解"，就是"了解"。这对写作是远远不够的。

罗昕：你觉得我们现在如何在生活中找到一些让人定心的力量？

罗伟章：这个问题很好，我也在想，怎么样让自己真正能够定下来。我们现在在经常考虑问题的因果，可不可以先不想因果，先回到时间之外，跳出这段时间去思考？比如回到初始阶段，回到我第一次收到用稿通知的时候，当时的快乐是那样纯粹，我还能不能找到？我意识到最重要的是自己精神的宁静和飞扬。这需要记住自己出发的地方。"不忘初心"这句话，现在说得很多了，但它确实蕴含了真理的成分。我们后来慢慢丢掉了简单，把自己变复杂了，而且还把这种复杂当成聪明，当成"有阅历""有人脉"。越是这样，我越觉得身处一种"下降"的趋势。所以我们还是要回想最初的起点，记得自己为什么从那里出发。

第四辑

苍南笔记

一

玉苍山之南。

温州最南端。

浙江南大门。

——这是对苍南的地理描述。

地理描述是冷的。正如我们在地图上滑动手指，再是峻岭深谷，也是一马平川。所以要深入实地，才有质感，有气息。以前熟悉温州，不熟悉苍南。说熟悉温州其实也没到过温州，但"温州模式"天下闻名。模式是人创造的，温州模式是温州商人创造的。商人身上有酒神精神。殷商六百年，出土文物多为酒器，而流淌在华夏大地的漫长岁月里，殷商时期的商业是少见的繁盛，生意好时，庙宇也充斥着市场，"商人"这一称谓，便源于此。可见经商是多么古老的职业。而商人受到的压制，几乎和中华文明史一样古老。他们抬头做人，昂首向天，是改革开放以后的事了。门还没真正打开，温州人就倾巢出动，单是奔走江湖的推销商，就达三百万众。敢为天下先的气概，尽显无遗。

苍南，是"温州模式"的重要发源地。

难怪苍南有那么多"第一"：中国第一座农民城、中国第一条私人承包的客运航线、中国第一个县级动车始发站……又有那么多

"都"：中国印刷之都、中国塑编之都、中国礼品之都……

作为一个内地人，遥望那片土地，也能感觉到沸腾的热度。

内地是相对沿海而言。苍南多山，却因濒临东海，主旋律就还是水。水和每，组合成海。每这个字，在甲骨文、金文和篆文里，均为一女子坐于炕上，头发茂盛，意义也由此而生。加水成海，就是水的茂盛了。我们形容水或者说形容大水，喜用壮阔、浩瀚、烟波等词，其实真不如茂盛漂亮。

茂盛蕴含着生长的力。

二

我的抽屉里，留着一小盒物件：二十世纪八十年代的饭菜票。硬塑料，绿地黑字，黄地黑字，红地黑字。那是我念中学时用的。拿一张五分在手，感觉没在指尖，而在鼻子和舌头：沤烂了的菜叶气息，送进嘴里，油水寡淡。拿一张三角起来，立时闻到肉香；那时候，三角钱一份肉，粉蒸肉或咸菜烧白。

自从离家求学，饭菜票在我心里就是神圣之物。我读中学是在一个半岛上，半岛气候温和，雨量丰沛，一年四季，春夏秋都鲜花盛开，但花再艳丽，都不如饭菜票好看。民以食为天，在我这庸人身上，绝对是颠扑不破的真理。

该是一双怎样的手，才把这神圣之物造了出来！

结果出自苍南——苍南县东部的金乡镇。

金乡，明洪武年间筑城置卫，据说早于天津卫，也早于威海卫的置卫时间，是抗倭名城。我读过有关戚继光的书，知道这位张居正的爱将和朋友，自北疆南调，几度在金乡练兵，取得辉煌战果，却又晚景凄凉。苍南以蒲壮所城、抗倭博物馆、手工"戚光饼",让那位民族英雄和他的将士,活在人们心里。只要被言说,就没有死去。这是精神生命与造物争锋书写的奇迹。

深度介入并创造当代生活,将成为自己和后人的奇迹。苍南即是。比如金乡,是温州市首个产值超亿元镇、浙江东海文化明珠镇、中国商标文化城、中国数字第一镇。而这一切,是从细节开始的,制台历、挂历、饭菜票……镇党委书记讲,想当年,金乡的创业者们,向全国各地学校发信件,征客户,以至于全国各地学校的饭菜票,都是"金乡制造",包括我用过的、珍藏的。

苍南人,心活。因为活,所以能发现。作为小说作者,深知发现的不易,也深知发现的可贵。我好奇的是,他们是如何在万千商机中,拎出了这样一根绳。这根绳很小,小到肉眼难见,却牵连着神州大地的神经。这正是发现的能力,也是发现的魅力。背后的支撑,是实。苍南人心实,所以站得住,想得开,也不惮于失败。人言,不怕做不到,就怕想不到,这是错的,身为人,谁没有一点想法? 想到了立即动手去做,想法才会开花。即使没开花,更没结果,也在过程中累积经验,从头再来。当某一个时代过去了——比如使用饭菜票的时代过去了,立即转向,不再留恋。我觉得,这才是苍南人真正厉害的地方。

三

可能是出于一种美学偏好,我对废墟另眼相看。废墟蕴含着时光和消逝的文明,是隐秘的伤口,而医治伤口的药,往往就在伤口里。

因这缘故,对苍南矾山镇,我是期待的。矾山以其特色命名,矾藏量惊人,占中国 80%,占世界 60%,是名副其实的"世界矾都",当年的沸腾场面可知。说"当年",是已经过去了,六百四十余年的采炼史,终于画上句号,成为往昔。矾用途虽广,但有了替代品,不必直接从大自然索要,所以停止,成为废墟。

然而到底是江南,不喜磅礴,钟情秀美。他们把废墟变成了秀美。矿石馆、奇石馆不必说,连需手电照明冷气浸人的矿硐,也显出几分雅致。先前忙碌的车间,化身为酒店,名为"欢庭"。那些祖祖辈辈开矿的矾山人,如果放在我老家,大概都歇手了,住在挣来的大房子里,看看电视,打打麻将,度过每一天的时光。而矾山人不这样,矾山人要的,是给时间以生命,不是给生命以时间。"他们到全国各地乃至世界各地开矿去了"——矾山镇的书记这样讲。

这真是苍南人,真是温州人。

在他们那里,废墟不存在。

碗窑村是另一例证。该村属桥墩镇。桥墩、碗窑,这名字朴实得都有些不像江南了。金乡、钱库、钱仓等名,带着直击目标的锐利,桥墩和碗窑,指向均为实物,带着憨相。憨,是人们爱的。在中国,叫碗窑村和笔架山的,说不计其数显得夸张,但一定很多,它们代表了人的两种需求:身体的和精神的。

桥墩镇的碗窑村,据苍南县融媒中心朱建德讲,有三百多年历史,初民来自福建——躲避战乱而来。他们背井离乡,把这里作为第二故乡,一代接一代,先辈的尸骨埋进这里的土地,就成为真正的故乡了。村子依山而建,树木葱茏,溪水淙淙,那溪水,体贴地流到各家各户的房前屋后,冲动木碓,槌击泥土。窑也依山而建,因此叫了"阶级窑";这名字好,剥离政治内涵,回归其本义。本义美。整个碗窑村,就是一个"美"字。民居、瀑布、古戏台……都是美的笔画。当然还有点心。点心本指糖果,慈禧赏大臣吃糖果,说:"尔可点点心。"于是糖果就叫了点心。也有另外的说法,远到东晋。后人倒不拘泥,将饭前糕饼,统称点心。我说的就是碗窑村的糕饼,甜,醇厚,不串口,好吃!

但究竟说来,它也是"废墟"了。曾经,工人上万,客商云集,客商为屯足货物,一住半年;货收齐后,由横阳支江运出,进鳌江,达四海。因其富庶,姑娘都不愿外嫁。而今,窑冷了,留守者不足百人。这里做碗,都是手工,手工成就着人的完整性,却无可挽回地输给了数字和速度。

这其中没有伤感。苍南人哪有时间伤感。他们留下一个村子,留下亲手创造的奇迹,又满世界打拼去了。他们有化被动为主动的能力,有了这种能力,被驱赶的就是事,不是人,因此也就没有废墟,只有奔流。

四

浙江出学者,出作家,且有个癖好,爱出大学者、大作家。从古至今,顺口点出一个名字,都是顶天立地的。当下的温州,小小一个地方,却有整整齐齐的十来个作家,在国内文坛横行。这可能与濒海有关,也与地狭有关。陆地和海洋的不兼容,又造成内心的紧张感。紧张感不是个好东西,但对文学是。

还有别的原因吗?有的,比如,他们喜好读书。

别处的实体书店在渐次倒闭,苍南相反,有生长之势。不仅县城,镇上也开书店,有的开了很久,有的刚刚营业。书店多名"半书房",一半免费供读,一半做些生意;像位于县城的"半书房",两层楼,底楼是书店,二楼卖咖啡茶点,用二楼来养一楼。对此,他们显然深感自豪，市人大副主任、县委书记黄荣定，晚饭后带我们参观，就特意选了"半书房"，黄荣定说，政府把地无偿提供给商家。我不知道别处是否也有类似举措。

一个地方，书店该是最美的风景了。梦想的美，可能性的美。见一个孩子专心致志地在书店读书，情不自禁地，就觉得未来可期，就生出喜悦和安详。书店不必豪华。现在是要么没有，要么太奢，仿佛不如此就丢了品位。而书自带品位。前些日一湖北农民工给东莞某书店写的留言，想必不少人看过，说他在东莞打工十七年，有十二年都是书店"拯救"了他的闲暇时光，但现在他在东莞找不到工作了，只能回乡，写下这留言表达感谢和祝愿。农民工不心生怯意，能自由进出，当是平民化的，绝不像会所般带着傲慢和拒绝。

随着时代变迁，阅读方式也在改变，但事实在于，许多阅读只是信息滥饮。外在性是信息的基本特质。这样的阅读或许也需要，而心灵化阅读同样需要，其实是更加需要。往深处说，心灵化阅读才能叫阅读，它让我们审视自己、照耀自己、建设自己。碗窑村之成为"废墟"，是败给了速度，心灵化阅读却能抵抗速度，助人看清来路。看清来路，才能看清去路。古代的女子，比如当初碗窑村的女子，采泥制陶，陶里贮水，以水照影，贮水照影的器皿，取名曰"监"，从字面上，就能理解它的意思，也能理解照影和读书之间的内在关联。

遗憾的是，在教育程度大幅提升的今天，人们对自身的精神生活反而疏于关注。价值判断和意义穷究，不再成为必须，而是极少数人的"专业"。我们太实用主义。实用主义者往往没有理想，也没有底线。要说"实用"，谁能跟苍南比？从黄传会的文章里读到，苍南人专去西北卖蜡烛，因西北干旱，小水电必停电，停电必要蜡烛；大学刚开始招生，苍南人就设计好了各类校徽。如此等等，我们赞美其商业敏感的同时,确实也为其"实用"惊心。

但就是这样一个地方,开了越来越多的书店。

难怪哲贵在他的《金乡》里,既写了头盔传承和徽章收藏,还写了几个慈善家。"温州模式"家庭作坊似的小本生意,早发展出了各自的大产业,经商的最高目标,不再是挣钱,而是事业和理想。事业和理想必有内在自律。

这是苍南的底气。有了这底气,他们在打造金乡镇、碗窑村、霞关老街的时候,就是当成一本书来打造的,是可以阅读而且是可以重读的。

五

从四川出去,走哪里都远。走苍南同样远。但也未必。想那矾山,六百余年前还是蔓草荒烟,四川难民秦福带着妻儿流落至此,垒石造饭,却发现被火烧过的石头,经雨后都风化为沙砾,镶嵌着明珠,太阳一照,轮换着光芒,取之入口,味道酸涩,弃之浊水,珠子溶化,浊水变清。某日,秦福的儿子中暑腹痛,也是病急乱投医,舀一碗那种水喝了,竟不痛了!明矾宝藏就此现世。

这或许有传说的成分。但传说是历史的一部分。

四川和苍南,六个多世纪前就有了这般深刻的联系了。

两地非但不远,还渗透进了日常生活。

听苍南县纪委夏可可说,苍南对口支援四川阿坝州红原县脱贫,投入帮扶资金千余万元,援助项目九个,并选派了二十多名专业技术人才。在他们的帮助下,2019 年 4 月,红原县就已高质量脱贫摘帽。红原我只去过一回,带着念初中的儿子,去的当夜,歇在牧民家，断断续续听见草原远方的狼嚎。房主时时起身，看狼是否靠近——就在两天前，狼咬死了他一头小牛。狼并不让我们畏惧，氧气稀薄，心跳加速，没有胃口，睡不着觉，那才要命。而苍南的选派干部，却整年待在那里。我曾几度采访凉山州的帮扶干部，知道他们一方面以问题为导向，更重要的是投入感情去工作。感情是水，水能融入水中。

如此，四川和苍南，就不只是日常生活的渗透了。

去苍南之前，我以为那片土地只有沸腾，实话说，那种感觉我并不喜欢。这大概算是一种"内地性格"，这性格让我至今也还是个内地人。当然也没什么不好，比如我每当出门，就听人赞叹，说成都舒服，然后跟上一句，说出舒服的理由：成都人闲。这话一半轻讽，一半也是真情。毕竟，有事情忙是福分，但忙得过头，就变成了累，若"心死为忙"，问题就更严重些。而"心死为忙"的例证，无须着意找寻，随时都会撞到眼睛里来。苍南也是这样吗？

去了才知，全国走了那么多地方，最能把我带入回忆的，竟是苍南。

苍南见证着时代，而每一个时代，都在这里留下了宁静、美丽而丰饶的停顿。

真好。

不过，这里再好，来几天了，我也该回去了。

离开苍南的当天清早，我去渔寮沙滩。可能是太早的缘故，除一个男人拎着塑料袋，在礁石上搬下一些我不认识的东西，四周不见人影。东海折叠而来，在沙滩上拍打，我光着脚，沿水边漫步，沙子细腻得如年轻的皮肤。没走多远，与一只螃蟹相遇。小蟹，小得壳爪皆白。它赶公务似的在沙滩上疾走，见了我，慌忙停住，爪子迅捷刨动，刨出个坑儿,隐没进去,并推上带着微沫的沙砾,把门封了。半分钟后,它钻出来,看我离开没有。见还在,又钻进去。如是者三,我笑了,对它说,好吧哥们儿,待我再看一眼就走。

这时候,朝霞正红。

陈情与感动

．

　　我读的第一篇古文，是《陈情表》。

　　那时候，我还是小学低年级学生，我二哥念初中，好读书，在乡上买了本《古文观止》，寒假里，大雪盈野，土地被雪盖了，农活也被雪盖了，二哥便拿着书，钻进院坝边新修的空房里，不喊吃饭就不出来，出来时必冻得弓肩缩背，脸色青紫。如此十余天后，书变重了——满本都是红色的批注。腊月三十那天，父亲和兄弟姐妹上邻院看车车灯去了，我和二哥都不爱热闹，兄弟俩坐在火膛边，他就把书取来，挑一篇念给我听。念的是《陈情表》。我听不懂内容，但闻到了旧香。语言的美，是美到嗅觉里的。念了，二哥又背诵，很是自得。当他逐句讲解，自得的心很快淡下来。那是一个没下雪却打着黑霜的日子。

　　"生孩六月，慈父见背"，这句话给予我的宽慰，至今想来，还心生战栗。我五岁多，母亲就去世了，家里的天，是母亲顶着的，父亲也要听母亲的，母亲去世，天就塌了，在对未来的惊恐中，我常躲到屋后的林子，窥视村里小孩跟在各自的母亲身后，从田间地头走过，一迭声叫"妈"。为啥他们都有妈，唯独我没有？我的妈是一个土堆，冰冷而臃肿，摸上去是粗糙的颗粒。再摸，还是。找不到答案，疑惑就凝结为痛楚。我认为自己是世上最悲苦的人。然而，李密，《陈情表》的作者，半岁就死了父亲，到四岁，母亲改嫁。死别和生离，小小年纪，他就尝透了。那是我第一次受到关于痛苦的教育。

痛苦不是你一个人的。

当痛苦降临，无力除去，便逃脱，不能逃脱，便忍受——岂止忍受，还要担荷。如此，胸襟就撑出别样天地。后读杜诗："窗含西岭千秋雪，门泊东吴万里船。"那门，那窗，是打开的，打开后就看到万千气象：众生之苦里，蕴含着无限生机。杜诗让我更深地理解了《陈情表》对我的意义。

在我心里，李密始终是个孩子。到他写《陈情表》时，已四十四岁，可依然是个孩子。这感觉真没有错。李密以孝闻名，《陈情表》以孝动人，"孝"字在甲骨文里就有，是汉字的母字，"老"之下一"子"，"子"紧贴"老"，代表晚辈对老人的扶持。李密对祖母，侍奉汤药，"未曾废离"，是一辈子的孩子。

李密是哪里人，我并不关心。人情相类，普天同理。但如果突然撞到他家乡去了呢？那便是故人重逢。认识作家，无须相见，读了他作品，就算认识了。帕慕克在街头碰见一个女人，那女人说，我早就认识你了，我读过你的全部作品。作品是作家的内在星空，读过，就不仅认识，还是熟识。我和李密熟识的年头，该和他写《陈情表》时的岁数差不多吧？这是货真价实的老友了。因此，来到川西彭山，得知他是彭山县保胜乡人，欢喜心便如风拂柳。也不是激动，只是心里一亮。是烛光的那种亮，外面的世界退去，只照见两人和两人的秘密。

彭山县属眉山市，眉山有苏东坡，这奠定了一种美，也奠定了一种温度和好整以暇的气质。东坡的厉害，是个性强却又通达人情，活得诗性，且能用细节之绚烂抵抗人生之大灾。比较起来，李密就过得太苦了。身苦，心也苦。不过，一国一族，总有些人是要受苦的，他们在贫苦、辛苦和苦厄中，参悟生命，自觉承担，缔造出源头性的文化因子。自汉武帝始，孝由家庭伦理延伸至社会和政治伦理。到李密写《陈情表》时，晋武帝更是强力推行这种伦理，以孝命名的村社山水，由此遍布国中。当孝成为准则，就成了孝道。孝道是个延展概念，"老吾老以及人之老"，从一家，到两家，到三家，到千万家，如此升华为价值观和对共同体的认同。在这方面，李密是做了很大贡献的。

仲秋时节，雨气蒙蒙，而眼前身后，光影婆娑，整个彭山，如起伏的园林，低处大河奔流，高处竹木葱翠。李密故居保胜乡龙安村，倾斜的坡地上，村道和民舍，错落有致，干净整洁，左面崖壁，刻满字画，都与李密有关。我并不十分在意这些，只悉心察看当地百姓的脸，都气定神闲，安宁祥和。从他们脸上，我看到两个字：充实。人只有在对他人的同情、理解和关照当中，才能内心丰盈，从而迈过自我隔绝和自我枯萎的"现代化陷阱"。由此扩展，家庭伦理便成为家国伦理、万物伦理，人也因此走出小我，成为大写的人。

彭山是个孕育传说的地方，远近闻名的彭祖，活了将近八百岁，真假不重要，重要的是对突破局限的表达。传说还是一种想象力，是深具可能性的预言，比如张献忠沉银地，多年来也是传说，但考古将传说变成了历史——曾经的事实：沉银处就在彭山江口镇河段，而今已发掘出五万多件文物。一个生长传说的地方，定有传奇的精神在，这传奇精神，既是勇猛精进，也是笃定持守。在我看来，李密是彭山最大的传奇。他用真实书写了传奇。在李密的时代，孝已可归为传统文化，他以对传统的尊重和身体力行，以一篇《陈情表》，既感动了晋武帝，也感动了苏东坡，还感动了后世的我以及亿万国人。从文学角度，陈情与感动，是文学的根，《陈情表》根深且叶茂，因此成为千古名篇。

李密写这篇表文，背景复杂，但我不愿深究。有时候，深刻是无趣的,苏格拉底和孔子都很有趣,但我们往往把他们阐释得无趣。据李密后来的表现,他当时"辞不就职",确实就因为祖母需要他。说得多了,反而遮蔽甚至玷污了他的这片真心。我还注意到,李密是谯周的弟子,谯周乃蜀中大儒,刘禅投降,是谯周的建议和策划,对此,他的另一弟子,《三国志》作者陈寿,在书中给予了高度评价,说"一邦蒙赖,周之谋也"。我认为陈寿置评是妥帖公允的,统一乃大势所趋,不该再让百姓受涂炭之苦。我相信,李密和陈寿是相同的看法。

从甘南到天水

　　甘肃首先是以一个"陇"字让我认知。"屯军陇上",证明这是个军事重地,地控河源,旁通要塞,谁都想争。一句"得陇望蜀",又让它和四川发生了联系。直到如今,四川九寨沟的某个乡,要去本县的另一个乡,还需绕道甘肃。甘南的民族、风俗和自然景观,与川西高原相同或类似。这种比较不是我的本意。出发去甘肃前,我已提醒过自己:把固有的习惯洗去,把边界意识洗去,以融入的姿态,去认识一个新地方。

　　8月末,甘南的美奔扑眼底,路旁秋英盛开,红是大片的红,白是大片的白,红白相间处,映照着头顶的湛蓝。河流的那一边,远处的山弯里,横卧着黄澄澄的带状田土,那是油菜花。十年前在上海念书,甘肃的朋友见刚进4月,上海郊外就闷香四溢,十分惊讶,说他们甘肃,油菜花8月才开。单是这一点,他认为自己就开了眼界。时光不是笼统的概念,它从每个人、每种事物身上走过,赋予不同的含义。美仁草原雾气弥漫,正是这雾,成就了它更深远的辽阔。牛羊散散淡淡地吃着草。吃进的是草,挤出的是奶,奉献的是肉,生命的美和仁,就是这样阐释吗?米拉日巴佛阁回应着我的疑问。对仁德的拥有,往往是通过牺牲换来的。米拉日巴在洞窟中苦修的九年,浑身长满青苔,但这不是最难的,最难处在于建塔,建了又垮,垮了再建,那种西西弗斯似的折磨,可以直接摧毁一个人的意志。人是在成效中确立自身的价值,谁有勇气度过"无用"的关口,谁就可能了悟大道。

可对普通民众来说,那是精神上的奢侈。没有任何人,可以用任何理由,要求民众抛下眼前的生活,去寻求那种奢侈品。让穷的变富,让富的变文明,本身就是奢侈。多年前读斯诺的《西行漫记》,说在陕北苏区,哪怕见一个孩子,也不能用"喂"招呼,否则就不理你,而要称"同志"。这种高度的自尊,恰是文明的起点。在合作市东北角的下加拉村,我去一农家上厕所,主人指给我,却不让我立即进去,而是麻利地铲进两锨石灰,再让我去。厕所打扫得很干净,但因为不是抽水马桶,免不了有气味,她是用石灰压住那种气味。我不认为这是待客的周到,而是自尊使然。由此我坚定地相信,这家人,这个地方的人,脱贫不仅是自然的,而且是长久的。自尊方能自强,自尊必能自强。

在临潭县也碰到类似情形。让人感到亲切的是,作协系统有人在这里挂职,朱刚任副县长,陈涛在冶力关镇池沟村任了两年第一书记,现在换成翟民了。陈涛和翟民在池沟村的日子,我没听他们讲过,却是可以想象的。川东北渠县(作家王小波的祖居地,司马相如写《上林赋》,也取材于这里的巴渝舞)是个贫困大县,前年我去办事,碰到省妇联下去的曹佳佳,她在某村任第一书记,婚礼刚过就去了。去的头一夜,独自住在村委会,上厕所需下三层楼,穿过院坝,她半夜去趟厕所回来,被窝里就留下了几颗老鼠屎。那是大冬天,老鼠也冷,见人离开,就来蹭热。起初,各种不理解,各种委屈,一言难尽,有一次,她在会场上就痛哭起来。但我见到她时,她带我随便往农家走,还有百米远,家家的狗都跑过来接她,边往家里接,边疯狂地摇尾巴,生怕摇得不够热烈,她进了别人的家门。一年多来,她已在村里建起养殖基地、花椒基地、电商平台,并开办夜校,做家政培训,以及孩子遭遇性侵和落水时的自救教育。那里的男女老少，都亲切地称她"曹书记"。

到池沟村，也到处听到喊陈书记、翟书记。这里路面都已硬化，村前村后干净整洁，安宁祥和。村委会的图书馆，非常醒目，甚至可以说，这是一家豪华图书馆，许多名人字画，是别处找不到的。读过陈涛一篇文章，写他在池沟村的经历，没讲自己怎样辛苦，怎样付出，更没有豪言壮语，只有深情和沉思，那种寂寥、彷徨、倾心投入和发自内心的喜悦与不舍，都是可感可触贴心贴肺的真实记录。包括翟民，领导千里迢迢，从北京把他送进那个青藏高原东北边缘的小村，开始热热闹闹，突然，领导要离开，只留下他一人，他当即就流下了眼泪；但几十天过去，他已成为其中的一员，心里想的，是如何筹一笔款子，让当地干部（现在是他的同事）能出去见见世面，开阔眼界，以便更好地建设家乡。

奔赴全国各地的第一书记，就这样用他们的知识、见识和人脉，帮助贫困地区走出贫困。这是一场隐形革命，意义至少是两重的：一是对贫困地区；二是对挂职干部。那些二十多岁、三十多岁的年轻面孔，从城市出发，走向农村，亲自参与了这场革命，对调查之风和实干精神的培育，对价值观的形成和修正，都将起着不可估量的作用。

甘南是个好地方，某宾馆大厅悬挂的巨幅拼贴照，看上去明明白白就像江南。可是"像"有什么好的？它不是江南，它就是甘南。作为距内地最近的雪域高原，草场、湖泊、奇石、森林，闲闲地一放，就自成景观。峭壁舒展，绝像册页。山野横越，竟为卧佛。如指，如掌，如翼，本以为是巨型现代雕塑，走近了看，却是天然黄土堆。我尤其喜爱从冶力关镇流过的河流，它叫冶木河，据说是伐木年代借它运输而起的名字，现在不运木头，只运水，清澈见底，层层下落，不急，不吼,淙淙轻唱,如鸣佩环。伸手一摸,就摸到雪山的气息:圣洁的气息。圣洁都是冷质的。在江南的 8 月,找不到这样的河流。至于当周草原上聚十万之众的文化节,歌舞、赛马、拔河……更是别处所没有。

从甘南到天水,空间距离说不上远,三百多公里,但现代社会的标志,其中一条就是不以空间计算距离,是以时间。时间距离就比较远了,驾车要五个多钟头。在西部,在甘肃,尽管也修了若干高速路,特别是天水,1994 年就有高速路通车,但与发达地区相比,还远没有形成高速路网络。但从另一层面上讲,当世界因为速度使人们渐渐失去了空间感,慢一些未必就是坏事。有时候,冷静观察比拔腿就跑更有成效。

何况,多用一些时间达到天水,是值得的。

天水这名字是怎么来的?是因为横跨长江黄河吗?我问当地朋友,他们说,是东汉某年,天大旱,绝望之际,地缝裂开,天上垂下一条河流,称"天河注水",天河将地缝注满,形成湖泊,"春不涸,夏不溢,四季湮然"。以之灌溉和饮用,禾苗茁壮,树木葱茏,小伙强健,姑娘俊俏。对这传说我也不是很喜欢。有些东西尽管含糊些,反而更美。倒是这里的一户人家,让我有豁然开朗的感觉,这户人家的屋檐水,一头流入嘉陵江,一头注入渭河,单檐分二水,不偏不倚,顾念着长江黄河两大水系,真乃天下独绝。

作为丝绸之路和兵家争锋处(诸葛亮五伐中原,四次取道天水),天水已呈现了它的特殊地位,但还远远不止。它是华夏文明的重要发祥地,相传人文始祖伏羲、女娲和轩辕黄帝都诞生于此,是"羲轩桑梓"。全国许多地方,都有伏羲庙,也都说伏羲是他们那里人,但我觉得,说他是天水人更靠谱些。你要我讲理由,我是讲不出来的,就是个感觉而已。天异之才,生天异之地,仿佛是理所当然的事情。仔细端详伏羲塑像（国内唯一塑像），身披树叶，胸膛裸露，手执八卦，劈腿端坐，圆头大耳，眼含惊异，面带忧愁。从某种角度说，他是独自面对这个世界，他要为天下苍生承担他的使命。

巧的是，中国作协李晓东也曾到天水挂职，任市委常委、副市长，因而能掌握全局，对天水的文化古迹和历史名人如数家珍：天水是中国县制初始地，其甘谷县号称"华夏第一县"；麦积山石窟是中国四大石窟之一，被称为"东方雕塑馆"；出生天水的雷达，"相当长时间里执中国文学批评界牛耳"……我们到天水花的时间长些，去麦积山石窟甚至很颠簸，但这又有什么可说的呢？天水是让人虔敬和仰视的，如此地界，总会不容易到达。

看了麦积山石窟，我不想说话。我说不好。我只是为一种信念震撼。该是怎样的信念，又是怎样的手，才能经年累月，把慈悲和祝福固定在绝壁之上，惠及千余年后的子孙。

距市区约六公里的玉泉镇李官湾村，是个极美的村子，此地山势平缓，白云和绿野，想看就看。但我说的美不是指这个，是指依山而建的村舍。庄稼和花草，傍屋而生，家家户户的外墙，都成了艺术展台：夹板一挂，如舞蹈的人影；笤帚涂了色，再画个头和身子，就成了高视阔步的孔雀；四架楼梯组成菱形，旁边画几朵向日葵，写一句"幸福都是奋斗出来"；犁铧拼成两颗五角星，中间悬一盏马灯，寓意深远……时代进步了，有些东西被淘汰了，但它们曾经陪伴我们的日日夜夜，成为我们的乡愁，记住它们，不仅是需要，也是义务。布新，不是简单地除旧。如此，祖祖辈辈是怎样走过来的，新中国七十年是怎样走过来的，就活在我们的记忆里，久而久之，便融入传统，成为文化的一部分。

从上里归来

从上里归来,已有好些时日了,心里却一直丢不下。这在我是少有的。近些年来,天南地北地跑,往往是人还没离开,印象就已模糊,只剩了一些阳光和风,照耀和吹送在我生命中的某个时刻,而那一时刻,是不会去回望的。来不及回望。我们都过得太匆忙,仿佛有什么非凡的要务,在前方等着,必须赶着去做,做过之后,又急着赶往下一站。如果稍微质朴些,我们就会承认,自己急的,其实是欲望,我们在某个地界奔忙,生怕错失了另一个地界,仰望着头顶的星空,生怕错失了另一片星空。停下来,看看风怎样吹,云怎样飘,小草怎样生长,已经是相当遥远的事情了。而这,恰恰是上里不能让我忘怀的地方。

去上里之前,我并不知道有上里,便去网上恶补相关知识;说恶补是夸张了,因为对上里的描述,是很简陋的,三言两语之中,透露出它曾是南方丝绸之路的重要驿站。想当年,从成都出发前往身毒国(印度)的客商马帮,从临邛古道过来,要进入雅安,就必须走上里。上里,上三十里的简称;与之呼应,有中里和下里。这名字多好。雅安许多地方的名字好,包括河流的名字。十余年前,我跟朋友去稻城,路经雅安城外的青衣江,死活要朋友停车,我要下到江边摸一摸。春节期间,盛寒时节,江水冰凉刺骨,却也不曾破坏了它在我心目中的温良女子形象。上里这名字里,有起点,有距离,有时间,有温度,让人在千百年后,还能听见古时的鸡啼,看见朝阳或晚霞之中,队队人马扫着露珠,拉长影子,走向近处或远方,马帮的铃铛声,背夫的打杵声,以及他们一路歌唱的相似的爱情和哀伤,都被两个字说尽:上里。此一去,长路漫漫,艰辛、耐性、思念包括无助,在那名字里也都有了。我曾在雅安生态博物园,见一背夫的老照片,半途支了打杵歇脚,背夹上横着茶叶条,每条二十斤,数一数,竟有十六条,他简直是背着一座茶山,在崎岖入云的山道上挣生活。那山道,乱石嵯峨,恶风劲吹,稍不留神,家里人就等不回他了。然而,无论怎样的艰难险阻,都挡不住生活本身。这正是南方丝绸之路的特质,也是沿路民众的血性。

所以,走进上里,我便替先人感念着它的温柔。放眼望去,群山环抱,天设地造出"十八罗汉拜观音"的奇观,但山间镇子,平坦得让人动容。我能想象先人们即将到达上里时的轻松愉悦。不过,是先有了上里镇,还是上里镇因商而起,因商而兴,我并不十分清楚。想必是后者。五大绅家——杨家顶子(官宦仕家)、韩家银子(经商钱多)、陈家谷子(粮田广布)、许家女子(长得好看)、张家碇子(习武卖药)——的声名远播,见证着当年马挨马耳人挨肩的盛况。街边桥埠的碑刻木牌,时常能见到这样的训诫:"留财不如留名","贤者多财损其志,愚者多财生其过"。这分明是财富累积后的一种自觉矫正。自觉,在别处会成为追求,而在上里,则是内在需要,几乎来自天然,既不拿腔作势,更不声色俱厉,它只是轻轻的,不费力气的,吹拂和浸润。河水割镇而去,不急,不缓,是心跳和呼吸的节奏。河有两条,白马河与黄茅溪,所谓"二水夹明镜,双桥落彩虹"。黄茅溪清澈见底,白马河略有混浊,是下过雨的缘故,也是来路不同使然。两条河流,清而不浅,浊而不脏。上里镇是干净的,干净得仿佛能随便往下躺。

雨后的石板街,明明暗暗,旧与新,古与今,便有了各自的光泽。昔时的繁盛,以近乎谦卑的姿态,在今日的光影里流传。白马寺的传说,二仙桥的故事,韩家大院的镶雕、天井、青苔和盆景,以及戏楼上的巨大脸谱,店铺里的活色生鲜,客栈楼的清雅舒适,每一宗都叫人迷恋,但我也不去说它们;这些,去了,就知道了。每走一程,就能和一棵古树碰面,我曾在一篇文章里写,只要有树,证明上天对人类还没失去信心,只要有古树,证明人类还没失去光荣,但我依然不在这里说。

我要说的,是上里镇给予我的安定感。

刚进镇子,这感觉就有了,完全说不清缘由。我只是觉得,自己突然间有了一个停顿。停顿之后,那些司空见惯的事物,都被我看见了。楼前的红灯笼,静静地挂在那里。一辆三轮车,闲闲地停在那里。有条黄狗从那边过来,步态从容。瓦屋顶和残墙上的花草,蓊蓊郁郁,自在生长。曲径深巷,堤上石条,都好奇地睁大眼睛。河边水汽氤氲的砥岸,摆放着几把藤椅,藤椅空着,等人去坐,人不去,它也无所谓。水中枝条和屋舍的倒影,是另一个上里。从街上走过的男男女女,既不欢笑,也不忧愁,更不高声喧闹。上里镇很安静。我是指气质上,它非常的安静。无论从哪家店前经过,都听不见一声吆喝。此等景象,在我走过的数十个古镇当中,唯茅台镇可比,茅台镇杏旗招展,酒坛林立,但没有吆喝声,这是因为茅台酒的缘故,使它镇定大气,"酒香不怕巷子深"这句老话,在别处早被嘲笑,而茅台镇却还视为真理。可是上里呢? 上里凭什么显得如此沉着? 我不知道,我只是被它的安静感动着。它把声音留给花开。时令正好,鸡蛋花沿河绽放,白马河畔的大片田野,油菜花黄灼灼的,微风过处,香气弥漫。同时,它也把声音留给记忆,走到戏楼跟前,我听见了那脸谱的唱腔,也听见了各类响器的伴奏，"噫呀——"，一声呼唤，多少旧时光阴，便与当下合流。

这种厚实、饱满和丰饶，上里，是唯一的。

心里美好，走过一段，我便对同行的寇青先生说：喝茶吧，到上里不喝茶，浪费了。

浪费什么呢？我同样不知道。住在城市里的人，总会时不时带了远方来客，或邀约了三朋四友，喝酒，或者喝茶，我也一样；但老实说，多数时候，我都觉得是一种浪费。浪费了光阴。而在上里，却是反过来了，即使在茶椅上坐一天半天，也不觉得是浪费时间。我说过，在这里，我有了一个停顿，我看见了那些司空见惯的事物，看见了，就有了意义，那些事物就变成了我自己的一部分。这是久已荒疏的经验了。常识告诉我们，太阳在一天中有两个时段离它自己的影子最近，一是日出时分，一是日落时分。人也如此，幼年和老年，才知道与自己合体，中间的大片时光，多是和自我分离的。与自我分离的过程，就是与大自然分离的过程，同时也是被驱使的过程。我，还有我们，要么顺流而下，要么逆流而上，从远方走向远方，然后是更远方，目标成为最强劲的漂白剂，清洗着一路上的生动细节，正如一个星期游历了欧洲十国，回家来看照片，才知道去过哪里。上里却提醒你慢下来，注视那些细节。这是最让我感到神奇的地方。按理，因商而兴的城镇，往往不具有这样的能力，上里却偏偏有，它让我想一些事，却不强迫我想，让我关注生命本身，也不强迫我关注。一切都是自自然然的，如清风起于草梢。坐在河边，听着水声，喝着清茶，我能分明感觉到，自己正恢复着元气，或者说生长着元气。从上里归来多日，依旧元气淋漓，这是上里给的。

在我们的文明中，惯于把集体之功归于具体的个人，比如创造文字,就归了仓颉,仓颉造字,鬼神哭泣,鬼神为什么哭,一说是因为有了文字,人便取代了神的地位,能为万物命名,一说是有了文字,人便走上了不归路。两种说法都很有意思,但在现代社会里,第二种说法更具警示意义,当由文字积累起来的文明,对大自然少了尊重和敬意,且不是让人安定,而是使人焦虑,并从根本上丧失人的完整性,说成不归路,就不是危言耸听。

正由于此,上里给予的启迪,才叫我们深长思之。

我们去那天,四川美院的四百多学生,分布在上里的各个角落,用水墨丹青,描绘着这里的风物韵致,成为上里的又一道景观。据说他们每年都去,有时一次多达千余人。

大地的记忆

记得第一次去川西,见起伏的草原和绵延的群山之上,空荡荡的蓝天上,悬着一只鹰——唯有那只鹰,连一丝云也没有;那鹰凝然不动,俯视大野,使人顿生沉默的震骇。但后来去得多了,就有些见惯不惊,仿佛一切都是自然的,那片土地就该是那样的。

土地这个词,通常会赋予人宽度,而在川西,却是高度,升上去,再升上去,似乎一生的使命,就是和天靠得更近些。可这也说不上独特,中国陆地面积九百六十万平方公里,如此地界比比皆是。阿来的《尘埃落定》,让我们知道了那带群山里的欲望,跟群山之外本无不同;阿坝州马尔康市做的宣传片里,说《尘埃落定》揭开了"四土地区"的神秘面纱,事实上,揭开之后,我们发现并不神秘。我们是一样的。

马尔康历史悠远,但我们在谈论历史的时候,往往是谈人类史,比如"四土",就是土司制度兴起后的称谓;嘉绒藏族十八个土司中的卓克基、松岗、党坝和梭磨,合称"四土",马尔康市,便是以他们的属地为雏形建立起来。不过,即便只谈人类史,土司制度也是很晚近的事了。从市区出发,几十分钟车程之后,就到了沙尔宗乡,那里有条河,名叫茶堡河。茶堡河北岸的三级台地上,有个哈休遗址,是四川地区发现最早的新石器时代遗址,比三星堆和金沙遗址等古蜀国文明,比我老家罗家坝遗址等古巴人文明,都早了千年左右,其中的文化元素,不仅包括本地土著文化,还有来自中原的仰韶文化和甘肃、青海的马家窑文化。在人类文明的萌芽时期,这里就是走廊,也是熔炉。马尔康,意为"火苗旺盛的地方",其最初的寓意,或许并不是高寒山区对温暖的向往。

距哈休遗址几百米处,紧靠茶堡河,有一民居博物馆:阿尔莫克莎民居博物馆。2016年,马尔康作家杨素筠领着一群古村落考察专家,发现了这处民居。杨素筠说,他们到来后,屋主人阿让请他们去看看他的房子,她暂时答应下来,但有别的事离开了。返程中,见阿让睡在河畔一棵古老而巨大的白杨树下,将他摇醒,问为什么睡在这里,他说:我怕你们走过去了,不去看我的房子了。于是去。经考证,方知这民居已有数百年历史,且内部结构未作任何破坏。这是一个活化石。房子共七层,一楼养畜、排便,相当于人的肠子;二楼搁草料、做饮食,好比人的肚子;三楼是火堂,很温暖,如同心脏;四五楼有回廊,晾晒粮食,也代表母亲的胸脯和怀抱;六楼是经堂,家庭重要仪式都在那里举行,似人的大脑;七楼插经幡,离天空近,可看成人的思想。

这是一个完整的生命体。

其全部智慧,就在于它的整体性。

人与自然的整体性。

人在自然当中,而不是自然的拥有者。因此,他们见了一只麻雀,也心生欢喜。他们把麻雀叫卡布基。这天,我们去梭磨土司官寨旧址,刚站下来,农家屋檐就飞来一群卡布基,那些土黄色的小生命,在乱纷纷的雪花里喳喳鸣叫。杨素筠说,明年又会丰收吉祥,百姓又会欢声笑语。去大藏寺,见跑来一只狗,立即就想到在远古洪荒,是狗游过漫天大水,用尾巴为人类带来了种子。见到一棵树,就想到森林,想到万木葱茏和百兽突奔。一切都充满快乐,充满生机和希望,且与人类有着割不断的亲缘。"你什么时候最高兴?"当这样问一个乡间的阿婆,阿婆的回答是:"有风吹过寨子的时候。"

山水赋予人想象,也赐给人胸怀。每次到川西高原,我都会想,信息催生文明,从爱琴海到地中海,再到大西洋、太平洋,这些文明胜地都源于信息发达,然而,人也可能在信息面前让生命局部化、被动化。科学至上主义,已让西方文明千疮百孔,这是罗素、池田大作等哲人早就指出过的,并且指出,要修补人类文明,只能向东方的天人合一思想求救。天人合一,就是尊重直觉,就是整体性。

在当今世界,整体性是微风。但微风不是小风,而是来自灵魂深处的温和的风,温和到近乎静谧,静谧到近乎不存在。但它是存在的,只是我们的感知被严重毁损了。到川西,到马尔康,便是对直觉的唤醒。从马尔康穿城而过的梭磨河,是大渡河一级支流,节令虽入深秋,依旧翻滚咆哮,像是在一路呼喊,报告天知地知人也要知的重要事件。去的当天,我对天真烂漫又正大庄严的诗人张新泉老师说:重要事件就是我们来了。他跟旁人说话,没听见。幸好没听见。尽管我的话并非狂妄,任何一种形迹都会改变一个小生境,浇下一瓢水,可能让世代祖居的蚂蚁家毁人亡,栽下一棵树,鸟们就能站下来歌唱了——尽管如此,我还是感觉到,梭磨河呼喊的,可能不是我们来了,而是"你们来了"。

对整体性的丧失,马尔康人早就有了警惕。阿尔莫克莎民居博物馆旁边的茶堡河里,传说有龙女居住,阿尔莫的意思,就是"龙生活的地方"。前些年,上游疯狂伐木,木料白天黑夜顺河而下,冲撞得龙女伤痕累累,她就离开了,是在某个清早离开的:天蒙蒙亮,打早起来牧牛的妇人,见一道金光,旋转着卷了满河流水,向天而去。河畔三棵白杨树,早就爱上了龙女,见龙女走了,伤心,死掉了两棵。只有阿让曾在下面躺卧的那棵,一直等在那里,因为它相信,龙女还会回来。

那龙女会回来吗?白杨树不会白等吗?

当问题摆在面前,我即刻想起十九世纪中叶,印第安酋长西雅图一封著名的信。信中说:地球上的每一根松针,每一片草地,每一颗露珠,每一只嗡嗡作响的昆虫,包括黑森林里的薄雾,在我们的经验中都是圣洁的,都是我们的兄弟;小溪和大河中闪烁的流水,不只是水,还是祖先的血液……马尔康人也是这样看的,他们心中常存大地的记忆,并以大地是人类母亲的信念,给出了回答。

高高的兴安岭

在漠河北极村,晚间小聚,听当地朋友唱歌,唱的是《高高的兴安岭》。我静静地听着,心想,你如果去过我老家,抬脚就走站起来的路,一直站到云端里,词汇中没有远处,只有高处,偶尔说到远处,也是指高处,你大概就不会唱这首歌了。这想法里的促狭,我是后来才感觉到的。我用自己对山的固有印象,去鉴定天下万山。在我眼里,兴安岭几乎是躺着的,只见起伏,不见耸峙,更不见孤峰耸峙。兴安岭,或者说我正身处的大兴安岭,完全超出了我经验的范畴。也正因此,我知道了,形容山,除了高峻,还有辽阔。

事实上,早在八年前,我独自从成都前往哈尔滨,又从哈尔滨飞抵漠河,便即刻觉察到地域的辽阔是如何赋予了修辞的辽阔。他们把土地或田地,哪怕只是一小块,都称作大地。"他上大地去了",是说,他下田地去了。当我在一个停电的夜晚深入北极村,住进一家私人旅社,听他们这样谈论刚刚收割了庄稼的田土,感到异常震惊,震惊得像裂开一道光明,豁然贯通。就在那家旅社里,我结识了一位名叫陈富铨的台湾朋友,他和我的感觉完全一样,且奇迹般地有着相似的回忆:小时候写作文,提到"大地",都是苍茫混沌的泛指,现在被具体化了,并因此生动起来。世间的每片土地,因为对种子的接纳,对万物的滋养,都能担当起"大地"的神圣称谓,何况是在绵延千余公里的大兴安岭。

是日月星辰和山鹰云朵，成就了关于高度的想象，是江河奔流和野马迁徙，成就了关于宽度的想象。而大兴安岭不是：大兴安岭的辽阔，是林木成就的。那些站定的生命，只需一方土，一点阳光雨露，就能争高直指，绵延出广袤森林。上次来，因为要从漠河直下广州，战线漫长，行程仓促，对这片大森林，差不多是从陌生还给陌生。当我再次进入大兴安岭，感触便深了许多，对那种单纯而专注的生命信仰，充满敬意。汽车在林道间飞驰，透过车窗，见落叶松和樟子松筑成绿墙，白桦树如从绿墙渗下的白水。某些白桦弯曲了，想必是风吹的，弯曲得俯身于地，破裂的地方，发黑，但依然活着。要走进一片森林的内心，最好的方式，是仔细观察一棵树。所谓仔细，其实只要看见就好。看是一个词，看见是另一个词，把看的对象放到心里去，看就转化为看见。人的一生，即使是旅行家，能去的地方也有限，所以每到一地，我都珍惜，都问自己：我将以怎样的感激，来回报我到过的每寸土地。结论是无以为报，只是记住某座桥梁，某块石头，某方田土。到大兴安岭，就是记住一棵树，它的名字、大小、质地、形状和色彩。很少有人用自尊心这样的词语，去描述一棵树，可这样的词语正适合于它们。当你看见了它，它们就跟着活起来，一片森林的内心，就这样和你靠近。人们用见木不见林，来贬抑目光短浅的人，而见林不见木，何尝不是更加傲慢和冷漠的短见。

凡原始林带，树木都长得特别直，如尺子量过。是为了抢阳光。树们不要老师教，就知道直线是捷径。而人工栽种的区域，因留出了足够空间，就长得有些懒洋洋的，也没那么挺拔。这种出自本能的自然哲学，被人类完整继承。在图强林业博物馆，见到数十种动物标本，谁以谁为食，是上天立定的法则，这法则写在无影碑上，四个大字，是"弱肉强食"。动物没有生命权，弱者尤其没有。强者以无须过脑的凌厉,对弱者下手。人呢?人应尊重所有人的生命,这是人为人立定的法则。只是往往无效。位于哈尔滨平房区的 731 陈列馆,那些囚车、刑具和以公斤计数的细菌,构成黑色的存在。每次看到有关 731 的文字和影像,我都感觉自己作为人的尊严降了一层,实地观看,更有种坠落感。法西斯铸成的罪恶,潜伏进每个人心里。只有愤怒,是不够的。同时进馆的另一个参观团,是十余位来自阿拉伯世界的朋友,他们听着解说,脸上像渐次熄灭的灯盏。我不懂他们的语言,没法和他们交流,但神情告诉我,他们在惊诧,在吞咽,在消化和反思。我们都是。反思的结果,多半会得出这样的感想:"落后就要受欺,就要挨打。"这感想并不新鲜,几成真理。凡真理都很日常,都不新鲜。可如果那是永远的真理,人就说不上尊严。

　　好在大兴安岭的绿,诉说着另一种故事。

　　如前所述,它撤除了我心里的一道栅栏,其实是我心里的边界感:经验的边界,想象的边界,修辞的边界,认识的边界。不过,在大兴安岭地区,边界意识同样强烈。一路走去,越靠近北极村,相同内容的牌子就越是频繁出现:"野生动物最北的天堂。"动物们会这样想吗?即使在北极村,也还有更北方,那更北方就不是它们的天堂吗?事实上,俄罗斯的狍子,会渡过黑龙江来到中国,中国的狍子,也会渡江去往俄罗斯。这是当地人常见的景象。动物自然也有边界,但遵从的是它们自身的规律,不是人类的国境线。我一直认为,边界或者说边界感,是个好东西,因为对许多事物的明晰,依赖的是边界感的确立而非瓦解。何况有国家,就必有边界。可如果站在边界上的,不是冰冷的岗楼哨所,而是如大兴安岭般的绿色屏障,边界的意义,就不是阻隔,而是沟通,是人类命运共同体的构建者。

　　中国主要林区,我在初中地理课上,就知道有个大兴安岭。但不只把它当成知识知道，而是从心里知道，是 1987 年的夏天。这年的 5 月 6 日，大兴安岭发生了新中国成立以来最严重的森林火灾。远在山城念书的我和我们，天天收听新闻，天天为这事揪心。到如今，三十年过去了，在这个初秋的夜晚，我和采访团的朋友聚于北极村，三个老家在黑龙江的女子，听说在座的郑法权政委曾奔赴大兴安岭救火，齐生生起立，为郑政委敬茶。那时候，这三个女子，有的才几岁，有的还没出生。此情此景，令人动容。我似乎明白了，大兴安岭地区何以能够浴火重生。休说四十年、三十年，就是与我上次来的八年前相比，这片土地也大大的变了样子，城镇和乡村，都和林区一样，安宁祥和中涌动着蓬勃生机。

在中国的版图上，东北是令人尊敬的地方，大兴安岭是令人尊敬的地方，雅克萨的自卫反击战，李金镛的开矿安边，抗日联军的可歌可泣，重工业对共和国做出的巨大贡献……每宗事，都气势磅礴，顶天立地。不只是地域的辽阔赋予了修辞的辽阔，是这片土地上的人，用他们的英勇和牺牲，成就了辽阔壮美的画卷。而今，阵痛之后，这里早已成功转型，大兴安岭建立起严密的生态保护网，让绿色成为鲜明底色，让绿水青山成了金山银山，吸引着八方来客。有天在漠河县城吃午饭，竟碰到我的两位老乡，是对年逾七旬的夫妻，把儿孙安顿好了，就想看看大好河山，第一站，就到祖国的北疆来了。

高高的兴安岭，他们有资格这样唱。那高，是情感的饱满，精神的伟岸。

黄河的花腰带

一

讲述黄河故事,许多时候,是讲述黄河两岸和黄河高处的故事,即人的故事。黄河作为文化基因,早暗植于国人体内。我出生的地方,也有一条大河,名叫州河,浩浩汤汤,汇入长江,因此可以说,我是长江人,但也对黄河深怀信仰。十九岁那年,因家事去北京,去时匆匆,回程中有了闲情,就渴望着看一眼黄河。听人讲,途经郑州,就能看到黄河了,但要等到凌晨3点。生怕错过,便硬撑着不闭眼睛。身上无钟表,每过一阵,就去问乘务员。那年月,火车走得跟时光一样慢,问若干次,还磨蹭在郑州的更北方。终于,郑州到了,黄河扑过来了,可扑到眼前的,是固体般的浓黑。黄河,连同它奔流的响声,都隐于黑暗的深渊里。

真的看到黄河,是多年以后的事了。

见识黄河之前,我还先领受了黄河人的友谊。

同样是在郑州。

那年,《中国国家地理》杂志约篇文章,书写中国第三台地从北到南的秋天,觉得有意思,就答应下来。这不是想象中的文字,得实地调查,我将北极村定为起点,一路南下,直至广州,但出发地是成都。成都当日气温34摄氏度,心想北极村再凉,也不至于凉到冷,便只带了单衣单裤,而事实上,那里已是零下9度,寒风遒劲,能把人肢解。由此可见,辽阔和差异,在我心里是多么抽象。没有差异就没有文化,没有对差异的认知,也不能成为文化人。付出代价几乎就是必然的了。重感冒加高烧,晕晕沉沉从东北到了华北。尽管虚弱得像随时都会"过去",也没跟任何人联系;出发前我就给自己定了规矩,无论走到哪儿,都不找当地朋友。是怕人世的热络缭乱了我对自然的感觉。自然是挑剔的,不喜欢热闹。

然而,在郑州下车后,我打出了第一个电话。

接电话的是孙方友。那时候他头发白了,却还活蹦乱跳的,写着他的《陈州笔记》。跟方友大哥,我其实说不上很熟,只是几年前见过一面,留了电话。在身体最糟糕的时候,也没惊动交往多年的友人,却偏偏在郑州找他,至今想来,也不可解。不可解的事,或许就是最自然的事。方友高声大气的,要来车站接我,我不让他接,叫指个地方,我打车过去。路程并不远,只是当年的郑州,正大兴土木,车堵人塞,绕了许多弯子,近一个钟头才到。方友、墨白兄弟,带着他们的家人,请我吃饭。见到这热情的一家子,浸透骨髓的疲乏,我一抖就抖掉了,持续的高烧也退了,突然就精神起来,边喝酒,边说话。

说的是黄河边的话。

人类的权力体系里,有陆权、海权之分,如学者李晓鹏所言,陆权曾长期居于权力版图的核心,但近代以来,海权以其商业特质,方便调集各方资源,有效降低交通成本,逐渐成为霸权。黄河流域以农业为本,黄河也因此成为华夏文明的母亲河——能成此大业者,地球上仅有几处,因为它条件苛刻,既要有大河,又不能太湿润,否则森林遍布,无法农耕。这恰是黄河与长江的区别。可当海洋文明崛起,大河文明要拼得一席之地,艰辛是定然的,成不成还不一定。尤其是位于黄河中下游的中原,深居内陆,又是黄泛区主要受害者,长长远远的,都俯伏于命运。我小时候,老家也算够穷的了,却常招待河南、安徽等地来人,他们为一口饭,流浪四方。那时候谁也想不到,河南会成为全国交通枢纽,建立起人流物流信息流网络,也想不到中国八大古都之一的郑州,会成为人口超千万的特大城市,进入最佳商业城市榜单,积极参与国际竞争。

二

"九曲黄河万里沙",这是刘禹锡的诗。我猜想,刘禹锡只到过黄土高原之下的黄河。我曾去离黄河源头不远的果洛草原,也曾去黄河在四川境内的松潘草地,那真是碧水蓝天。水流为河,水集为湖,碧水蓝天似乎只该用来说湖泊,可要是你在黄河上游见过奔流的蓝天,就知道黄河之命名,真是冤枉了它。

黄河在哪里变黄,是很明显的事。从什么时候变黄,就众说纷纭了。古称黄河为河,正如称长江为江,是一种霸气,它们配得上这种霸气,"长江"一词,源于王羲之书信,"黄河"则始见于《汉书》,从命名即诞生的角度讲,我们有理由认为,班固之前的黄河,是可以不叫黄河的。

是黄河自己,也是人类,让它成了黄河。

前者没什么可说,河要自己找路,而黄河天生是带着使命的,前路坎坷,不断迁徙,每次迁徙,都如民谣所唱:"鬼无墓,人无庐,百万田产了无余。"因此我们既称黄河为母亲河,又称其为害河。但黄河为害之前,自己首先遭到了侵害。想想中原大地曾经古象成群,听听黄河流域不息的干戈和斧斤之声,就会明白,黄河本身说不上错,是我们一直在愧对黄河。人类的战争,只统计人杀人,不统计对自然的巨大破坏,"火烧博望坡"之类,也只是当成战术,博望坡的花草树木,飞禽走兽,并不进入人类的史书。而对征战和权力的欲望,可谓死而不已,黄河流域一家帝王墓里,殉葬战马近千匹,战马惊恐的嘶鸣早化为沉默,却以沉默让我们深深震撼。不过,古代帝王到底是缺乏想象力的,要么就是还残存着敬畏之心,毕竟,他们没拉黄河来为自己陪葬,也没做一条黄河模型为自己陪葬。可是谁知道呢,很可能,只是怕黄河太潮,会让自己速朽。所谓"生在苏杭,死葬北邙",不仅因为黄河南岸的邙山"风水好",还因为干燥得好。

从公元前 602 年至二十世纪三十年代,伴随着人类文明史,黄河决口 1590 次,这其中有多少次是人为所致?1938 年,为阻日军西进,扒开花园口,结果未损日军一兵一卒,却淹死八十九万国民(河南占四十七万),这是中学历史都要学的,没学的是,近千年前的南宋,为阻金兵南下,就有人提出残毁黄河大堤"以水当兵"了。

所以,黄河是一本最好的教科书。

这部书的主题,是人与自然的关系和人与人的关系。

人是世界的谜。世间所有的谜,貌似坚固,其实都很脆弱,人敬天敬地,就是为守住这个谜。但某一天,人开始崇拜祖宗了。从这时候起,人不再把自己当成自然的一部分,而是与自然分离。人与自然分离的历史,与祖宗崇拜的历史一样漫长。也是从这时候起,人和自然共存,更和自然斗争。比如黄河,早在战国中期,就耸立起几百里长堤,这在黄河史上具有里程碑意义,它第一次改变了黄河的自然流状态,宣示了"人定胜天"的豪言与壮举。

然而,有一个人,却对人类的未来心存悲观。

这个人叫老子。

"天下名人，中州过半"，其中的头号名人，应该就是老子吧？那个从函谷关绝尘而去的背影，千载之下，还让后人感叹。老子赞赏低处的美，反对竞争、坚硬和强权，主张小国寡民、鸡犬相闻，这不是倒退吗？可世间的哲人和作家，都凭两种思维成就伟大：一是洞穿时代，看向前方；二是转过身去，回望来路。老子属于后者。人是为前方和希望活着的，后者便注定了只能成为小众。但这小众是刹车，警示着速度和深渊，避免车毁人亡。正因此，老子才被罗素、梭罗等反复提及，视之为人类的导师，尤其是工业文明之下的人类导师。如此说来，向后看其实也是向前看，时光奔跑的方向，并不是单一的方向，也不是我们眼睛看到的方向。何况人类对大自然的胜利，连恩格斯也说过沮丧话。他告诫，人类万不可得意于这种胜利，因为每一次胜利，都会受到大自然的报复。报复是深刻的，时至今日，黄河下游人养孩子，摇篮也是高挂树上，第一次见到这景象，我内心震动，万古悲情凝聚成的恐惧，在丽日晴天下也如影随形。

三

"因为小浪底，黄河水漫从百年不遇提升到了千年不遇。"许多人这样说。说得很骄傲。骄傲是可爱的，当骄傲得很天真的时候，人看不到那么远。

与之相比，倒是这句话让人动容："黄河长到天上去怎么办？"这是深怀忧患的诗人的语言。因为这句话，修了三门峡水坝。当年，专家们也是骄傲地认为，此坝一修，黄河将变清。事实证明，不仅没变清，还造成泥沙大量堆积，威胁八百里秦川。有人指证，这是鲧的悲剧。于是呼唤另一个水坝，这就是小浪底。小浪底离三门峡并不远，仅百余公里,但它是黄河中游最后一段峡谷出口处,也是黄河干流最后一个可筑大坝并获取较大库容的地方。二十世纪六十年代,就对小浪底进行勘探,数十年后方才建成,难度可想而知。小浪底集减淤、防洪、防凌、灌溉和发电为一体,且因库区位于晋豫峡谷,岛屿和险峰林立,湖光山色,风景绝佳,形成四十平方公里的"黄河三峡"奇观。也就是说,小浪底工程不仅治理着黄河,还开发着黄河。如此,骄傲一下是应该的。特别是"黄河三峡"之谓,很自然地让人想起长江三峡,中国的两条大河,终于形成呼应。

有时候我想,长江与黄河,作为青藏高原的两个孩子,离家后就进入茫茫尘世,再不见面,它们是多么孤单。

当然,它们在汪洋里相见。它们有着共同的归宿。正如黄河与恒河、尼罗河、底格里斯河、幼发拉底河,都在深海里融汇与轮回。

人世也是这样吗?

打开了看,人属于空间,但更属于时间。人是谜,时间也是。二里头遗址的发掘,是后人对古人的解密,从根本上讲,也是对后人自己的解密。专家认定,二里头是夏都遗址。夏朝真的存在吗?早有人说,夏朝是黄河下游的孔子臆造出来的,目的是颂先王之功,遏礼崩乐坏。包括治水的大禹,也不存在,只是神话中的一种肉虫。二里头遗址证明了孔子,也证明了《史记》,正如殷墟和甲骨文证明了商朝。有了二里头文物的证明,华夏文明便"由满天星斗变成了月明星稀"。那是华夏文明的渊源,也是最早的家谱——几乎什么都是最早的:最早的青铜器,最早的车辙,最早的宫墙,最早的城市规划,最早的王都……因而被称为"最早的中国"。这说法真好,把时间变成了物体。一个东西存在是重要的,对其发现和书写同样重要,所谓文明的累积,正在于后者。而今的二里头夏都遗址博物馆,气势恢弘,铜饰其身，连遗址内发现的夯土墙，也以米黄色呈现，一摸就摸出古意和华贵，若当年的夏王见了，不知会不会叹息自己生得太早。

小浪底在洛阳，二里头也在洛阳。

洛阳是一朵花。

这不是比喻，是实感。我小时候，每逢春节，父母就买回年画，最爱买的是一朵富贵花，下注"洛阳牡丹"。最奇的是，音节竟也构造形象，我无法想象牡丹会有另一个名字，也无法想象洛阳不叫洛阳。只是，国色牡丹，"花开时节动京城"的牡丹，却也有着暗淡的身世：冬日里，武则天要赏花，百花闻令开放，唯牡丹抗旨，武则天一怒之下，将牡丹从长安贬到了洛阳。帝王们喜欢制造这样的传说，男帝王女帝王都是，比如朱元璋一扫帚把观世音菩萨扫到了南海。看来王权不分性别，它只有一个性别，是单性繁殖的。不过，龙门石窟奉先寺里，以武则天为模特塑的卢舍那佛像，真美，美得端庄大气，那是深具内涵的美，是最高级的美，在这样的美面前，别的都可以不叫美，最多叫漂亮或者好看。

洛阳与我故乡达州，还有着上千年的缘分。出生洛阳的元稹，元和十年，获罪被贬。达州那时候叫通州，元稹贬任通州司马，在职四年，由最初的"垂死病中惊坐起，暗风吹雨入寒窗"，渐至振作，简化政令，劝民垦荒，使粮食和人口都显著增长，且以祭神为由，改变巫化观念，还修"戛云亭"，以兴诗会（戛云亭至今犹存）。当他离任时，百姓纷纷登上城后的凤凰山，目送他乘扁舟逆州河而上，遥遥远去。从那以后，达州每年正月初九举行登高节，称"元九登高"。凤凰山塑有元稹铜像，我回故乡，只要有空，都会去看看。

四

黄土高原让黄河得名，也让黄河成为世界上含沙量最大的河流，同样成为治理最难的河流。史家说，在中国漫长的封建社会里，最为强劲的敌人其实就两个：外敌入侵和黄河泛滥。有"河南小故宫"之称的嘉应观，入门一副对联："河涨河落维系皇冠顶戴，民心泰否关乎大清江山。"足见上述说法并非危言耸听。可也正是在与黄河的搏击中，增长着国人的勇气、勤勉和智慧。黄土高原上，出现了治沙专业户，他们将树种裹在驴粪蛋里，随手抛扬，遇雨即生。这情形看上去原始，却十分动人，关键是还卓有成效。黄泛区撒拉族嫁女，由姑妈为新娘梳妆打扮，且要抱起新娘，颠簸三次，以此祝愿新娘不断成长，变得越来越聪明。这并非单纯的民族风情，这风情背后，有个日夜挂心的暗影：黄河。

前文提及的三门峡大坝，可看成治黄成败的典范。

大坝横亘河道，堵塞奔流，所以被揶揄为如鲧之治水。当时有个强烈的呼声：炸掉大坝。炸掉是简单的，但也就承认失败了。承认失败有时候当然是一种气魄，但如果深入分析失败的原因，从而化败为成，就不仅是气魄，还是智慧了。三门峡大坝就走着后面这条路。事实证明，他们不是鲧，而是当代大禹。

因为修建三门峡大坝，兴起一座城。

因为三门峡大坝的建成，使这座城欣欣向荣。

这座城就是三门峡市。

一座被大禹用神斧将高山劈为人门、神门、鬼门而得名的城市。

一座通秦连晋、承东启西的城市。

一座距黄河最近的城市。

一座被称为"天鹅之城"的城市。

我在三门峡待的时间短,仰韶村遗址、虢国墓地遗址等国保单位,都没来得及去观赏,但我去了市内占地近九千亩的城市生态园。我是看天鹅去了。我去得太早了,天鹅大多没起床,细雨之中,湖面宁静,洁白生灵将灰蓝色水域覆盖的景象,我并没看到。但也足够好了,它们三三两两的,从另一片水域飞过来,像不愿惊扰了清晨,鸣声轻柔、内敛,落水之后,如同进了自家客厅,停下是自由,行动也是自由。

近岸干枯的芦苇丛中,密布着小水坑,两只天鹅歇在那里,歇一阵商量几句,便同时起身,上岸,迈着阔步,走向湖边。在那里,有五只小东西,浅黑色,怯怯地正准备下水,它们是它们的儿女吗?——这已经足够好了。

"黄河浪涌千堆雪,万朵霜云列阵来",这是嵌在堤岸上的诗句。人类的语言是多么贫乏,仿佛不用比喻,就什么也说明不了。天鹅就是天鹅,它不是"霜云",也不是"雪中仙子",更不寄托"逍遥世外闲"的隐逸风致。

叫它们天鹅,就足够好了。

我听说,三门峡的天鹅来自西伯利亚,它们到这里过冬来了。三门峡给了它们一个家。这真是三门峡的光荣。一个人是否具有深沉的涵养,一个地区和一个国家是否有着可以预期的未来,对万物的态度是根本验证。单是对远客天鹅的悉心呵护,三门峡就让我喜欢上了,何况它还那么清爽,干净。

而这些都是黄河赐予的。

黄河提供了盛大的水源和辽阔的冲积平原,也柔软和丰饶了人心。

黄河不安分,甚至很暴烈,可黄河是华夏民族的母亲河。

立于郑州的《哺育》雕像,表达的正是对母亲河的感激。

当人类懂得感激大自然,就踏上了自我建设和自我拯救之路。

山思而行

　　大山在冬眠之前,捧出它的全部艳丽。远处,是阳光照耀的彩叶林。对一座山而言,远处就是高处。在人类的语词里,它"高呀么高万丈"。一听即知,这是二郎山。在中国,以二郎山命名的,说不计其数是夸张了,但定然不少,就跟老君山和笔架山一样。同名同姓的山川,必定存在着隐秘的、类似于血亲般的联系。川西二郎山当是二郎山这一部落的头目,盘绕而去的川藏线,以及打通这条天路时的艰苦卓绝,早化为传说的一部分,甚至成为另一种传说。因此,每次走进雅安天全,向二郎山靠近,都感觉是向传说靠近。过于沉重的赋予,没几样东西能担负得起,就连二郎山也是,它便竭尽所能,逼近人的感官,呈现自身的斑斓。空气清寒,日光下澈,阔大山野上的带状林木,以站立的姿势,一步步登上天梯。风情这个词,应该是与风有关的,今天无风,无风却正是风情,或者说是风解风情,否则,将漫山红叶卷入泥土,不辞劳苦奔波而来的游人,就要空着相机回去了。

　　顺着这条思路,我可以絮絮叨叨,搬弄出许多废话来,但我知道,这类肤浅到粗鲁的解说,完全不得要领。二郎山如此庄肃,或许只是为了迎接冬天的降临。

　　秋深了,冬天很快就来了,二郎山已做好准备,决心以盛大收场。盛大总与喧闹同行,可今天的二郎山,安静得只有安静。倘若你是一位平庸的诗人,会把枫叶的红、银杏的黄、鹿池的湛蓝、隧道的巨眼和石头的沉思,描述成声音的交响,但那种轻滑的句子,实在说明不了什么。从寂静里扒出声音,借助的不是耳朵和语言。正如我们从一只冬眠的动物身上,难以感触到青春,可事实上,它们无不在沉睡中重建青春的王朝。我一直景仰那些敢于冬眠的物种,它们宁愿以错过一个季节为代价,来持守生命的完整。不像我,白天慌慌张张,夜梦里也害怕停顿,可最终,却是在时间和速度里,丢三落四地度过一生。如果把山看成一个物种,它是不会冬眠的,开篇所谓"大山在冬眠之前",无非是一种比喻,也是表达对节制和内省的敬意;山的职责,是为慢生命提供眠床,并负责在春暖花开时节将它们唤醒。这种宏深包涵和致密情思,是天宇间最辉煌的盛大,若化为声音,便高于雷阵。

所以,说二郎山以盛大收场,是一种误解。

它无时不盛大。此时的丽色风姿,只是被我们看见了,也是我们纤柔的灵魂言说自然的方式。天润万物,地发千祥,是与生俱来的慈悲和伦理,并不是要做给谁看。

一切,都是二郎山自己的事情,也是与它有关的所有生灵的事情。

这所有生灵,包括人类,但不包括人类带去的纱巾和相机。

第一次到这地界,是将近二十年前,时令比这次晚,漫山雪尘,孤鹰高翔,乌鸦乱飞,当时见到的天空比现在低,山体也更瘦、更高,刀片和弹头似的峰脊,把天割破,大块三角形云团,迅速向破裂处移动。天全的云好,二郎山顶,云候在那里,随时准备着去缝补天空的伤口。天全这名字,就是这样来的吗?那次,出了天全县城,一路向西,都有房,有人,有车,却也有了荒凉的气息。这气息是土地本身的,更是一个不惯于接近大自然的人几近荒败的感觉。如果在热爱和赞美之间选择,我选择热爱,热爱大于赞美,我从来无意于赞美什么。但我承认,无论人们落脚何处,无论日子多么苦寒,祖祖辈辈接受了那样的生活,并在那样的生活里走过来,不是悲哀,而是奇迹。我同时承认,再次来到二郎山,我的眼前和心底,都明亮了许多。这绝不单是季节的缘故。明亮是个好东西,可于我本人,却警惕起来了。我觉得它见证了我内心的贫薄。以前,看到路边一粒石子,或从山坳越过的飞鸟,我也敢说,自己目睹了世间最伟大的事物,而今还有那种襟怀吗? 表面化的生活,真的让我变得越来越贫薄了,我已没有力量进入宁静的核心,体味宁静的盛大和丰盈。

二郎山是作为一面镜子存在的。

这面镜子是感官的,也是深处的和底部的。

我喜欢的诗人说,山的意义,是让人一步一步脱离大地。他是说错了。山本身就是大地。我们爬上峰顶,也并不离天更近。离天更近又怎样呢? 越近,越生出对大地的依恋,这不需要经验,单凭直觉和想象就能得知。然而,当我们身处大地,却又只关心自己、经营自己,忘记了那些永恒的联系。二郎山的传说,远不止于人类。珙桐和大熊猫,早让这片土地声名远播。我无缘见到它们,连鹿和小熊猫也没见到;据说,小熊猫惯于孩子似的蹲在树上,鹿则在更深人静时分,结群来到村舍旁舔盐,眼睛在暗夜里闪闪发光——我见到的只有猴子。进入林区,猴子到处是,伏于草丛,攀在树梢,还跳到路当中来。它们进入我的视线,我即刻感到孤独。在野地见到任何动物,我都会生出这种情绪,即使身边游人如织,甚至还有许多熟人和朋友。开始不知缘由,后来明白了,这是在提示我:我与大自然有多么隔膜,距离有多么遥远,当我以游人的身份来到它们中间,显得是多么突兀和怪异。

"所谓修行,就是把人身上的动物性呼唤出来。"这是我一位老师说过的话。说得好。我们一直在强调人性,而强调人性的过程,很可能是把人从大自然中剥离出来的过程。人性内核里的精神性,在剥离过程中凸显出的浮薄、脆弱和不堪一击,已经充分证明过了。人的全部高贵,是珍视记忆和目标,并由此建立意义,动物也有记忆,但动物不会对记忆进行记忆,更不会把自己作为对象记忆,因而也就说不上文明;目标的确立,使人类高歌猛进,可另一方面,那种规划出来的人生,又何尝不是狭窄和丧失。比如,我们此行的第一站,是二郎山下的喇叭河,原以为,喇叭河如我见惯的河流,阔绰地铺展出两岸风景,却不是,它谦卑地隐于山间,以其白,又以其低,托出浓艳秋色和雄强高峻。趋艳和趋高,差不多是人的本能,以至于走过喇叭河,我还不知道那就是。我是回程中,在奔赴二郎山隧道的路上,才注意到它。我看见,稍微平坦的地界,河水便井然有序,迤逦前行,那种手牵手的感觉,着实令人动容。它们不知道要流向哪里,只知道自己在路上。这已经足够美好了。

　　天全县美好的事物很多。深邃的美好。报社采访时我曾说,每到天全一次,就感觉被丰富一次。青藏高原东坡,四川盆地西部边缘,进入康藏的门户,陆上丝绸之路的茶马古道,难以计数的珍稀动植物,单是这干瘪瘪的陈述,就能被引领,进入人类乃至地球的童年。还有天全县的地名,两个字,三个字,简简单单的,却覆着厚厚的沉积物:乐英、始阳、多功、破碱、黄大牙、锅浪跷……要不是担心篇幅,我可以列出一长串。弄清它们的来历尽管费神,却也不是不能,只是我暂时不想。其实,弄不弄清楚又有什么关系呢,那些音节就足够迷人,离开天全好些日子,我的舌尖还为它们弹动,像此刻,我就禁不住一遍一遍念着"锅浪跷",念得多了,我仿佛成了个古人——第一个说出这名字的人。

　　当然，我之所以不急于弄清，或许是希望再去天全，留到下次也未可知。

时间里的城市

　　在相当长的时日里,空间构成我最深的渴望,我曾靠两条腿,日行百里,靠飞机,日行万里。当我从远方归来,总爱以虚饰的言词,说他乡的好。远方比近处好,更远方比远方好,这是我当年的逻辑。遗憾的是,西安离我故乡不远,我割牛草时多走几步路,就到了大巴山区的花萼山,攀住山腰巉岩,摘大叶杜鹃吃,吃得肚子饱了,懒懒地朝那边张望,就望到了陕南的安康,安康过去是汉中,汉中再过去,就是西安了。可以想见,尽管我去过西安多次,却很少说它好话。要说,也不过是西安电影制片厂,还有那几位如日中天的作家,当然也不会漏掉兵马俑、古城墙和大雁塔。差不多就这些了。

　　如果还不知道一个地方的好,那就再去一次。这话是谁说的?记不起来。很可能是我自己说的。既然对西安那么无知,就再去一次吧。而且我想起来,我第一次去,哪里也没走动,就去看了大雁塔。那是二十年前,我兄弟在西安电子科大读书,毕业离校的前夕,腿上生病,要我去接,夜半时分找到学校,次日送他去医院,他输着液,我便朝大雁塔奔。当时我不知道"雁塔题名",也不知它在慈恩寺内,一路问过去,在塔下望几眼,就匆匆离开。那天的大雁塔是冷清的,塔身孤独站立,我这唯一的游人,没来得及向它致敬,而且也没那心思,就像读一本名声响亮的书,读完了,说声:原来不过如此。随后丢下,好像真的读懂了。

与其说这是西安或西安雁塔区留给我的最初印象，不如说，它再次指证了我的浮薄。对世界还一无所知，我就学会了小看一个地方，所谓远方比近处好，无非是云朵上的心志，也是借助空间延伸出的虚荣。

然而西安并不打算满足任何人的虚荣。

西安是时间里的城市。

理解时间里的城，需要慧根。因为时间无形。正如《雁塔圣教序》里说："形潜莫睹，在智犹迷。""在智"还迷，如我这般"蠢蠢凡愚"，就更觉茫然。

除非我能看见时间铸就的精魂。

走进陕西历史博物馆，就是走进了时间。

记得王立群先生曾讲，人类初始，还不能称为人。他们可以直立行走，但照样摘野果，饮鲜血，其中有一个——我相信就是第一展厅那位高眉凸嘴的大哥，对整个部落宣示说：朋友们，兄弟姐妹们，我们现在的生活已经很好啦，但肯定还有比这更好的，我们为什么不去找找看？言毕，他带领整个部落，踏上了征程。就这样，走着走着，就走成了人。我并不对里面的王朝更迭感兴趣，只对人感兴趣，刀耕火种，金戈铁马，一个幸福的母亲让婴儿俯卧在澡盆，为他搓背……这点点滴滴，都是时间的声音。从博物馆出来，是一次洗浴。洗去的是什么，那是因人而异的。至少，它教我们知道，在这世间，没有什么是理所当然。

"先有兴善，后有西安"，贾平凹先生在读者见面会上这样说。这说法被印证，倒不在于因大兴善寺形成了西安城，而是寺里的"种子字"。种子字，这说法漂亮。种子是用来发芽的，是用来长成大树开花结果的。西安有了这种子，就有了十三朝古都，就有了当世文学重镇。庙里对"真言"的阐释让我着迷,说真言包含文字、声音和意义。即是说,真言不只是意义层面,还有文字和声音层面。文字层面可以理解,声音层面却考验着理解力,但让我着迷的正在于此。想一想,我们用声音透露了多少,掩盖了多少。我凝神屏气,倾听时间深处的声音。我听见的,是木质和铁器,是人类文明的曲折迁进和志向不灭。

文明演进的过程,是不断突破边界的过程。回过头说我在陕博的所见。一尊喇叭裙女俑,是何年代,我没记下来,站在那独此一尊的女俑面前,我端详了老半天。塑这尊像的哥们儿,是个胆子很大且想象力奇崛的人,他并不知道自己的灵光乍现,为文明——至少为服饰文明——开辟了别样的路径。从那以后,衣服不再只是遮羞避寒,还有美。但这还不算什么,更令我惊讶的,是几尊扁身男俑。扁身,就是脊梁贴着肚皮,没长肠肝肚肺,这是人吗?是人,是玩出来的人。或许他是不高兴某几个家伙,就故意把他们糟蹋成这样。我能听见塑像人的笑声。在笑声当中,他凿开了现代艺术的通道。

西安就是这样,在时间里静悄悄地沉味和生长。

时间里的城都是内敛的。要不是这次去西安,我根本不知道雁塔区在经济总量、人均 GDP、中国百强城区的名次,都居西部首位。我还以为一说到西部,就什么都是成都好呢。恐怕连西安人自己也是这样看的吧?刚下榻银座酒店,就有西安的朋友问我:一到节假日,西安人就往成都跑,成都人往哪里跑?我说:成都人不跑,成都人就看成都。即便事实如此,我这回答也显得可笑。

回顾在雁塔区的几天,我想,大雁塔为什么会成为西安的地标性建筑?西安的核心城区,为什么也要以雁塔命名?用建筑本身说话,估计没多少说服力,在西安,更加辉煌的历史遗存还多。该是大雁塔蕴含的精神了,概括起来便是:艰苦卓绝和慈悲心肠。同时我想,我依旧还不能懂得西安,除非我看懂了西安的城郭,也看懂了褚遂良书帖《雁塔圣教序》。

那种规整中的华丽和扑面而来的未来气息,我能懂吗?

云南之南

一

当我透过舷窗,俯瞰机翼下的大地,见森林绵延起伏,秘境这个词便跳入脑海。这个词是用来描述云南的。我见到的景象,是云南西南部的普洱市。在地理学上,"西南"不仅指示方位,还构成文化象征。中国社科院曾发布研究报告《流动的山地智慧》,报告表明,国境之内,唯西南地区才被视为生物多样性和文化多样性相对繁盛的区域。迷宫般的峰岭、幽深的峡谷加上多民族聚居,使这片土地拥有众多小生境,蕴藏着"环境的友好内涵"。云南位于中国的西南,普洱位于云南的西南,我所见过的最美县城西盟,又位于普洱的西南。

《阿佤人民唱新歌》,这首曾传遍全国、至今依然传唱的歌曲,就缘于西盟佤族自治县。县城卧于群山之中,是"离森林最近的城市",其实就是森林中的城市,街道疏朗,棕榈成行,楼宇比棕榈树高不了多少,头顶的蓝天,似又比楼宇高不了多少。辽阔这个词,本不该用来形容西盟,却因离天很近,特别是打破了凡城市都拥挤着高楼大厦的固有印象,辽阔就像是自带的,是长在身上的。但西盟之美,不止于此。这是一座能触摸到时间源头的城市。"人类童年——西盟佤部落",是随处可见的地标,佤族民居延续千百年的干栏式结构,古老的图腾崇拜及生产生活方式,都以和谐的韵律感和鲜明的装饰性,光影婆娑、明暗交织地呈现于县城的建筑,成为最为日常的民族记忆。最日常的就是最需要的,最需要的就是最亲切的。现代视野和新型材料的介入,又使之融入时代表情。

走在西盟街头,感觉这座城市既可以看,也可以听。

勐梭龙潭同样在城里。名为潭,实则是面大湖,望过去,地平线就在湖的那一边。碧水倒映着夕阳,粼粼波光,轮换着金辉。湖岸古木成林,水面却只见清流,不见落叶,传说这湖是某位姑娘的情人,姑娘惜其美貌,怕被污染,便化为小鸟,日夜守望湖边,见了落叶就衔走。穿行于大树花和相思红豆的阵列,登栈道徐徐进山,就到了司岗里。此为佤语音译,“司岗”意为岩洞,“里”是出来,佤族人认为,人是岩洞“生”的。山地民族朴素的人类起源史,就这样口口相传。他们记住自己的来路,年年祭拜。万物有灵的观念,也由此形成。山有灵,水有灵,一石一土、一花一木,也都有各自的日子和心思;供养他们生生不息的谷物,更是神灵的化身,种谷时节都要祭祀,倾巢出动,场面盛大而肃穆。这让我想起另一个民族——苗族的歌谣《稻花魂》:远古的一场战争,苗人战败,一路逃亡,谷种丢失,他们就把歌唱给谷种的灵魂,叮嘱它们一路跟上。

龙潭民俗文化村的歌舞表演,是生命的张扬,即使姑娘们跳的《甩头舞》,也是力与美的合体。先前,男人外出获取食物,女人见男人满载而归,就以甩头舞庆贺,表达幸福与吉祥。肢体,成了最直观和最动人的语言。有时候我想,佤族没有文字,可能就因为他们的肢体太会说话了,最复杂的情绪也能记录和传达,因而不需要文字了。一个人的头发真可以长那么浓那么黑吗?来西盟之前,我的确没见过。佤族以黑为美,头发便是长在姑娘们身上的黑森林,俯仰之间,山野动荡,伴随木鼓急敲,发丝如疾风驱云。木鼓是佤族的灵物,也有雌雄之分，雄飞雌从，可通神、驱魔、降瑞，最大的瑞气，当是步调一致、协力同心。不管跳多少舞蹈，《阿佤人民唱新歌》是要跳的，只是那个"新"字，有了更新的内涵。

佛殿山的民族团结盟誓塔，与宁洱哈尼族彝族自治县的民族团结园遥相呼应。盟誓塔长五米、宽四米、高三米，分别代表五湖四海、参加盟誓的四个民族以及阿佤山区的三百多个部落。塔用石头垒成，意为各民族团结在一起，海枯石烂，永不变心。团结是"新"的起点，如何过上好日子，成为"新"的归宿。勐梭镇的"西盟印象"，兴办女子学校，教授手工纺织，织女月收入能过四五千元。佤族作为"直过民族"，也就是从原始社会等社会形态直接过渡到社会主义社会的民族，移风易俗，转变观念，是必须要走的路。听力所乡南亢村第一书记罗嫣讲，这里曾有不少人信邪教，结果越信越穷，越信越没盼头，但而今，张贴路旁的"红黑榜"，红榜满墙，黑榜寥落，证明从生活方式到精神风貌，都已焕然一新。

"人类童年"，不只是时间上的，童年本身就是新的，充满希望的。

二

云南的两条大江，怒江与澜沧江，听名字，就听出它们的性格来了。澜沧江过境普洱，南向西双版纳，并在版纳进入缅甸。普洱境内的澜沧江，河谷深切，站在高崖俯视，蓝如翡翠，只是远不如想象中的宽阔，且波平如镜。但我听说，长江黄河可以横渡，却无人能横渡澜沧江，是因为水太深，水面之下又旋涡丛集，流速迅猛——它现身说法，阐释着什么叫静水深流。

澜沧县有座山，名叫景迈山。景迈山以固体的形态，同样阐释着静水深流的含义。景迈山有多古老？不知道。连翁基山寨的那棵古柏也不能回答。古柏立于山寨顶端，高二十余米，径围十余米，据说有将近二千岁，本是一条恶龙，经佛祖点化，浪子回头，重新做"人"，以绿荫庇护远近生灵。世世代代的，每到年节，翁基人都去摘下树枝，蘸水祈福。

山寨并不比古柏年轻多少，安居着近百户人家。沿干净的村道走下斜坡，很快见到一个木桩，这是"寨心"，村民的房舍，就围着寨心，依地而建。木桩又被竹枝环绕，上挂红、黄、白三色布匹，垂着穗子。当地人说，这是避邪的，既可防非洲猪瘟，也可防新冠疫情。翁基是云上的山寨，放眼壮阔山野，云在脚下，有风时飘荡，无风时也飘荡，非洲猪瘟和新冠疫情能爬得上来？这倒是很难讲的，因为游客越来越多。好在他们并不把防疫完全寄托于寨心的神力，人自己该做的，一样也不落下，正如西盟勐卡镇的大黑山通道，因地处边境，形势复杂，便派了村民和民警，轮班值勤，昼夜守护，还养了三只鹅，鹅警惕性高，见生人就叫；只见它们在路上走来走去地巡逻，步态方正，神态庄严。

澜沧是拉祜族自治县，但住在翁基山寨的，却是布朗族。云南是中国少数民族最多的省份，单普洱市就有二十余个，主要的也有七个，仿佛转个身，就见到另一个民族，另一种风情。翁基的主要收入来源，是茶。景迈山本就是古茶林。高大的榕树、柏树和茱萸树下，茶树谦卑地生长，却成为最宝贵的黄金。澜沧人珍惜，悉心呵护，进山的路，不用沥青，只铺弹石，只怕沥青被热气蒸发，污染空气，坏了茶叶的品质。翁基家家卖茶，随便走进一家，不管买不买，都热情邀坐，泡茶请你品尝。茶叶不仅构成他们的收入，还构成心境，淡雅、浓烈与清香，都像打开的门，只要愿意，都可进入那道门。

但有一些人，走进那道门里，却不是为了观赏风情，品味茶香，而是带着情怀和使命来的。中国工程院院士朱有勇，作为"时代楷模"，其事迹已广为传播，这个"把论文写在大地上"的院士，2015年就带着他的团队，来到澜沧县。澜沧曾是国家级贫困县，整个普洱市的贫困人口，澜沧占了三分之一。拉祜族跟佤族一样，是"直过民族"，生产生活和思想观念落后于时代，是正常的，也是必须改变的。朱院士来的目的，就是"扶智"。他把阵地设在竹塘乡，开办培训学校，从全县招收学员，选种、理墒、施肥、浇水、防治病虫害……各个方面，都手把手教。目前已办了二十四个班，毕业了一千五百多人，尚有十二个班、七百二十名学员就读。学员到校，先从头到脚发给迷彩服，军训两天，提振精气神。"很像是当年的抗日军政大学。"何朝辉说。何朝辉同样来自中国工程院，任竹塘乡云山村第一书记。由此可见，"扶智"和"扶志"，其实是分不开的。懒惰也好，信邪教也好，很多时候是因为不懂、无知，当他们懂了，知了，心就活了，骨头就硬了。

当初的国家级贫困县，而今变成了宝地。冬早蔬菜、林下三七、活七八十岁也没见过的大马铃薯……或行销市场，或渐成规模。何朝辉所在的村子，办了企业，开了酒厂，普通村民家，年收入也可达数万元。

"最想的就是你再来，要多快乐有多快乐；最怕的就是你离开，要多难过有多难过。"这是竹塘乡村民唱给朱院士的歌。那天，中央电视台《大家》栏目组来到竹塘乡，朱院士领着他们去田间地头，干活儿的村民立即围上来，非要给朱院士表演个节目，且飞奔回家，穿来民族服装。其实，连续几年，朱院士每个月都来，来了就住在一个简朴的小院里，白天农民一样下田地，晚上学拉祜语，跟老百姓谈心。他还有个习惯，每天清早跑步。村民见状，也跟着他跑步。

想想村道上那群跑步迎接朝阳的人,天地间便铺展出一幅劲健的画面。这幅画上写着:云南,包括与几国邻界的边疆地区普洱,生物多样性和"民族风情"之外,又添了另一种崭新的风情。

　　现代语境下的秘境,再不是封闭或不为人知,而是与时俱进又与万物共荣。

珠海的呼吸

　　荷塘之上,立着一间小木屋,一只鹅站在屋外,看着路人打招呼。但鹅只是暂时居住,小木屋是鸟儿的救助站。在这片一千五百亩的湿地上,林鸟不计,单水鸟就有六十三种,当然并非精确统计。目前,两位博士已来到此地,专做水鸟的保育和修复。修复这个词,给人手工或机械的印象,其实,修复大自然,有一颗心就行。林无须育,不滥砍滥伐即可,四面游走的风和飞禽走兽,自会带来种子,种子听令于季候,破土而出,朝着阳光生长,就成一片森林。植物有种子,动物也有,曾在川西高原见一牧民,将鱼籽送上山头,埋进土里,说若干年后,当山上有了海子,它们就会复活,变成鱼。由此我才醒悟,远离河川池塘的城市小区,为什么下过几天猛雨,窗外就能听到蛙鸣。这是天地造化的神迹。

　　湿地是个美丽的词。美丽源于生机。上午时分,鸟早从湿地起飞,拍击着雨后涩重的空气,飞越三十至五十公里,去了中山等地觅食,三板村的林梢和水湾,反显得有些空了。但细脚修身的白鹭,知有客人要来,留在家里,扑扇着翅膀,把目光引过去。那些出生十来天的小家伙,颈毛混沌,神态憨萌,紧跟在母亲身旁;它们还需要时光,才能把自己从雏鸟变成鸟。水雉本是滩涂上的生命,这时也在河道里游,波纹绽开,触须般探向前方的小岛。小岛非土石和沙洲,是树岛,木叶交错,繁密如盖,只是低矮——是台风肆虐过的见证。先前的森林和耗资三百万植下的香樟、榕树等,被近年的两场台风摧折殆尽。"我对不起它们,"梁华坤说。他指的是鸟儿,说鸟儿以前住高楼大厦,现在只能住草房。

梁华坤是这片湿地的实际管理者,四十余岁年纪,黑瘦精干,说着广东腔的普通话。他本在外地打工,十二年前听从召唤,回到故乡,做了生态保育员,人称"鸟叔"。鸟儿,是他最深的爱。最深的爱往往也是最深的痛。"我疼它们,比疼儿子还疼。"这是因为,相对于人,鸟是弱者。而且,人也是鸟的歉意者。缺衣少食的年代不说,直到今天,依然有人盗鸟儿,卖到餐馆酒楼。半夜三更,梁华坤打着手电巡逻,见盗鸟者便舍命追赶,贼人惊慌,将大包猎物弃之道旁。开包检视,见有的被扭断脖子,有的被扭断翅膀。那是令人心碎的时刻。

"每年,总有几段伤心事。"梁华坤望着远处。远处是低垂的雨云。让他伤心的,除偷盗,还有雨季涨水。没了高枝可栖,在矮树上又抢不到位置,鸟便择草丛做窝,也就是"住草房",它们在草房里度过黑夜,也在草房里生儿育女,可洪流一来,遍地汪洋,小鸟大半淹死了。每遇暴雨,无论晨昏,梁华坤都下水去救,却根本无能为力。在这三板湿地,年产十万只小鸟,即使救上几只,在庞大的伤亡数据面前,显得多么刺目和孱弱。古书上说:"雀入大水为蛤。"又说:"雉入大水为蜃。"要真如此,就好了,可那只是对生命的理解和怜惜之后,渴望突破限制生出的幻想。生命是有限制的,这是万物的宿命,也是更高的规律。绝大多数规律是叫你遵循,不是让你突破,有时候你以为突破了,其实只是打开了规律的里门,并因此更深地进入了规律的彀中。

然而,哪怕只救出一只鸟,对那只鸟而言,就是全部。梁华坤和他的同事们,也是这样想的,因此在荷塘上修了救助站,遇到生病受伤的鸟儿,就放置其中,悉心照拂,待恢复健康,又放飞野地。

整日与鸟为伴,该是前世修来的福。但世间的福分,并不是所有人都能担待。爱与责任,是最可靠的两副肩膀。责任不只是一个词,还是点点滴滴、细水长流的付出。五日为候,三候为气,六气为时,四时为岁,岁岁年年——一晃就是十二年。在这四千多个日子里,为鸟早起,为鸟晚归,为鸟欣悦,为鸟担惊受怕……长时间做着同一件事,难,长时间想着同一件事,更难。但有爱作了马达,也就动力十足。起初,这里多为各自独立的小生境,堰塘与河湾,都零星散布,相互隔绝,为生成活水,形成循环,提供充足的氧气,也让外面的鱼能够进来,便重整河道,彼此勾连,造就出气息相通的千亩水域,还有三百多亩等待改造。同时,种了六十多亩葡萄,让鸟们吃。周边修建防护带,抵御台风。如今,一些濒临绝种的鸟儿,已在此成功"修复"。连海鸥也来了。除了鸟儿,还有萤火虫,这些微物之神,当夜幕降临,便提着灯盏,走家串户,使三板村成为另一个月亮。

　　我所担心的是,三板村如此爱惜它们,它们去了别处觅食,还有这么好的待遇吗?梁华坤说,自从开展新农村建设,很多村子的环境都改善了。意思是用不着担心。这才是新农村的样子,是真正的命运共同体。

　　但遗憾也是无处不在的。环境好了,黑龙江的大白鹭也飞过来了,却因地域所限,不能安身。"我们都不能给它们一个家!"说这句话时,梁华坤并没提高音量,可话里带着骨质,有种嘶喊的味道。

　　三个月前的一天傍晚,我和妻在街上散步,听见一只小鸟喳喳鸣叫,以为在树上呢,却在几米开外的泥地。我们走过去,它浅浅起飞,又停下来,又叫,显然是没有能力飞。我们把它捧回去,用面包屑和剁碎的瘦肉喂它,且让它在客厅练习翅膀。十余天后,将它放在窗外的花架上,它双翅张开,怯怯地,然后满怀信心地,飞走了。我们以为,当初它是不小心掉到地上的,可听梁华坤说,小鸟都这样,先在树上,到一定时候下到地上,之后再上树,等翅膀长圆,再离窝。这仿佛是在进行某种仪式。下地的过程是经历危险的过程,除车碾人踏,还有猫狗相侵。它们很可能就回不去了。即使危险,仪式也一丝不苟地举行。鸟生着翅膀,就属于天空,但在幼年的时候,就须懂得与大地的亲缘关系。这是一种启示,对于人。对现代社会和正奔向现代化的人,是尤其诚朴和坚实的启示。

三板村隶属广东省珠海市金湾区红旗镇。珠海何以命名?因为是珠江入海口吗?这真是个好名字,有美,有壮阔。世上的湾区,都有湾区模式,这模式就是前卫、开放与高度发达。湾区前加一金字,是理想,也是祝福。金湾区建区不过二十年,却已成为珠海市工业和文化教育的中心地带,药业、物流、航空、高校,都自成规模,其中的丽珠药业集团,还与我居住的成都联系紧密。金湾区下辖的另一个镇——三灶镇,则以百人坟、千人坟、万人坟和侵华日军慰安所(全国重点文物保护单位),默默地诉说着历史的沉痛和坚韧。

历史翻过去了,翻过去不是消隐,而是顶在背后,注视着后人的所作所为。诗人说,不能用肩膀扛起后人的,不能称为前人,不能在前人的肩膀上站起来的,不配称为后人。站起来,富起来,强起来,是我们正走着的路。真正的强大,从来就不是金刚怒目,剑拔弩张,而是包容、共生与和谐。具体到金湾区,是红旗镇三板村烟烟茫茫的水域和林木之上,对近百种鸟类的精心呵护。因为养鸟儿,不仅留存了物种,保护了生态,还每年吸纳一千三百多名村民就业,让大家过上了好日子。

鸟们早出晚归,早到清晨五点左右,归来时已是黄昏,若在这两个时间点去到三板湿地,只见翅膀起处,天空摇动。那是整个珠海市最为壮观的大鸟群落。

后　记

　　我喜欢散文。我在散文里寻找低调的声音。读，是跟朋友说话，哪怕这人在千年之远，在万里之遥；写，既是跟朋友说话，也是跟自己说话。但作为小说家，写散文需慎重。几年前，我曾说过这样的话：小说可以看作是演员的事，散文则是创作者的事。散文只在谢幕时出场，热闹已成尾声，即将人去楼空，让寂寥成为剧场的主角。静谧、潜沉乃至些许的悲凉，构成散文的气味。这气味并不讨好。若你专事散文，读者会看惯你的样子，如果你是一个小说家，写散文就相当危险：你先前的剧目或许很精彩，可当你卸了妆，和观众面对面，却见你生得歪瓜裂枣，是很败兴的。所以小说家不能随便写散文。

　　然而，几乎找不出一个从没写过散文的小说家。我们的散文概念，像杂货铺，像储藏室，其他文体不能涵盖的，都往里塞。我们的散文美学，主张真情实感，你的起居坐卧，吃喝拉撒，走亲访友，书信往来，日记随感……总之，你的日常，你的白天黑夜，你的五官、体肤和心，都被具体而微的生活浸泡，一旦为文，就是散文。对小说家来说，去纷繁复杂的人世搏击一番，回到家里，换上拖鞋，沏杯浓茶，坐在躺椅上闭目养神，也就由小说变成了散文。

　　可恰恰在这时候，我们看到了散文的危机。不是每一种真情，每一种实感，都值得书写，鲁迅所谓"选材要严，开掘要深"，既适合小说，也适合散文。从现实考量，或许更适合散文。前些天去福建师大和厦门大学开会,从事散文研究的专家,都有一个共同感叹:散文的门槛太低。是说,某些散文作者,几乎没有为文的讲究,买个菜写一篇,散个步写一篇,会个朋友写一篇。这些不是不能写,而是,既然是文学,文学格局和文学精神,文学所要肯定的价值,所要张扬的意义,总是需要的,如果没有这些,散则散矣,却不能称"文"。

曾经有好几年时间,我订了一种刊物,后来不订了,是因为那刊物常常大篇幅登载老作家们的书信往来,都是:寄来的书收到了;我正校对旧日文稿;你的血压降下来没有;我孙子考上了博士……落款要么是在国外某地,要么是"于病中"。这些资料性文字,对他们的传记作者或许有用,但对普通读者,既不能共情,也不能获取一星半点的智慧之光,订阅费钱不说,还浪费时间。如果我是个文学青年,可能还会生出些不平之气:我的作品尽管稚嫩,却有生活的芜杂与感叹,生命的渴望与困惑,你们弃之不用,偏偏要去发表那些口水话。

散文能不能虚构,曾作为一个话题讨论。"情"不能,"感"可以。文学的"实感",不止于经验。范仲淹写《岳阳楼记》,写的不是实感,是心像。既是心像,为什么不能虚构?而既是心像,又怎么能够虚构?虚构这个词用于文学,本身就是一个虚构出来的词。孙悟空完全变个模样,非但出言不逊,还打伤师父,这不是虚构,而是锐利地潜入人性深渊。当然这是小说,小说可以曲笔,可以铺展出正大光明的隐私,散文则没有这种便当,它一开始,就把创作者逼到墙角,射灯照过来,让你交代。而我们知道,即使根本就没打算隐瞒什么,有些话也是说不出口的,这是最后一道幕布,连自己也没有拉开过。

正是这道幕布,成为一块界碑。杰出的散文作家,不是别人逼他,是他自己逼自己,他自己把幕布拉开,走进屋子。屋子里很黑暗,他坐在黑暗深处,孤独地面对自己。射灯是没有的,如果有,也不是来自外部,而是来自内心,他把自己照亮,让自己成为光,然后再去照亮别人,照亮远方。照亮自己是首要的,也是艰难的,他必须凝视自己的琐碎人生,看见尘埃和水垢,并耐心地打扫和清洗。在这样的过程中,他有一些喜悦,也有一些沮丧,喜悦的是,自己变得洁净了,沮丧的是,变得洁净之后,自己是如此瘦弱,如此渺小,如此微不足道。而看见这些,意义就已经诞生。这不仅是情,还是自我审视之后的智。我们由此会发现,情到深处,本身就是智,智到深处,本身也是情。

前面我说,我在散文里寻找低调的声音,这意思并非排斥激情飞扬的散文,在我的阅读库里,单就散文论,不少都是激情飞扬的。然而我照样觉得它们是低调的。这是因为——打个比方,有些人平平常常说话,你也觉得尖利刺耳,有些人唱到高八度,你依然感觉柔和,你被他的声音带动,抬头仰望,看见了浩淼的云空。作家的气质,作家的才识,作家的胸襟,作家的洞察能力和语言能力,特别是作家自觉的自我审视,都会生成文字的宽度和厚度,让人情动于中,思沉于内。否则就是噪音。在这点上,散文和小说没有任何区别。

读大学的时候,我写过很多散文,后来就写得少了。尽管写得少,但每写一篇,都是一种快乐。这是散文对我的赐予。《风和微风》是我的第三本散文集,和前面的《把时光揭开》《路边书》一样,某些部分既是对散文概念的迎纳,也是挑战。感谢王燕女士的约稿和精心编辑,感谢百花文艺出版社。

罗伟章

2023 年 12 月冬于成都